Mira si yo te querré

Luis Leante

Mira si yo te querré

ALFAGUARA

MIRA SI YO TE QUERRÉ
© 2007, Luis Leante
© De esta edición:
2008, Santillana Ediciones Generales, S. A. de C. V.
Av. Universidad 767, col. del Valle,
México, D. F., C. P. 03100, México.
Teléfono 5420 75 30
www.alfaguara.com.mx

Primera edición: abril de 2007
Cuarta reimpresión: abril de 2008

ISBN: 978-970-770-888-4

Diseño:
Proyecto de Enric Satué

© Cubierta: Alamy Images. Getty Images. Corbis.

Impreso en México

A Nieves

Cuando estoy en tierra extraña
y contemplo tus colores
y recuerdo tus hazañas
mira si yo te querré.

Banderita, tú eres roja,
banderita, tú eres gualda,
llevas sangre, llevas oro
en el fondo de tu alma.

Las Corsarias
Música y letra de Francisco Alonso

Duerme durante la mañana, durante la tarde, casi todo el tiempo duerme. Luego pasa en vela la mayor parte de la noche: una vigilia intermitente, con momentos de lucidez pasajera y otros de delirio o de abandono; con frecuencia, de desmayo. Un día tras otro, durante semanas. No hay frontera en el paso del tiempo. Cuando consigue mantenerse un rato despierta, intenta abrir los ojos y, entonces, cae de nuevo en el vértigo del sueño: un sueño profundo del que le resulta difícil regresar del todo.

Hace días que en los escasos momentos de lucidez distingue voces de extraños. Las escucha lejanas, como si vinieran de otra habitación o de lo más profundo de su sueño. Sólo de vez en cuando las oye a su lado, muy cerca. Sin estar segura, le parece que los desconocidos hablan en árabe. Lo hacen en susurros. No entiende nada de lo que dicen, pero el sonido de las voces, lejos de inquietarla, le resulta reconfortante.

Le cuesta trabajo pensar; mucho trabajo. Si hace algún esfuerzo para averiguar dónde se encuentra, siente una gran fatiga y, enseguida, se ve sumida en el temido sueño. Lucha por no quedarse dormida, porque las alucinaciones la atormentan. Una y otra vez se ve asaltada por la misma imagen: la pesadilla del escorpión. Incluso despierta teme abrir los ojos por si el arácnido ha sobrevivido al sueño. Pero, aunque lo intenta, sus párpados permanecen pesadamente sellados.

La primera vez que abre los ojos no logra ver nada. La luz de la habitación la deslumbra y la ciega como si hubiese estado todo el tiempo en una mazmorra. Sus párpados vuelven a ceder al peso. Pero ahora, por primera vez, es capaz de distinguir entre la realidad y el sueño.

—*Skifak? Esmak?* —dice alguien muy quedo.

Es una voz de mujer que le habla con mucha dulzura. Aunque no entiende las palabras, el tono al menos le resulta cordial. Reconoce la voz que ha estado escuchando en los últimos días o las últimas semanas, unas veces muy cerca del oído y otras a lo lejos, como en la habitación contigua. Sin embargo, ella no tiene fuerzas para contestarle.

Aun consciente, no puede apartar de su cabeza la imagen del escorpión, que sobrepasa los límites de la pesadilla. Incluso le parece sentir el caparazón y las patas ascendiendo por su pantorrilla. Hace un esfuerzo para convencerse de que no está sucediendo de verdad. Intenta moverse, aunque no tiene fuerza. En realidad fue una picadura seca y corta, como el pinchazo de una aguja. Si no hubiera sido por los gritos de aquella mujer que le advirtió, «¡Siñorita, siñorita! ¡Cuida, siñorita!», ni siquiera lo habría visto. Se volvió a mirar en el momento en que metía el brazo en el albornoz. Y entonces vio el escorpión prendido del forro y supo que acababa de picarle. Tuvo que taparse la boca para no gritar, pero finalmente se contagió de las voces de las mujeres que, sentadas o en cuclillas, la miraban horrorizadas.

Nunca está segura de cuál era su última postura. Unas veces se despierta boca arriba y otras boca abajo. Por eso sabe que alguien la está cambiando de posición, sin duda para que no se llague. Lo primero que ve son las sombras de los desconchones del techo. Por una ventana pequeña y demasiado elevada entra una luz muy escasa. No sabe si anochece o amanece. No se oyen ruidos que delaten la vida fuera de aquella habitación. Junto a la otra pared descubre una cama desvencijada y con robín. El corazón le da un vuelco al comprender que es una cama de hospital. No tiene colchón. El somier exhibe sin recato sus mellas y el abandono. Entre las dos camas, una mesilla metálica de un blanco antiguo, salpicado por la ruina de su decrepitud. La mujer siente por primera vez el frío. Agudiza el oído para reconocer cualquier sonido que le resulte familiar. Es inútil, no se oye nada. Intenta hablar, pedir ayuda, pero no es capaz de articular palabras. Gasta sus escasas fuerzas en llamar la atención de quien pueda oírla. De repente se abre la puerta y aparece la cara de una mujer a la que no había visto nunca. No tarda en percatarse de que es una doctora o una enfermera. La *melfa* de colores vistosos la cubre desde las pantorrillas hasta la cabeza. Encima lleva una bata verde, cerrada con todos los botones. Al verla despierta, la enfermera hace un aspaviento y tarda unos instantes en reaccionar.

—*Skifak? Skifak?* —le pregunta atropelladamente.

Aunque no entiende lo que le dice, supone que le está preguntando cómo se encuentra. Pero ella no puede mover ni un músculo de la garganta para responder. La sigue con el movimiento de los ojos, tratando de reconocer los rasgos de aquella muchacha bajo la *melfa*. La enfermera sale de la habitación dando voces y no tarda en regresar acompañada de un hombre y otra mujer. Hablan entre ellos con precipitación, aunque sin levantar demasiado la voz. Los tres llevan bata. Las mujeres, encima de la *melfa*. El hombre le coge el brazo y le busca el pulso en la muñeca. Pide silencio a las dos mujeres. Le abre los párpados a la paciente y examina meticulosamente sus pupilas. La ausculta con el fonendoscopio. La mujer siente el contacto del metal en su pecho como una tea. El rostro del médico refleja perplejidad. La enfermera había salido de la habitación y ahora vuelve con un vaso de agua. Entre las dos mujeres intentan incorporar a la paciente y le dan de beber. Sus labios apenas se abren. El agua se escapa por las comisuras y le escurre por el cuello. Al acostarla de nuevo, ven que los ojos de la mujer se quedan en blanco y entra en un profundo sueño, el mismo estado en que se encuentra desde hace casi cuatro semanas, cuando la trajeron convencidos de que estaba muerta.

«¡Siñorita, siñorita! ¡Cuida, siñorita!» Ha oído tantas veces esa voz en sus sueños, que ya le resulta familiar. «¡Cuida, siñorita!», pero no supo a qué venían aquellos gritos hasta que no vio el escorpión prendido en el forro del albornoz. Y enseguida comprendió que le había picado. Se contagió de los gritos de las otras mujeres, que se tapaban la cara y se lamentaban como si hubiera ocurrido una terrible desgracia. «*Allez, allez*», gritó ella a su vez, intentando hacerse oír por encima del griterío. «Venid conmigo, no os quedéis aquí. *Allez.*» Las mujeres no la entendían, o no querían entenderla. Se tapaban el rostro con el pañuelo y no paraban de lamentarse. Finalmente perdió los nervios y empezó a increparlas y escupirles insultos. «Sois unas estúpidas, unas necias. Si no luchamos por salir de aquí, tendremos que aguantar que nos ultrajen. Es vergonzoso que os dejéis tratar así. Esto es peor que la esclavitud, esto es... Esto...» Se calló, abatida, al comprender que no la entendían ni le prestaban atención. Al menos consiguió que dejaran de gritar. Se quedó quieta y en silencio frente a aquellas veinte mujeres que, paralizadas por el miedo, evitaban cruzar con ella las miradas. Esperó alguna reacción, pero ninguna dio un paso adelante. Al contrario, se acurrucaron como palomas en el extremo de aquella prisión, buscando el amparo de las otras, rezando y cubriéndose el rostro. Por primera vez pensó en el escorpión. Sabía que de las mil quinientas especies que viven sobre la Tierra, sólo veinticinco son venenosas. Rápidamente apartó la idea de su mente. No había tiempo que perder. Ahora estaba segura de que si no había acudido nadie a los gritos era porque las habían dejado solas, sin vigilancia. Terminó de ponerse el albornoz sobre los hombros y se cubrió la cabeza con la capucha. «Haced lo que os parezca, pero yo me voy.» Tiró de la puerta y, tal como suponía, la encontró cerrada con candado. Lo tenía todo previsto desde que amaneció. De una patada fuerte partió las tablas de la parte de abajo. La madera estaba tan seca que saltó en miles de astillas. Esperó un poco y, viendo que no acudía nadie, volvió a golpear la puerta. Ahora el hueco era de dimensiones considerables. Se recogió el albornoz y se arrastró hacia el exterior.

La luz del mediodía era intensa. «No, siñorita, no» fue lo último que escuchó antes de alejarse unos pasos. Sentía las piernas temblorosas, y sus andares eran poco seguros. Hacía más de diez días que no caminaba un trayecto tan largo sin que la vigilaran, los diez días que llevaba encerrada junto a otras veinte mujeres en aquella especie de caseta sin ventanas, construida con bloques de cemento, ladrillo y un techo de uralita que hacía irrespirable el aire. Aunque sólo había visto el pequeño oasis durante escasos minutos la mañana en que las trajeron para encerrarlas, conocía por los sonidos cada uno de los rincones. En el centro estaba el agujero del pozo y una garrucha para sacar agua. A escasos metros, una enorme lona hacía las veces de tienda; allí tomaban té los hombres a todas horas y charlaban y discutían. Había basura por todas partes. Bajo las palmeras, una tienda más consistente, con una alfombra en la puerta, servía de refugio a Le Monsieur. En las nueve últimas noches había escuchado durante horas, en el silencio del desierto, sus ronquidos estremecedores.

Descubrió el brillo metálico del Toyota cerca de la tienda. No se veía nadie alrededor. No había más vestigios del camión que las marcas de las ruedas alejándose hacia la inhóspita *hammada*. La mujer trataba de controlar los nervios y la euforia que le producía verse libre. Apenas fue consciente de la severidad con que el sol en su cenit castigaba la tierra. No lo pensó más: apretó el paso y se encaminó hacia el vehículo todoterreno. Caminaba sin llegar a correr, pero con determinación, sin dejarse dominar por el pánico que empezaba a sentir. No miró ni una sola vez hacia atrás, ni siquiera hacia los lados. Por eso, cuando oyó que alguien la llamaba, el corazón le dio un vuelco. Pero no se detuvo, caminó con la misma decisión y sólo giró el cuello cuando reconoció la voz que la seguía. Era Aza, la única saharaui del grupo. Venía detrás, con la *melfa* caída sobre los hombros, sujetándola con las dos manos para no pisarla al correr. «Voy contigo, espera, voy contigo», le dijo en un castellano correcto. Entonces la esperó y la cogió de la mano. Corrieron juntas el último tramo hasta llegar al Toyota. Abrió la puerta del conductor y le hizo un gesto a Aza para que montara por el otro lado. La saharaui subió con presteza. Permanecieron un rato sentadas en silencio, mirando alrededor, como si temieran que alguien las hubiera visto correr hasta el vehículo. «Nos vamos, Aza. Ya terminó esta pesadilla.» La mujer palpó el contacto del coche buscando la llave. Inmediatamente palideció. «¿Qué pasa? —preguntó la saharaui—. ¿Tienes miedo?». Ella le mostró las palmas de las manos vacías. «No está la llave en su sitio.» Aza tardó un rato en comprender lo que quería decir. No se inmutó; hizo un gesto con las dos manos y se las puso en el corazón. Luego se inclinó y metió una mano bajo su asiento. Enseguida sacó una llave negra, llena de polvo. «¿Esto es lo que necesitas?» La mujer tomó la llave y la introdujo en el contacto. Al momento el todoterreno rugió. Fue a preguntarle algo a la saharaui, pero ella se adelantó. «Así lo hacen en los campamentos. Las llaves no deben estar al alcance de los niños. Los niños son traviesos. Son niños.»

El vehículo comenzó a desplazarse. Si hubiera algún vigilante, ya habría acudido al sonido del motor. Definitivamente las habían dejado solas. Tardó unos segundos en hacerse con los mandos del coche y con los pedales. Siguió las rodadas de otros vehículos y fue cogiendo velocidad para encaminarse hacia la lejana línea del horizonte. El sudor le escurría por la frente pero, en vez de sentir calor por la agitación y los nervios, cada vez tenía más frío. «Por ahí no», gritó Aza. «¿Por qué? ¿Conoces otro camino?» «No hay caminos en el desierto. Por ahí no hay agua, y no llevamos nada para beber.» Levantó el dedo y señaló un punto hacia el sudoeste. «Por allí.» La mujer obedeció sin rechistar. Giró la dirección del todoterreno y dio la vuelta en redondo, hacia donde no había marcas de neumáticos. Sin querer vio el marcador de la gasolina: quedaba un cuarto de depósito. Aza se mantenía atenta a la línea del horizonte. El vehículo avanzaba dando enormes tumbos que sacudían a las dos mujeres. No hablaban. Inexplicablemente el sudor se le fue enfriando hasta provocarle escalofríos. Ahora sintió por primera vez escozor en el cuello, donde le había picado el escorpión. Respiraba fatigosamente, pero lo achacó a los nervios. Aza supo enseguida que algo no iba bien. La mujer, mientras se aferraba al volante, notaba flojedad en las piernas y el corazón latiendo de forma arrítmica. De perfil, su rostro se veía muy avejentado. La saharaui sabía lo que le estaba sucediendo, por eso cuando se detuvo el Toyota no le preguntó nada. «No puedo seguir, Aza, no tengo fuerzas —dijo la mujer después de permanecer un rato en silencio—; tendrás que conducir tú». «Nunca he manejado, no podría moverlo ni un metro. Es mejor que descanses un poco y lo intentes después.» «No estoy bien, Aza.» «Lo sé: te picó ese escorpión. Tuviste mala suerte.»

De repente, por encima del ralentí del todoterreno se escuchó un sonido más potente. A lo lejos apareció la silueta de un camión que, dando tumbos, se dirigía hacia ellas. «Nos encontraron», dijo Aza. La mujer, haciendo un esfuerzo, pisó el pedal del acelerador y se agarró al volante tan fuerte como pudo. El todoterreno, aun siendo más veloz, tropezaba contra todos los montículos, avanzaba en zigzag y perdía distancia respecto al otro vehículo. Era cuestión de tiempo que les cortaran el paso y les impidieran seguir. Cuando las tuvieron cerca, los hombres del camión comenzaron a gritarles en árabe y en francés. Le Monsieur, con su anacrónico uniforme de legionario español, fue cambiando la severidad de su rostro por una leve sonrisa. Iba sentado junto al conductor, indicándole el lugar por donde debía abordar las arenas o rodear las piedras. Apoyado sobre una rodilla y sujeto con ambas manos, llevaba su Kaláshnikov con el cargador lleno. Al volante, la mujer iba viendo cada vez más puntos negros ante sus ojos. Apenas tenía fuerza para pisar el acelerador. Finalmente el vehículo entró en un banco de arena y se quedó clavado tras un brusco traqueteo. Aza se golpeó contra el salpicadero del coche y se abrió una brecha en la frente. La saharaui sintió el sabor de su sangre escurriéndose por los labios. Antes de reaccionar vio a los hombres de Le Monsieur rodeando el coche. En sus ojos se veía el brillo de la rabia, disimulado bajo una falsa sonrisa. Abrieron las dos puertas del vehículo y les gritaron para que se bajaran. La saharaui obedeció enseguida, pero la otra mujer apenas podía moverse. «Que bajes, te digo.» «Tienes que llevarla a un médico —gritó Aza, cargándose de valor—, la picó un escorpión». El legionario estalló en una carcajada grotesca. La mujer apenas podía oírlo. Sólo sintió sus manazas agarrándola de un brazo y tirando de ella fuera del coche. Cayó violentamente al suelo y ya no pudo levantarse.

«¡Conque un escorpión!» Escupió sobre ella e hizo el ademán de darle una patada, pero se detuvo a un palmo de su cabeza. «¿Adónde cojones creíais que ibais a llegar? Malditas fulanas. Tú deberías saber —dijo, dirigiéndose a Aza— que de aquí es imposible escapar. ¿O eres tan estúpida como ella?». La mujer desde el suelo hacía esfuerzos para pedir ayuda, pero no le salían más que balbuceos. No obstante aún tenía suficiente lucidez para reconocer los gritos de Aza. Aunque no podía verla, sabía que le estaban pegando. Incomprensiblemente se sintió culpable. Ahora un terrible fuego le abrasaba la garganta y le impedía pronunciar una sola palabra. En el escaso campo de visión que le dejaban las botas del legionario, vio a la saharaui correr hacia la línea del horizonte. Corría evitando la línea recta, tropezando con su *melfa*. Caía y se volvía a levantar. Corría torpemente pero con todas sus fuerzas. El legionario dejó el Kaláshnikov sobre el capó del Toyota y le pidió el rifle a uno de sus hombres. La mujer vio toda la escena, como ralentizada, desde el suelo. Le Monsieur se apoyó el rifle en el hombro, apartó la barba canosa y larga, para no pillársela, y se tomó todo el tiempo necesario hasta tener a la saharaui en la mira del arma. Aza corría cada vez con menos intensidad, como si estuviera segura de que antes o después iban a cogerla. La agonizante carrera se fue quedando en una marcha a paso ligero, luchando por no mirar atrás ni quedarse quieta. De repente se escuchó una detonación seca, y la silueta de Aza se desplomó sobre el suelo pedregoso de la *hammada*. Como una señal de luto, en un instante se había levantado un viento inesperado que poco a poco fue tomando fuerza. Lo último que vio la extranjera antes de que los párpados se le cerraran fue una enorme cortina de arena que ocultaba la profunda inmensidad del Sáhara.

La paciente ha dado un grito y luego ha abierto los ojos. Enseguida la enfermera le tiene ya la mano cogida. No le dice nada; se limita a contemplar los ojos de la mujer como quien contempla a una recién llegada. Intenta calcular su edad: cuarenta, cuarenta y cinco. Sabe que en cualquier parte se envejece mejor que en el Sáhara.

—¡Aza, Aza!

Sin duda, está delirando. La enfermera le pasa la mano por la frente e intenta tranquilizarla. Está segura de que ahora la mujer puede verla y escucharla. Le susurra palabras en hasanía, con la vaga esperanza de que la entienda. Le da un poco de agua. Le habla en francés. Intenta hacerse entender en inglés. Prueba en todos los idiomas que conoce.

—¡Aza, Aza! —vuelve a gritar la mujer, ahora con los ojos muy abiertos—. Han matado a Aza.

La enfermera siente un escalofrío al oírla. Intenta no perder la sonrisa.

—Hola. ¿Cómo estás? ¿Eres española?

La mujer la mira y se tranquiliza. Agarra con fuerza la mano de la enfermera.

—¿Dónde estoy?

—En un hospital. Estás viva, no hay peligro. Llevas muchos días durmiendo. ¿Eres española?

—Han matado a Aza.

La enfermera piensa que está delirando. Hace muchos días que no se ha separado de la cama de la mujer. Aquel rostro sin vida le llamó poderosamente la atención desde el momento en que lo bajaron de un vehículo militar. Ella era la única que parecía convencida de que iba a vivir. Ahora estaba segura de que Dios había oído sus plegarias.

—Tienes la *baraka* —dice—. Ha sido bendición de Dios.

La enfermera se retira la *melfa* de la cabeza y deja al descubierto el cabello negro y muy brillante. No puede parar de sonreír. No quiere soltar la mano de la desconocida ni siquiera para correr a dar la noticia de que está consciente después de muchas semanas. Se lleva la mano al corazón y luego le pone la palma abierta sobre la frente.

—Me llamo Layla —dice—. ¿Cómo te llamas tú?

La mujer siente una gran paz al ver la sonrisa de Layla. Hace un esfuerzo para hablar.

—Montse. Me llamo Montse.

Desde el barracón que hacía las veces de calabozo, el cabo Santiago San Román llevaba todo el día observando un movimiento anormal de tropas. Cuatro metros de ancho por seis de largo, un colchón sobre un somier con cuatro patas, una mesa, una silla, una letrina muy sucia y un grifo.

Querida Montse: pronto hará un año que no sé nada de ti.

Había tardado casi una hora en decidirse a escribir la primera frase y ahora le parecía afectada, poco natural. El sonido de los aviones que tomaban tierra en el aeródromo de El Aaiún lo devolvió a la realidad. Miró la cuartilla y ni siquiera reconoció su propia letra. Desde la ventana del barracón no alcanzaba a ver más que la zona de seguridad de la pista y una parte del hangar. Lo único que distinguía con claridad eran las cocheras y los Land-Rover entrando y saliendo sin parar, camiones cargados de lejías novatos y coches oficiales en un extraño ir y venir. Por primera vez en siete días no le habían traído la comida, ni le habían abierto la puerta a media tarde para que pudiera estirar las piernas en uno de los extremos de la pista del aeródromo. Llevaba una semana sin cruzar apenas palabra con nadie, comiendo un chusco duro y una sopa sosa, sin apartar la vista de la puerta ni de la ventana, esperando a que vinieran en cualquier momento para montarlo en una aeronave y sacarlo de África para siempre. Le habían asegurado, en tono amenazador, que sería cuestión de un día o dos, y que luego tendría toda la vida para añorar el Sáhara.

El tiempo se había detenido para el cabo San Román en la última semana, desde que lo trasladaron de los calabozos del cuartel del 4º Tercio de la Legión hasta el aeródromo para enviarlo a Gran Canaria y someterlo a juicio militar, lejos de las revueltas que se estaban produciendo en la provincia africana. Pero las órdenes parecían haberse perdido en el camino, y todo se paralizó sin ninguna explicación. No había diferencia entre los días y las noches: el nerviosismo y la ansiedad por la espera le habían provocado insomnio. Y las pulgas contribuían a la inquietud y a la desazón. Lo único que alteraba la monotonía era el rato que pasaba al pie de la pista del aeródromo, vigilado por un abuelo lejía que siempre lo amenazaba antes de subir a su torre: «Si das más de diez pasos seguidos o echas a correr, te levanto la tapa de los sesos». Y le enseñaba el Cetme sin poner mucho entusiasmo, como si estuviera seguro de que aquel cabo había comprendido que hablaba en serio. Era el único momento del día en que se sentía aliviado de la prisión, y miraba el horizonte, y buscaba con la vista los tejados de la ciudad, con sus techos blancos de medio huevo, y aspiraba el aire seco intentando llenar sus pulmones como si fuera la última vez que pudiera hacerlo. Pero aquel día de noviembre nadie le trajo el desayuno, ni la comida, ni acudió ningún vigilante a sus gritos que reclamaban el alimento. No había señales de vida cerca de los barracones. Todo el movimiento se concentraba en la pista del aeródromo o en los hangares. A la hora del paseo nadie vino a abrirle la puerta. A media tarde ya estaba seguro de que algo anormal estaba ocurriendo. Sólo cuando el sol estaba a punto de rozar el horizonte se escuchó el motor de un Land-Rover, y al mirar por la ventana vio los faros encendidos del vehículo que daba la vuelta al barracón. Y esperó sentado en el colchón, intentando mantenerse sereno, hasta que oyó el cerrojo de la puerta y apareció la figura de Guillermo vestido con el traje de paseo, correajes impecables y guantes blancos en la mano, como si se preparase para un desfile. Detrás, un vigilante al que no había visto antes, con el Cetme colgado al hombro.

—Tienes visita —dijo lacónicamente, y cerró la puerta detrás de Guillermo.

Al cabo San Román no le dio tiempo a reclamar su comida. De repente se sintió sucio. Estaba incómodo delante de su amigo; más bien avergonzado. Se situó junto a la ventana y se apoyó en la pared. Hacía más de veinte días que no se veían, desde aquella tarde aciaga en que se disponía a salir de paseo con un petate que no era suyo.

Guillermo iba hecho un figurín. Tampoco sabía qué decir. Sujetaba la gorra de legionario con las dos manos, haciéndola un burujo con los guantes. Se mostraba tenso y era incapaz de disimularlo. Finalmente dijo:

—¿Sabes ya la noticia?

Santiago no respondió, pero esperaba alguna catástrofe. De cualquier modo nada podía empeorar su situación.

—Se ha muerto el Caudillo —dijo, tratando de provocar alguna reacción en su amigo—. De madrugada.

El cabo San Román se volvió ligeramente para mirar al otro lado de la ventana. La noticia no parecía afectarle. A pesar de la hora, el movimiento de aviones no había cesado.

—¿Entonces era por eso?

—¿El qué?

—Por eso están yendo y viniendo todo el día. No paran de embarcar tropas. Pero no sé si las traen o se las llevan. Hace una semana que todo anda revuelto, y nadie me aclara nada. Está pasando algo más, ¿verdad?

Guillermo se sentó sobre el colchón sudado y sucio. No se atrevía a mirar fijamente a su amigo.

—Marruecos nos está invadiendo —dijo.

Sobre la mesa permanecía una carta que nunca iba a ser escrita ni enviada. Los dos miraron a la vez el papel amarillento y luego cruzaron sus miradas.

—Guillermo —dijo el cabo con la voz entrecortada—, van a fusilarme, ¿verdad? Por lo que me cuentas, si aún estoy aquí es porque necesitan los aviones para otras cosas, y no para sacar de aquí a un...

—¿Traidor? —dijo Guillermo con espontánea maldad.

—¿Tú también lo crees?

—Todo el mundo lo dice. Y a mí no me has demostrado lo contrario.

—¿Para qué? ¿Ibas a creerme?

—Prueba.

Santiago se acercó a la mesa, arrugó la cuartilla, la hizo una bola y la lanzó a la letrina. Guillermo no perdió detalle de cada movimiento. Luego añadió:

—Nos van a sacar de aquí. No quieren la guerra con Marruecos. Dicen las malas lenguas que ya han vendido la provincia en secreto a Hasan y a Mauritania.

—No me importa nada de eso. Tú te licenciarás dentro de un mes, volverás a tu casa, y yo...

—Tú también volverás. En cuanto lo aclares todo, te licenciarán.

El cabo San Román se quedó callado, intentando no manifestar todas las dudas que lo atormentaban. El estruendo de un avión tomando pista invadió el silencio del barracón. Fuera, un cielo rojo se confundía con la línea del horizonte, inflamada por el reflejo.

—Mira, Santi, ya sé que no querrás hablar de eso, pero necesito preguntártelo para quedarme tranquilo.

El cabo San Román volvió a ponerse tenso. Clavó la mirada en la de su amigo y procuró no achantarse. Guillermo apartó los ojos, pero no se echó atrás en su intención.

—En el cuartel dicen que estás con los traidores y los vendepatrias, que eres un terrorista. No digo que yo lo piense, pero quiero que tú me lo digas.

Santiago, finalmente, se sintió sin argumentos y sin fuerzas. Se dejó caer, apoyada la espalda en la pared, hasta quedar sentado en el suelo. Se cubrió la cara con las dos manos. Estaba más avergonzado que incómodo.

—Te juro, Guillermo, que yo no sabía nada. Te lo juro por mi madre, que está muerta.

—Te creo, Santi, te creo. Pero desde que te arrestaron no me han dejado hablar contigo. Estoy harto de partirme la cara por ti.

—Pues no lo hagas; no merece la pena. Me van a fusilar de todas maneras.

—No digas gilipolleces: no van a fusilarte. En cuanto lo aclares, te licenciarán; como mucho, quedarás fichado, pero nada más.

—Querrán saberlo todo, que les dé nombres, que...

—Pero si me dices que no sabías nada no tienes que tener miedo.

—Te lo juro: yo no sabía nada. Pensaba que aquel petate sólo llevaba ropa sucia.

Guillermo clavó entonces una mirada acusadora en su amigo. A pesar de la poca luz, el cabo San Román adivinó, sólo con mirarlo, lo que pasaba por la cabeza de su compañero.

—Santi, aquella ropa sucia, como tú dices, pesaba más de quince kilos.

—¿Y qué? ¿Crees que soy un estúpido? Supuse que entre la ropa iría algún carburador, unas bielas viejas. Yo sabía que todo no era trigo limpio, pero la gente lo hace. Tú lo sabes: todo el mundo lo hace. Carburadores, botas, chatarra...

—Sí, Santi, pero aquella chatarra eran granadas, detonadores y no sé cuántas cosas más. En el cuartel dicen que con aquello se podía haber volado el Parador Nacional.

—Pero yo no pretendía volar nada. Sólo estaba haciendo un favor, como tantas otras veces; nada más que un favor.

—¿A esa muchacha? ¿Era a esa muchacha a quien le estabas haciendo el favor?

El cabo San Román se puso en pie como si le hubieran colocado un resorte. Apretó los puños y permaneció clavado delante de Guillermo. Tenía las mandíbulas encajadas y casi se escuchaba el rechinar de sus dientes.

—Eso no es cosa tuya. No te metas en mi vida, ¿me oyes? Te lo he dicho muchas veces. Ya soy mayor para hacer lo que me dé la gana y para ir con quien quiera.

Guillermo se levantó, tremendamente dolido, y se colocó junto a la ventana. Todo aquel asunto le producía una enorme tristeza. Le dio la espalda a Santiago mientras veía las primeras estrellas que se dibujaban en el cielo. Fuera, el aire era puro y fresco. La belleza del paisaje contrastaba con la angustia que sentía en aquel momento. Respiró profundamente y creyó sentir un alivio que resultó pasajero.

—Mira, Santi, he tenido que hacer un gran esfuerzo para venir a verte. No puedes imaginar el trabajo que me ha costado llegar hasta aquí. Nos tienen acuartelados, en espera de novedades. Me enteré por casualidad de que no te iban a trasladar hasta dentro de dos semanas; por eso vine.

De nuevo se quedaron en silencio. Parecía que a Guillermo le faltaban fuerzas para seguir hablando. Si no hubiera conocido muy bien a su amigo, habría asegurado que estaba llorando. Pero no, Santiago San Román nunca había llorado, jamás, y menos delante de testigos. Por eso sintió una gran turbación cuando lo vio levantarse entre las sombras, acercarse a él y abrazarse como un niño desvalido. Se quedó paralizado, sin saber qué decir, hasta que sintió las lágrimas de Santiago contra su cara y no pudo hacer otra cosa que responder a su gesto y abrazarlo con todas sus fuerzas y consolarlo como si fuera un chiquillo. Y aún se sorprendió más cuando escuchó sus palabras reveladoras y entrecortadas en el oído.

—Estoy asustado, Guillermo, te lo juro. Nunca pensé que llegaría a decir nada parecido, pero es la pura verdad.

Guillermo trató de no enternecerse. En la penumbra llegó a pensar que no era realmente el cabo San Román quien le hacía aquella confesión. Se sentaron sobre el colchón mientras Santiago trataba de serenarse.

—Tienes que hacerme un favor muy grande, Guillermo. Sólo tú puedes ayudarme.

El legionario se puso en guardia, temiendo lo que le podía venir encima. No se atrevió a responder.

—Necesito que me ayudes a salir de aquí. Guillermo, tienes que ayudarme. Es posible que tarden mucho en llevarme a Canarias. Si se ha muerto el Generalísimo, las cosas van a andar muy revueltas.

—Las cosas andan muy revueltas hace ya mucho tiempo.

—Por eso. Nadie se va a preocupar por un cabo de mierda que se escape de un barracón de mierda. Es muy sencillo, Guillermo. No te caerá más de un mes de calabozo. Así no tendrás que luchar contra esos moros.

—No tienes derecho a pedirme eso.

—Lo sé, pero si tú me lo pidieras yo lo haría con los ojos cerrados. Es muy fácil, compañero, y el único que corre peligro soy yo, si me cogen.

—Estás loco, San Román —dijo, y al utilizar el apellido quiso mantenerse lo más distante posible, sin dejarse enredar—. Si te cogen es cuando te fusilarán.

—Nada peor puede pasarme ya. Lo que te pido es que te cameles al furriel para que te mande de guardia aquí. Por las tardes me sacan un rato al final de la pista, donde dan la vuelta los aviones. Sólo necesito que me dejes doscientos metros de ventaja antes de empezar a dispararme. Con doscientos metros puedo llegar hasta esas cocheras y coger un Land-Rover. Después todo corre de mi cuenta.

—Estás loco: antes de que hagas el puente te habrán cogido.

—No, porque me llevaré uno de la Policía Territorial. Los saharauis dejan siempre la llave bajo el asiento de la derecha. Tienen esa costumbre, lo sé bien. No debes preocuparte por nada; sólo dejarme doscientos metros antes de disparar. Lo haría por mi cuenta, pero no me fío: igual me toca un manchego de esos que saben mucho de caza, y me deja tieso.

Guillermo no respondió. Le sudaban las manos sólo de pensarlo. Ahora las luces del hangar se colaban de refilón por la ventana. Se puso en pie y comenzó a recorrer en una y otra dirección los seis metros del calabozo. Ya no se escuchaba el ruido de los aviones despegando.

—Olvídalo —dijo finalmente el cabo San Román—. Es una estupidez. Si van a llevarme a un tribunal militar, cuantos menos cargos tengan contra mí, mejor. Además, no quiero privarte del placer de dispararles a los marroquíes. Llevo todo el día sin comer, ¿sabes? Un hombre con el estómago vacío no puede decir más que tonterías.

De repente Santiago comenzó a dar voces para llamar la atención de los de guardia.

—¡Vais a matarme de hambre! Sois unos cabrones de mierda. Ojalá os corten el pescuezo ahí fuera. ¡Cobardes de mierda! ¡Acojonaos! Eso es lo que sois. Cuando os cojan prisioneros los moros, vais a pagar lo que estáis haciendo conmigo.

El legionario parecía poseído por una fuerza que le dictaba aquella sarta de insultos. Ni siquiera su voz parecía la misma. Guillermo se echó hacia atrás, buscando la salida. No sabía qué hacer ni qué decir. Se abrió la puerta del barracón y apareció el mismo soldado con el Cetme entre las manos y el dedo en el gatillo. En cuanto lo vio, Guillermo se escabulló afuera intentando no mostrar su intranquilidad. Se cerró la puerta y todo volvió a quedar en calma. El Land-Rover se alejó y enseguida se perdió de vista.

Solo de nuevo, el cabo San Román se agarró a los barrotes del calabozo y sacó cuanto pudo la nariz y la boca para atrapar el aire puro. Un viento agradable y seco hacía difícil creer que el otoño declinaba ya. El olor de la tierra, tras las últimas lluvias, era más intenso que nunca. Una luna descarada iluminaba las dunas a lo lejos y dejaba en evidencia incluso al astuto zorro. Las luces de la pista del aeródromo llegaban de soslayo hasta el barracón. Por un instante la imagen de Andía se le apareció clara, como si estuviera delante de ella. Incluso le pareció que podía escuchar su voz y oler su piel morena. El eco de un cornetín muy lejano rompió el silencio y la imagen de la muchacha. Inexplicablemente el legionario iba sintiendo una sensación de placer que le hacía gozar hasta con el roce del aire en su cara. Aquel olor le daba fuerzas y lo hacía volar por encima del aeródromo, por encima de El Aaiún, por encima del Sáhara. Con los ojos entreabiertos reconoció aquella sensación como la misma que recorrió todo su cuerpo, igual que un escalofrío, una mañana de diciembre de 1974, cuando el portón del avión Hércules se abrió ruidosamente y cayó la rampa que le franqueaba el paso al más hermoso y cegador de los desiertos. Venía de soportar el seco cierzo de Zaragoza durante los días que duró el campamento, y jamás había podido imaginar que lo que le esperaba en la pista de El Aaiún iba a marcarlo para siempre. Pasó en pocas horas de una luz mortecina de invierno al intenso azul del cielo del Sáhara. Los noventa y tres soldados que habían cambiado voluntariamente la infantería por la Legión se quedaron sentados en los bancos del Hércules, sin moverse, hasta que la voz cazallera de un sargento chusquero los sacó de su ensimismamiento. «De pie todo el mundo», gritó el legionario, partiéndose el pecho. Y los noventa y tres novatos se pusieron en pie al mismo tiempo, antes de que acabara la frase. Pero la mente de Santiago San Román ya estaba fuera de la aeronave C-130. Bajó la rampa como flotando, cargado con su petate y abriéndose la camisa como aquellos lejías que esperaban abajo, inflando pecho, hombros atrás, barbilla alta, mirada al frente. Se colocó el primero en la formación, se alineó el primero y sintió antes que nadie el aire tibio de diciembre, el más tibio de los diciembres, tan distinto de su Barcelona. Un cosquilleo le recorría todo el cuerpo según iba viéndolo todo con el rabillo del ojo. Le llamaron la atención, entre tanta insignia y bandera, los uniformes de la Policía Territorial: aquellas guerreras claras que hacían resaltar la piel oscura de los saharauis. Enfrente, el edificio de oficinas. Una enorme terraza lo cruzaba de extremo a extremo, casi a la altura del tejado, y, sobre la terraza, los turbantes negros y azules, los vestidos largos, como chilabas, parecían puestos para alegrar el color rojizo y monótono del paisaje. El ronroneo de los Land-Rover, las hélices ruidosas del Hércules, las instrucciones que se oían por megafonía, todo resultaba una gran

representación preparada para los recién llegados, en-
sayada durante años para los soldaditos que iban y venían de la Península. Le pareció que aquello había estado allí durante siglos, esperando el momento en que
Santiago San Román bajara del avión para atraparlo.
El desierto y las caras de los saharauis le parecieron las
cosas más viejas que existían sobre la Tierra. Todo estaba en equilibrio: el paisaje, la luz, los rostros de los
nativos. Sin embargo, volvió a la realidad al ver la cara
pálida de Guillermo, su fiel amigo Guillermo, a quien
sólo conocía desde hacía cuarenta días, pero del que se
había vuelto inseparable. Estaba muy pálido y le costaba trabajo mantenerse vertical. Enseguida se dio
cuenta de que su compañero lo había pasado mal en
el viaje. Le chistó para que lo mirase, pero Guillermo
apenas levantó los ojos y volvió a clavarlos en el suelo.
Santiago San Román se sintió en cierta medida culpable, pues si no hubiera sido por él su amigo estaría
ahora en algún destino tranquilo en Zaragoza, esperando que los meses pasaran rápidos para licenciarse y
recoger «la blanca». Pero él se había interpuesto en su
camino, y también un alférez legionario que se presentó en Zaragoza y les habló de la Legión, les enseñó
los tatuajes, les mostró fotografías y una proyección
en Súper 8, en donde los legionarios marchaban con
paso marcial, detrás del carnero, pecho por delante; y
Santiago decidió que Zaragoza estaba demasiado cerca de Barcelona. Intentó calcular mentalmente la distancia que había entre la provincia del Sáhara y su barrio, y concluyó que en ninguna parte estaría más
lejos que allí. Esa misma tarde llamó una vez más a la
casa de Montse, para decirle que se iba al fin del mundo. Pero una vez más le dijeron que la señorita Montse

no estaba en la ciudad. Demasiado bien sabía él que le estaban mintiendo. Colgó el auricular, rabioso, con toda la fuerza que pudo. Intentó romper la imagen de Montse en su mente en mil pedazos. Se pasó toda la noche en vela, dando vueltas en su litera, muy cerca de Guillermo. Y en cuanto tocaron diana y tuvo un minuto libre se encaminó al banderín de enganche y le dijo al alférez: «Quiero ser legionario, mi alférez». Y el alférez, sin darle la posibilidad de repetirlo, se acercó el bolígrafo a la boca, le echó el aliento y garabateó el nombre de Santiago San Román. Luego le dijo: «¿Sabes firmar, muchacho?». «Sí, mi alférez.» Y el legionario le dio la vuelta al papel y le puso el dedo debajo de donde decía «firma y rúbrica», y aunque Santiago San Román no sabía lo que significaba aquella segunda palabra estampó allí su nombre, porque lo que él quería era ir al lugar más apartado del mundo, tatuarse una frase como la de aquel alférez, «Amor de Madre», olvidarse de Montse y no regresar nunca.

Pero ahora, viendo el rostro demacrado y angustioso de Guillermo, no estaba seguro de haber hecho bien al arrastrar a su amigo, el único amigo verdadero que había tenido en mucho tiempo. Aunque fue Guillermo quien se empeñó en irse voluntario a la Legión cuando le enseñó la papeleta recién firmada. Por un momento se sintió emocionado al recordarlo. Nadie había hecho nunca por él nada parecido.

La música que sonaba por la megafonía del aeródromo lo devolvió de nuevo a la realidad. Los primeros compases de aquel pasodoble le removieron las tripas y lo desconcertaron. *Como el vino de Jerez y el vinillo de Rioja...* La energía de la música contrastaba con los cuerpos derrengados de los soldados. *Son los colores que tiene la banderita española.* A la voz de mando comenzaron a cargar los petates en dos camiones que esperaban a pie de pista. *Cuando estoy en tierra extraña y contemplo tus colores...* Santiago San Román no podía controlar sus pensamientos. *Y recuerdo tus hazañas...* Le parecía tener el rostro de Montse a escasos centímetros del suyo. *Mira si yo te querré.* «¿Cómo has dicho?», le había preguntado ella con los ojos clavados en los suyos. «Mira si yo te querré», respondió él. Y ella le había rozado los labios en una caricia que jamás volvió a sentir. Y él había repetido: «Mira si yo te querré». Pero aquel demonio de sargento les gritaba ahora al pie del camión, sacudía los brazos como un endiablado molino, les metía prisa y no dejaba de escupir insultos a los nuevos legionarios. Enseguida Santiago San Román se sintió herido en su amor propio, se encaramó al camión y saltó dentro; buscó su petate y se sentó en el fondo, sobre la rueda de repuesto. Una mirada a su alrededor desterró de su cabeza por el momento la imagen de Montse. La cara de aquellos saharauis tenía el color de la tierra que pisaban. Por un instante creyó que eran la misma cosa. Parecía que los ancianos, sentados sin ocupación a la sombra del edificio militar, hubieran estado allí toda la vida. Se hacían visera con la mano y contemplaban a los soldaditos con una mezcla de compasión e indiferencia. Arrancó el camión. La música fue quedando atrás. Una montaña de polvo se levantaba al paso de los dos vehículos. Los pocos matorrales que sobrevivían junto al asfalto estaban totalmente blancos. El trayecto fue corto: enseguida aparecieron las primeras casas de El Aaiún. Santiago San Román contempló, con la respiración cortada, a la primera mujer vestida con una *melfa* de colores vivos. Caminaba elegantemente con el rostro erguido, en línea recta, con una capaza en la mano. El camión pasó a su lado y ella no volvió siquiera la cabeza. Su imagen fue quedándose pequeña mientras entraban en las calles de la ciudad. Santiago San Román no sabía dónde poner su vista. Todo le llamaba la atención. Mucho antes de llegar al cuartel, mientras pasaban cerca del mercado, la imagen de Montse se fue borrando de su mente. Y, cuando bajaron del camión, ya estaba seguro de que aquel lugar serviría para cicatrizar definitivamente sus heridas.

Cuando la doctora Cambra comenzó su guardia de veinticuatro horas el 31 de diciembre, no podía imaginar que la entrada en el nuevo siglo iba a suponer un cambio tan drástico en su vida. Del mismo modo, tampoco sospechaba que los acontecimientos pudieran ayudarla a tomar decisiones para las que no se creía preparada.

En realidad aquel día no tenía turno de guardia, pero lo cambió con un compañero porque le resultaba muy duro pasar sola en casa una Nochevieja por primera vez en su vida. Fueron numerosas las ocasiones, durante los últimos meses, en que había hecho guardias en fechas que no le correspondían. Sin embargo aquélla, por lo que significaba para algunos la entrada en el nuevo siglo, resultaba algo especial. El Servicio de Urgencias del Hospital de la Santa Creu i Sant Pau estaba preparado para afrontar una noche de mucha actividad. Muy pocos albergaban la esperanza de dormir acaso dos o tres horas. Pero hasta las doce de la noche las urgencias que llegaron fueron incluso menos numerosas y graves que las de un día de diario. Aunque sin mucho trabajo que atender, la doctora Cambra iba de un sitio a otro tratando de mantener la mente ocupada. Acudía a la farmacia, rellenaba los huecos de gasa en el armario, se aseguraba de que las botellas de suero coincidieran con las que se habían pedido. Cada vez que entraba en la sala en donde estaba encendido el televisor, agachaba la cabeza y canturreaba por lo bajo para no reconocer su fracaso. Temía derrumbarse delante de sus compañeros en cualquier momento, como aquella vez en que rompió a llorar en mitad de un reconocimiento, mientras la auxiliar la miraba asustada, dudando entre atender a la doctora o a aquella anciana que se ahogaba por la presión de una costilla sobre los pulmones. Ahora, cada vez que escuchaba su nombre por la megafonía del Servicio de Urgencias, acudía enseguida sin pensar en otra cosa que en su trabajo. A veces algún residente o algún interno con muchas entradas en el cabello y nariz aguileña le recordaban a Alberto, todavía su marido. Pero, a diferencia de unos meses atrás, era capaz de sonreír. Llegaba incluso a imaginarlo preparando la cena junto a aquella radióloga de gimnasio y peluquería; él, que nunca había fregado un plato, que jamás había abierto los cajones de la cocina si no era para llevarse el sacacorchos. La última vez le pareció incluso que se había teñido las canas de las patillas y de las sienes. Lo imaginó también haciéndole la danza del vientre a la radióloga, y corriendo detrás de ella alrededor de la mesa del salón, en una de aquellas carreras de jungla que hacía tantos años que no practicaba con ella. Los sentimientos que le provocaba Alberto habían evolucionado de la amargura a la ironía, y de la ironía al sarcasmo. Nunca pudo imaginar que aquella persona que ocupó su vida desde muy joven pudiera parecerle, en apenas diez meses, un ser de trapo, vacío, falso, un auténtico hijo de puta. Le costaba trabajo recordar la cara de su marido cuando lo conoció, o cuando la paseaba por Barcelona en aquel Mercedes blanco, impoluto, brillante, perfecto, como él. Médico de estirpe, cardiólogo joven de carrera meteórica, seductor, inteligente, bello. La doctora Cambra no podía quitarse de la cabeza la imagen del que había sido su marido, durante veinte años, corriendo tras la joven radióloga. Cuando se cruzó en el pasillo con la doctora Carnero, anestesista de guardia, aún llevaba dibujada la sonrisa sarcástica en el rostro. Se miraron con complicidad.

—Es la primera vez que veo sonreír a alguien en una guardia de Nochevieja —dijo la anestesista al cruzarse con ella, sin tiempo para detenerse.

—Alguna vez tenía que ser la primera, ¿no crees?

Por la megafonía se escuchó una voz que reclamaba la presencia de la doctora Cambra. Antes de que el mensaje terminara, ya se encontraba en el mostrador.

—En el cuatro hay una joven de unos veinte años con fracturas en las extremidades. Es un accidente de moto.

Montse sintió que la sangre le ardía. Se puso muy colorada y el corazón se le aceleró. Se dirigió al *box* que le habían indicado. En efecto, allí encontró a una muchacha muy pálida a la que atendían una enfermera y un auxiliar. En cuanto vio su rostro asustado y su aspecto desvalido, le comenzaron a temblar las piernas. Intentó recuperar la entereza:

—¿Quién le ha quitado el casco? —dijo, contrariada.

—La trajeron sin casco. Probablemente no lo llevara puesto.

La doctora le abrió los párpados a la muchacha y la examinó con una pequeña linterna. No pudo evitar cogerle una mano y apretársela con fuerza. La otra mano estaba como muerta y con muchos rasguños. Luego le presionó suavemente el tórax, el bazo, los riñones, el estómago, al tiempo que preguntaba: «¿Te duele aquí? ¿Y aquí?». La muchacha se quejaba, pero negaba con la cabeza.

—A ver, cuéntame, cómo fue el accidente.

La joven comenzó a balbucir, pero no coordinaba bien las frases.

—¿Tienes sueño? —le preguntó la doctora—. No te duermas, anda. Sigue contándome todo lo que recuerdes.

Mientras la muchacha trataba de explicarse, la enfermera comenzó a tomarle la tensión.

—Hay que hacerle un TAC.

El auxiliar lo apuntó. La muchacha hablaba sin parar, ahora con más fluidez.

—Once dieciocho de tensión.

—¿Cuántos años tienes? —le preguntó la doctora.

—Diecinueve... Me esperan en casa para cenar.

La doctora Cambra aguantó la respiración y miró para otro lado. Probablemente aquélla fue la misma frase que su hija había pronunciado seis meses antes, cuando algún médico de urgencias le hizo la misma pregunta que ella acababa de hacerle a la desconocida. Diecinueve. Los había cumplido en marzo. Mientras se la llevaban para hacerle el TAC, la doctora se retiró del *box*. La muerte de su hija no iba a afectarla en su trabajo, pero no podía quitársela de la cabeza. Igual que aquella desdichada, tenía diecinueve años, conducía un ciclomotor con el casco colgado del brazo y la esperaba su madre en casa para cenar. Sin embargo, llamaron al padre para darle la noticia de la muerte. En el hospital el nombre de Alberto era muy conocido. Ni siquiera tuvieron que buscar el número en la agenda de la fallecida. Estaba en el tarjetero de Recepción, entre los números más utilizados. No sabía qué le molestaba más, si la tardanza desde el momento de la muerte hasta que la avisaron, o el hecho de que fuera su marido quien con voz grave y mucha entereza le comunicó que la niña había muerto. Además, se había presentado en casa junto a la radióloga, como si necesitara la presencia de la amante para dar testimonio de su fortaleza.

Cuando una hora después la doctora Carnero se encontró con ella en la sala de médicos, la sonrisa había dejado paso a una mirada perdida. En cuanto la vio, la anestesista supo que su amiga estaba a punto de caer en el pozo del que tanto trabajo le estaba costando salir.

—¿Un café?

La doctora Cambra asintió con la cabeza. Le hacía bien estar rodeada de gente y hablar de las cosas de los demás.

—¿Qué tal el niño?

La anestesista la miró con sus ojos achinados y trató de sonreírle.

—Bien, está muy bien. Y tú ¿cómo estás? Hace un momento ibas sonriendo por el pasillo y ahora vengo y te encuentro...

—Estoy bien. Es sólo que a veces no puedo tener la cabeza donde quisiera.

—Eso nos pasa a todos, Montse. No creas que eres especial precisamente por eso.

—Ni por eso ni por nada, Belén. Creo que soy la persona menos especial de la Tierra.

Belén intentó no dar demasiada importancia a la observación de su amiga. Sabía mejor que nadie que no eran frases ni consejos lo que necesitaba, sino tiempo que cicatrizara las heridas.

—Oye, Montse —dijo la anestesista—, ¿qué harás mañana?

—Nada especial, supongo: ver los saltos de esquí, el concierto de los valses y engordar sin remordimientos.

—Se me ocurre que podrías venir a comer a casa. Matías ha traído del pueblo el bacalao que tanto te gusta.

—¿Bacalao del Gatito en día de Año Nuevo? ¿Y dónde está esa tradición del arroz con pavo que tan grande ha hecho a nuestra cocina?

—Hija, qué antigua eres.

Se abrió la puerta de la sala y apareció un interno con los guantes puestos y la mascarilla ladeada.

—Montse, te necesitamos.

La doctora Cambra se levantó y dejó el café sobre la mesa sin haberlo probado.

—De acuerdo —dijo antes de salir—, mañana en tu casa. Si quieres te grabo los saltos de esquí.

—No, gracias, los veré en directo. A mi hijo le encantan.

Entre las once y las doce y media de la noche, el Servicio de Urgencias estuvo especialmente tranquilo. Algunos salieron a comer algo en la cafetería; otros prefirieron compartir las delicias caseras en la sala de médicos. Fue el peor momento de la noche que tuvo que pasar la doctora Cambra.

Los padres de la motorista accidentada se presentaron poco antes de las doce campanadas, alarmados por el accidente de su hija. La doctora Montserrat Cambra los atendió con especial interés. Y, en contra de las normas del hospital, les permitió entrar a ver a su hija durante unos minutos.

—Ha tenido mucha suerte —le dijo a los padres mientras lloraban ante la imagen patética de su hija—. No deben asustarse por el tubo y por tanta venda. Esto no es más que suero y analgésico. En la cabeza no tiene nada. Se ha roto esta clavícula y tiene fracturada la tibia. Lo más grave son los destrozos de la mano, pero con la cirugía y una buena rehabilitación no tendrá secuelas importantes.

La madre rompió a llorar en cuanto terminó de escuchar aquel parte del accidente.

—Pero está bien, créanme. En un mes podrá hacer una vida casi normal.

Y conforme trataba de animar a los padres ella misma se iba hundiendo. En cuanto pudo, buscó una excusa para apartarse de allí. Cuando entró en la sala de descanso, el personal de guardia del hospital brindaba en vasos de plástico e improvisaba confetis fabricados con folios. El nuevo siglo había entrado también de forma discreta en aquel Servicio de Urgencias. El traumatólogo se acercó hasta Montse y la besó para felicitarle la entrada del año. Estaba nervioso y especialmente torpe. Estuvo a punto de manchar con el café a la doctora Cambra.

—No me has llamado en toda la semana —le dijo el médico, tratando de que sus palabras no sonaran a reproche.

—No he podido, Pere, de verdad. No te puedes ni imaginar la cantidad de cosas atrasadas que he tenido que resolver.

—Bueno, si es sólo por eso...

—Claro, ¿por qué, si no? Eres un tío estupendo, de verdad.

El médico se alejó, alertado por las miradas indiscretas. Belén se acercó por detrás hasta su amiga y le susurró al oído:

—No me has llamado en toda la semana, Montse.

La doctora Cambra se puso tan colorada que pensó que todo el mundo se estaba fijando en ella.

—Eres un tío estupendo, de verdad —siguió la anestesista, imitando el tono afectado de Montse.

—¡Quieres hacer el favor de callarte! ¡No ves que te está oyendo!

—¿Quién, Pere? ¿No sabes que es sordo de un oído? Yo misma lo anestesié en la operación hace tres años.

—Eres una bruja.

—Y tú un poco estrecha, me parece. ¿No sabías que Pere es el soltero de oro del hospital?

—¿Y tú no sabías que el soltero de oro tiene el gatillo oxidado?

La anestesista se llevó la mano a la boca en un gesto de cómico fingimiento.

—¡No me digas!

—Como lo oyes.

—Nadie es perfecto, hija.

El resto de la guardia transcurrió como casi todo el mundo esperaba: en un ir y venir por los pasillos, puertas que se abrían y se cerraban, camillas entrando y saliendo. Y aquella guardia no habría sido muy diferente de cualquiera de las que la doctora Cambra había hecho a lo largo de su carrera, si un cúmulo de casualidades no se hubiera sucedido en aquellas primeras horas del siglo.

A las tres horas y quince minutos de la noche una ambulancia del Servicio de Urgencias del Hospital de Barcelona trasladaba a gran velocidad a una mujer de unos veinticinco años, raza árabe y embarazada, que había sufrido un atropello al coger un taxi en el aeropuerto. Primera casualidad: la ambulancia, que llevaba a la mujer a más de noventa kilómetros por hora por la Gran Via de les Corts Catalanes, se encontró al llegar a la altura del Carrer de Badal un embotellamiento debido al choque de tres coches que habían empezado a arder. Aquél era el camino más corto para llegar al Hospital de Barcelona, pero, ante la imposibilidad de abrirse paso entre los camiones de bomberos y los coches de policía que allí se apelotonaban, la ambulancia siguió por la avenida para dirigirse al hospital más cercano. Segunda casualidad: cuando el conductor de la ambulancia avisó por radio al Hospital Clínic i Provincial, le comunicaron que estaban esperando a cuatro heridos con quemaduras muy graves a causa de un choque entre dos vehículos y le aconsejaron que fuera a su primer destino. Tercera casualidad: cuando la ambulancia fue a dar la vuelta en la Plaça de les Glòries Catalanes para retroceder por la Diagonal en dirección al Hospital de Barcelona, el conductor se equivocó en una maniobra violenta y tomó una avenida equivocada. Cuarta casualidad: mientras el conductor trataba de orientarse en un laberinto de calles iguales, el vehículo fue a parar a la fachada principal del Hospital de la Santa Creu i Sant Pau, y antes de comprender dónde estaba, se dio de frente con las luces rojas e iluminadas del Servicio de Urgencias. En el momento en que la camilla cruzaba el umbral, la mujer perdía las constantes vitales. Enseguida una enfermera se dio cuenta de que estaba muerta. Quinta casualidad: en el instante en que la doctora Cambra asistía a un anciano ingresado por un ataque de asma, un celador y una auxiliar colocaron al lado la camilla con el cadáver de la mujer embarazada. Algo que sería difícil de precisar hizo que la doctora Cambra se fijara en aquella mujer. Tal vez fuera la belleza de sus rasgos —o el colorido de la tela que ocultaba sus ropas, o el prominente embarazo— lo que llamó su atención. Sin que nadie se lo pidiera, la doctora Cambra le buscó el pulso en el cuello sin éxito; después le abrió los párpados y descubrió las pupilas midriáticas y arreactivas, por lo que tuvo la seguridad de que estaba muerta. Los rasgos de la mujer eran de gran placidez, como si se hubiera quedado con una sonrisa en los labios. En el mostrador de Recepción se produjo un pequeño alboroto y una discusión entre el administrativo y el personal de la ambulancia. La doctora Cambra, sin pretenderlo, se enteró de todos los pormenores. El marido de la víctima, a quien no le permitieron subir a la ambulancia, había cogido un taxi para ir al Hospital de Barcelona, donde seguramente se encontraría ahora preguntando por su esposa. Además, todos los papeles, pasaporte y documentación de la mujer estaban en árabe, y no sabían a quién avisar del fallecimiento. La doctora Cambra, sin mucho empeño, se interpuso y trató de imponer cordura.

—Llama al Servicio de Urgencias del otro hospital y les cuentas lo que ha pasado. En cuanto llegue el marido preguntando por la víctima, que lo manden aquí.

Se miraron entre ellos, con el cansancio de las tres y media de la madrugada.

—Y no vayas a mencionar que ha muerto.

La doctora Cambra regresó junto al inquietante rostro de paz de aquella mujer. Si no hubiera sido por las circunstancias, le habría parecido incluso un rostro de felicidad. Tomó un formulario y, mientras dos auxiliares iban poniendo sobre una mesita todo lo que la mujer llevaba en el bolso y en los bolsillos, la doctora fue examinando las heridas y tratando de hacerse una idea del modo en que se había producido el accidente. Calculó que se encontraba entre el quinto y sexto mes de embarazo. Apuntó en el formulario la edad aproximada de la víctima: veinticinco años. No pudo evitar un escalofrío al escribir la cifra. Por un instante se vio a esa misma edad agarrada al brazo de Alberto, o bailando con él en Cadaqués, embarazada y perseguida por las miradas celosas de las jovencitas de Barcelona que veraneaban junto al mar. Pero una casualidad más hizo que, al apoyarse para escribir con más comodidad, la mesita cediera y los objetos personales cayeran al suelo. Y el hecho no habría tenido mayor trascendencia si, al agacharse, Montserrat Cambra no hubiera visto tres o cuatro fotografías entre las que destacaba una que llamó poderosamente su atención.

La fotografía es en blanco y negro. En el centro aparecen dos hombres encuadrados de la cabeza a las rodillas. Son de la misma altura. Los dos miran a la cámara muy sonrientes, como si se sintieran las personas más felices del mundo. A sus espaldas aparece la parte delantera de un Land-Rover con la rueda de repuesto encima del capó. Y, por el otro lado, el fondo está cubierto de tiendas de beduinos alineadas hasta perderse en el ocaso de la fotografía. Entre las tiendas hay grupos de tres o cuatro cabras que se confunden con el suelo. Los dos hombres tienen echado un brazo por detrás del cuello del otro, en un gesto de compañerismo. Están muy juntos; sus rostros casi se tocan. Uno de ellos tiene rasgos árabes: va vestido con ropa militar y levanta la mano izquierda haciendo el símbolo de la victoria. El otro tiene rasgos occidentales, a pesar de las ropas que lleva puestas. Viste a lo Lawrence de Arabia, con una gran túnica clara y un turbante oscuro que lleva deshecho y colgado sobre los hombros. Tiene el pelo muy corto y un bigote pasado de moda. Con la mano derecha levanta un arma en un gesto muy cinematográfico. Lo que más llama la atención es la sonrisa de los dos hombres.

Desde el primer momento aquella imagen le había provocado una inexplicable confusión a la doctora Cambra. Ahora, mientras sujetaba la foto con manos temblorosas, sabía la razón: aquel hombre de bigote y ropas del desierto era Santiago San Román. Le pasó un dedo por encima, casi convencida de que se trataba de un espejismo. Pero cada vez tenía menos dudas. En un acto reflejo le dio la vuelta al papel y descubrió, escrito en árabe con letras azules bastante borradas, lo que parecía una dedicatoria. Y debajo pudo leer con mucha claridad: «Tifariti, 18-I-1976». Aquella última fecha era tan clara que no cabía ninguna ambigüedad. Si Santiago San Román había muerto en 1975, como siempre había creído ella, aquel muchacho no podía ser el joven que una calurosa tarde de julio las abordó —veintiséis años atrás— a ella y a su inseparable Nuria mientras esperaban el autobús en la Avenida del Generalísimo Franco.

Ocurrió a principios del verano del 74. Montse no podía olvidar aquel detalle, a pesar del tiempo transcurrido. Fue la primera vez que sus padres se marchaban a veranear a Cadaqués y la dejaban sola en casa. En realidad nunca en su vida había estado sola. Tampoco aquel verano lo estuvo. En la casa de la Vía Layetana se había quedado una chica del servicio, Mari Cruz, que le hacía la comida, la cama y cuidaba de la niña. Montse había cumplido apenas un mes antes dieciocho años, y había terminado COU con notas excelentes. Sin embargo, su padre consideró que para estudiar la carrera de Medicina hacía falta algo más que un expediente brillante. Por eso Montse, en contra de su voluntad, se tuvo que quedar sin veraneo por primera vez en dieciocho años. Y, mientras los días pasaban anodinos y sin sobresaltos a orillas del mar, ella asistía mañana y tarde a una academia para reforzar las matemáticas, la química y aprender alemán.

La Academia Santa Teresa estaba en el entresuelo de un edificio de la Avenida del Generalísimo Franco. En el primer piso, una academia de baile impartía clases en horario intensivo de verano desde las ocho de la mañana hasta las nueve de la noche. Mientras Montse y Nuria trataban de concentrarse en los logaritmos neperianos, las mesas del aula temblaban al taconeo de las sevillanas, o seguían el ritmo roto del tango. En semejantes condiciones era muy fácil que la mirada se perdiera por la ventana, y detrás de la mirada la atención, que se iba entonces detrás de algún muchacho apuesto, o a los escaparates de la acera de enfrente. Pero la monotonía de aquel verano se rompió muy pronto, en los primeros días de julio, precisamente la tarde en que Montse y Nuria esperaban el autobús sin la esperanza de que nada las salvase del hastío del verano y del calor.

Y tal vez el aburrimiento fue lo que llevó a las dos amigas a fijarse en aquel descapotable blanco, con una matrícula muy grande, que se había detenido al otro lado de la calle. Era un coche extranjero, probablemente americano. Además del modelo inusual, les llamó la atención que sus ocupantes fueran dos muchachos jóvenes, guapos, muy bien vestidos y que no paraban de mirarlas. Ninguna de las dos amigas se atrevió a hacer comentarios, pero ambas sabían que antes o después les iba a suceder algo que no solía ocurrir todos los días. En efecto, con una maniobra espectacular y peligrosa, el vehículo cruzó la avenida y se detuvo en la parada del autobús. Aquélla fue la primera vez que Montse vio a Santiago San Román. Aunque el muchacho apenas tenía diecinueve años, la brillantina, la ropa y el coche lo hacían mayor. Santiago y su compañero se bajaron casi al mismo tiempo y se acercaron a las dos muchachas. «Acaban de suspender el servicio de autobuses en esta línea —dijo con un acento que enseguida lo delató—. Nos acabamos de enterar yo y el Pascualín». La gente que esperaba en la parada se miró con cierta incredulidad, poniendo en duda las palabras de aquel charnego. Sólo Montse y Nuria sonreían, picadas por la curiosidad. «Será cosa de dos días o tres, como mucho», añadió el tal Pascualín. «Si no estáis dispuestas a esperar tanto, aquí el chaval y un servidor nos ofrecemos a transportaros a donde haga falta.» Y, mientras lo decía, Santiago señalaba el flamante coche. El Pascualín abrió la puerta del copiloto, y Montse, en un impulso que jamás antes había sentido, le dijo a su amiga: «Vamos, Nuria, que nos llevan». La amiga se sentó detrás con el Pascualín, y Montse ocupó un impresionante asiento de piel beige muy claro, amplio, atractivo, lujoso. Santiago San Román dudó un instante, con los ojos de par en par, sin terminar de creerse que las dos muchachitas hubieran aceptado su invitación. En realidad se puso muy nervioso cuando se sentó al volante y oyó a la joven preguntar: «¿Y tú cómo te llamas?». «Santiago San Román, para serviros», respondió en un sincero arranque de humildad que resultaba ridículo.

Aquélla fue la locura más grande que Montse había hecho en dieciocho años. Sentada junto a Santiago San Román, sintió de repente que el calor y el hastío del verano se desvanecían. Los cuatro iban en silencio, disfrutando de todas las sensaciones, inmersos cada uno en sus pensamientos. Por eso, cuando bordearon la Plaza de la Victoria y pasaron de largo la Vía Layetana, Montse no dijo nada. Entraron en la Plaza de las Glorias Catalanas como en un desfile triunfal. De vez en cuando Santiago miraba de reojo a la muchacha, o se volvía descaradamente cuando ella se levantaba el pelo para que se inflara con la tímida brisa que empezaba a soplar. Por fin se detuvieron en la Estación de Pueblo Nuevo. El aire del mar traía un olor de algas putrefactas. Cuando se detuvo el vehículo, Montse abrió los ojos como si acabara de despertar de un dulce sueño. «¿Por qué te paras? —preguntó con fingida seguridad—. Este sitio es feísimo». «Ya, pero todavía no habéis dicho dónde vivís.» «En la Vía Layetana», se apresuró a decir Nuria, algo más inquieta que su amiga. Santiago dio la vuelta y recorrió el camino en dirección contraria. De repente a Montse se le desató la lengua y empezó a hacer todo tipo de preguntas. «El coche es de mi padre; yo aún no gano tanto para tener un Cadillac.» «En un banco, trabajo en un banco. Bueno, en realidad mi padre es el director y yo lo seré algún día.» «Sí, el Pascualín también: los dos trabajamos en el mismo banco.» Mientras tanto, el Pascualín y Nuria iban ajenos a la conversación. Según respondía a las preguntas, Santiago se metía en un laberinto del que cada vez le costaba más trabajo salir. «Para aquí. Nuria tiene que bajarse», dijo de improviso Montse. En realidad las dos jóvenes eran vecinas, pero Nuria se dio enseguida cuenta de la intención de su amiga y, a regañadientes, se bajó del Cadillac. «¿No la vas a acompañar?», reprendió Santiago al Pascualín.

El descapotable siguió calle abajo hasta detenerse en donde Montse dijo. Por primera vez miró fijamente a Santiago San Román a los ojos y le pareció el hombre más guapo de cuantos conocía. Le permitió seguir mintiendo. Santiago, sin embargo, no hacía preguntas. Bastante tenía con salir airoso de las que le lanzaba constantemente Montse. Por fin, agobiado, dijo: «Esto parece un interrogatorio». «¿Te molesta que te haga preguntas?» «Qué va, qué va; no me molesta en absoluto.» «Es que cuando me monto en el coche de un hombre me gusta saber con quién lo hago —le explicó Montse en un arranque de cursilería—. No vayas a creer que yo hago esto todos los días». «Qué va, qué va; no lo pienso en absoluto. Lo que pasa es que yo te lo he contado todo, y tú...» «¿Qué quieres saber?», volvió a anticiparse la muchacha. Santiago dudó antes de hacerle la pregunta: «¿Tienes novio?». Por primera vez Montse se sintió insegura. Ahora fue ella la que tuvo dudas antes de contestar: «Novio, novio, no; pero tengo pretendientes —respondió, tratando de salir airosa—. Y tú ¿tienes novia?». «Qué va, qué va; no me gustan los compromisos.» Y antes de terminar la frase ya se había arrepentido de lo que acababa de decir. Por eso, confuso y sin tener claro lo que pretendía, le puso a la chica la mano en el hombro y le acarició la nuca. Montse, sin pensarlo tampoco, se acercó y le depositó un beso en los labios. Pero cuando Santiago intentó atraerla y besarla con más fuerza ella lo apartó sin dificultad y se fingió indignada. «Tengo que irme —le dijo—, se me hace tarde». Abrió la portezuela, bajó del coche y sólo se detuvo cuando Santiago San Román le gritó desesperadamente: «¿Quieres que nos veamos otro día?». Y ella, como una niña enfadada, se volvió hacia el coche, dejó los libros en el capó, escribió algo en una libreta, arrancó la hoja, la colocó en el limpiaparabrisas, cogió de nuevo los libros y, tras dar unos pasos, se giró y dijo: «Avísame antes por teléfono. Ahí tienes el número. Te he apuntado también la dirección, y el número y la letra del piso, para que no tengas que ir preguntando a los vecinos». No dijo más, se acercó al portal y abrió con mucha dificultad la enorme y pesada puerta de hierro. Santiago San Román no había sido capaz de replicar.

Después de que Montse se perdiera en el portal de su casa, aún seguía con la mirada la estela que había dejado a su paso. La muchacha no tuvo paciencia para esperar el ascensor. Subió las escaleras de dos en dos, abrió apresuradamente la puerta, tiró los libros al suelo y corrió a su habitación sin hacer caso del saludo de Mari Cruz, la sirvienta. Desde el balcón de su cuarto apenas tuvo tiempo para ver el coche incorporarse a la circulación y perderse poco a poco en dirección al puerto. Sin embargo, vio que la hoja de la libreta no estaba ya en el limpiaparabrisas. La imaginó doblada en cuatro trozos y escondida en el bolsillo de la camisa de Santiago San Román: una camisa blanca, limpísima, sin arrugas, con las mangas dobladas por encima de los codos, con un presto agradable y un empaque que contrastaba con la clase social que aquel muchacho trataba de ocultar.

La doctora Montserrat Cambra avanzó por el pasillo del Servicio de Urgencias sumida en una terrible confusión. Se sujetaba el bolsillo de su bata como si temiera que alguien pudiera arrebatarle la fotografía que acababa de robar de un cadáver. Por un instante dudó incluso del lugar en que se encontraba. De repente pensó que todos los ojos estaban pendientes de ella. Pero nadie del personal con el que se cruzaba en el pasillo la miraba. Entró en la sala de médicos y cerró la puerta como si la persiguieran. Le costaba trabajo respirar. Se sentó y engulló una pastilla. Era la última de la caja. Aún seguía en la mesa el café que horas atrás le había ofrecido Belén. Se lo bebió de un trago sin percatarse siquiera de que estaba frío. Descolgó el teléfono que había sobre la mesa, marcó el número de Recepción y con voz temblorosa dijo:

—Soy la doctora Cambra. Escúchame bien lo que voy a decirte. Cuando venga el marido de la mujer que han traído del aeropuerto, quiero que me avises. Que no se te olvide. Aunque esté ocupada. Avísame. Es importante. Gracias.

Cuando colgó el auricular, introdujo la mano en el bolsillo de su bata y tocó la fotografía. Se sentó sin sacar la mano del bolsillo. Tenía la absurda sensación de que la foto podía desaparecer en cualquier momento y de que todo se desvanecería como un sueño: uno más de sus sueños que acababan en pesadilla.

El hospital de Smara, a las cuatro de la tarde, tiene un aspecto fantasmal. Fuera, el sol abrasador y un viento seco y cortante impiden que la vida se desarrolle con normalidad. Dentro, los pasillos vacíos y en penumbra se van entrelazando como una tela de araña hacia las entrañas del edificio. El hospital de Smara, desde la lejanía, parece un espejismo que surge de la terrible *hammada* del Sáhara.

Vestido con uniforme verde olivo, el coronel Mulud Lahsen entra en las dependencias sanitarias sacudiéndose el polvo de la ropa y apartándose el turbante de la boca. El chófer lo espera sin bajarse del Toyota, a pleno sol. Mulud Lahsen no se quita las gafas de sol a pesar de la oscuridad de los pasillos. De repente, tras cruzar el umbral, parece que el desierto haya quedado muy lejos. Huele a desinfectante. El coronel hace un gesto con la nariz, como si después de tantos años no terminara de acostumbrarse a aquel olor tan intenso. Conoce el hospital como la palma de su mano. Lo ha visto crecer desde los cimientos, cuando allí no había más que arena y piedras. Camina con seguridad por la maraña de pasillos desiertos. Se planta ante el despacho del director sin haberse cruzado con nadie. Entra sin llamar. El director es un hombre menudo e inquieto. Sentado tras su mesa, mantiene la cabeza clavada en una montaña de papeles. Usa gafas de concha. El poco pelo que le queda está vencido por las canas. Su piel está curtida y oscurecida por el sol. Al ver al coronel plantado ante la puerta, dibuja una sonrisa generosa. Comienzan un largo saludo de fórmulas en árabe, mirándose a los ojos y cogidos de la mano.

El coronel Mulud Lahsen es grande y muy corpulento. A su lado, el director del hospital de Smara parece un niño.

—Mulud, Mulud, Mulud —dice el director cuando acaban finalmente el saludo y se sueltan las manos.

—Con la bata y las gafas pareces un médico.

El director le sonríe. Se conocen desde que eran niños, mucho antes de tener que abandonar su país.

—Eres la última persona a la que esperaba ver hoy —dice el director.

—Y hubiera querido venir antes, pero he estado fuera demasiado tiempo.

—Algo de eso he oído por ahí. ¿Cómo está el ministro?

—Tiene las fiebres —le confiesa el coronel con una generosa sonrisa.

—¿El ministro de Sanidad, con fiebres? ¿No sabe que en nuestro hospital estamos sobrados de camas?

Los dos ríen a carcajadas. El coronel se quita las gafas de sol y las coloca sobre la mesa de despacho. Tiene los ojos muy irritados.

—Es así de cabezota. Tú ya lo conoces.

—Sí, sí, lo conozco muy bien...

Mientras habla, el director saca unos vasos de un cajón y los coloca sobre la mesa. Luego cruza la habitación y enciende un infiernillo de gas. Llena de agua una tetera y la pone a hervir.

—¿Cómo va todo por aquí? —pregunta el coronel.

—Bien, bien, como siempre. Estamos terminando de instalar los últimos aparatos. Todo el mundo intenta ponerlos en marcha.

—Por eso está el hospital tan tranquilo, ¿no?

—Sí. Bueno, la verdad es que hoy no hay nadie ingresado. Las enfermeras están terminando de montar la biblioteca y tratando de aclararse con la nueva máquina de análisis. Todos los reactivos y las instrucciones están en alemán.

—¿No hay nadie ingresado?

—Esta mañana dimos de alta a un niño que tenía dolor de muelas.

—¿Nada más?

—En realidad, sí. Casi me había olvidado. Tenemos a una mujer extranjera desde hace más de tres semanas. A fuerza de verla todos los días ya me había olvidado de que no es del personal del hospital. Ha estado a punto de morir.

—¿Una mujer? ¿Y extranjera?

El director deja la preparación del té y se acerca al coronel. Con mucho cuidado le levanta los párpados.

—A ver, déjame ver esos ojos.

El coronel Mulud se deja examinar pacientemente. Le abre bien los párpados y le examina la glándula conjuntiva.

—Os mandé un mensaje al día siguiente de su llegada. En mi informe os explicaba todos los pormenores de su ingreso. Me extrañó que no dierais señales de vida, pero se pierden tantos papeles en el camino.

El director habla mientras estudia cuidadosamente los ojos de Mulud.

—Tienes una conjuntivitis muy fuerte —le dice al coronel.

—Es por el viento.

—Y por el sol. Ayer te hubiera dado unas gotas para los ojos, pero hoy ya no quedan. Si pasas por aquí dentro de quince días, tal vez pueda hacer algo por ti. No me gusta el aspecto que tiene este ojo.

Entonces el coronel busca en el interior de su guerrera y saca una carta. La despliega sobre la mesa. El director se queda mirando el papel y enseguida reconoce su propia letra.

—Así que recibisteis el informe en Rabuni.

—La encontré anteayer entre los papeles que tenía que despachar en el Ministerio. Ya te he dicho que tuve que estar fuera durante un tiempo. Pero esto que cuentas aquí me ha llamado la atención.

—A mí también me parece un caso insólito. Por eso quería saber qué trámites debo seguir.

—Dices que la mujer está viva.

—Sí, pero hace una semana no lo hubiera asegurado tan rotundamente.

Los dos hombres se quedan un rato en silencio. El director limpia con un paño de algodón los dos vasos hasta dejarlos brillantes.

—Es difícil saber lo que le ha pasado. Ahora que estás aquí me alegro de poder hablarlo con alguien.

—Cuéntame lo que ocurrió. Estoy intrigado.

—Pues verás, hace casi un mes se presentó una patrulla del Ejército con una mujer moribunda.

—¿Una patrulla dices?

—Eran dos hombres en un todoterreno. Según contaron, habían salido aquella misma mañana de Smara con otro grupo en dirección al Muro.

—¿No recuerdas el nombre de ninguno?

—No. Jamás los había visto, y no se identificaron.

—Resulta todo muy extraño. Ninguna patrulla ha comunicado que encontrara a esa mujer o que la trajera a este hospital.

—Según explicaron, formaban parte de un convoy que se dirigía a los territorios liberados. Por lo que pude deducir de las pocas explicaciones que dieron, habían salido al amanecer y, a unos treinta kilómetros, encontraron a una mujer en mitad del desierto. Era de las nuestras, y les hizo señales desde muy lejos para llamar su atención. Cuando se acercaron les dijo que había dejado a una mujer moribunda a una jornada de camino hacia el norte. Por lo que explicó, a aquella mujer le había picado un escorpión.

—¿Una de las nuestras, sola en mitad del desierto?

—Eso fue lo que contaron.

—¿Tú hablaste con ella?

—No venía en el vehículo. Se quedó en el mismo lugar en que la habían encontrado, a treinta kilómetros de Smara. Y sola porque, según dijeron, el convoy siguió hacia el Muro.

—Todo lo que me cuentas es muy extraño.

—También a mí me lo pareció; por eso mandé esta carta al Ministerio. Pensaba que responderíais mucho antes.

El coronel Mulud pasa por alto aquella observación. Intenta encontrar alguna explicación a todo aquello. Finalmente pregunta:

—¿Ninguno de los soldados te supo dar más referencias de las dos mujeres?

—Tenían mucha prisa por marchar. Para ellos el asunto no suponía más que un engorro. Les sugerí que deberían hacer un informe de todo lo que había ocurrido, y me fulminaron con la mirada.

—Pues ésa era su obligación.

El director del hospital comienza a llenar de té los vasos. El ruido del agua al caer desde lo alto se apodera de la habitación. Durante un rato las palabras quedan a un lado y los dos hombres permanecen ensimismados en la contemplación del brillo de la bandeja.

Por un instante Aza tuvo la certeza de que iba a morir. Corría tratando de evitar la línea recta. Tenía el sol de frente y aquello le daba una ligera ventaja, pero sus piernas se movían más despacio que las órdenes de su mente. Corrió en un zigzag tortuoso, buscando con la vista alguna elevación del terreno, un pequeño montículo, algún desnivel para agazaparse. Aturdida por la situación angustiosa, se fue metiendo por el lugar menos apropiado. Los nervios le impedían tomar ninguna decisión. Cuando se dio cuenta ya corría sobre las arenas mullidas. Sus pasos entonces se hicieron más cortos y torpes. A cada zancada se hundía hasta la pantorrilla. Sabía bien que su ventaja era muy pequeña. Ni siquiera quiso volver la cabeza para comprobarlo. Terminó caminando con la mirada fija en el suelo, ahora en línea recta. Sentía el peso de sus hombros, y las piernas le quemaban. La *melfa*, además, era un estorbo, pero no quiso quitársela y arrojarla lejos. De pronto escuchó con mucha claridad un sonido metálico que le resultaba conocido. Alguien estaba cargando un rifle, y lo hacía sin prisas.

Sacó fuerzas de donde no las tenía y volvió a correr apenas unos metros. En ese instante se levantó un viento inesperado. Y a pesar de todo escuchó, como si estuviera a su lado, la detonación del rifle. La *melfa* se le enredó en las piernas y cayó de bruces sobre la arena del desierto. Todo ocurrió tan rápido que no pudo saber en un principio si había caído por su torpeza o abatida por la bala.

Ahora sólo escuchaba el silbido del viento que levantaba enormes nubes de polvo. Le dolía todo el cuerpo, pero su mente iba recuperando la lucidez. Tumbada sobre el suelo no podía ver a sus perseguidores, de manera que tampoco ellos la tenían a la vista. Movió un poco el cuerpo y se palpó la espalda sin incorporarse. No tenía sangre ni heridas: la bala había pasado de largo. Casi instintivamente se apretó contra el suelo y comenzó a excavar con las dos manos. La arena estaba muy blanda, y el viento ayudaba en la tarea. Ella misma se sorprendió de la rapidez con que había empezado a funcionar su mente. Poco a poco comenzó a cavar también con los pies, con las piernas, con todo el cuerpo. En pocos minutos había hecho un hueco considerable en la arena. Se dio la vuelta, dentro del agujero, y comenzó a taparse con la tierra. Se colocó la *melfa* sobre la cara y fue cubriéndola también con mucha dificultad. El viento hizo el resto. Al cabo de un rato quedó totalmente enterrada, con el rostro apenas a unos centímetros de la superficie. Podía escuchar muy bien el sonido del viento e incluso, cuando cambiaba la dirección, le llegaban las palabras de Le Monsieur y de sus hombres.

Aza había escuchado muchas veces a sus mayores contar historias de la guerra. A base de oírlas dejó de prestarles atención, pero nunca las olvidó del todo. Fueron muchos los saharauis que en la década de los setenta habían pasado de pastores a guerreros y habían rescatado las formas de guerra de sus antepasados. En las emboscadas a los marroquíes, los saharauis utilizaban con frecuencia la técnica del enterramiento. El tío de Aza le contó muchas veces cómo, enterrado en la arena, había sentido un carro de combate enemigo que pasaba por encima de él. Pero había que tener mucha sangre fría; eso también lo dijo muchas veces su tío. Aza intentó recordar aquellas historias mientras permanecía enterrada. Ahora se arrepintió de no haber estado más atenta, o de no haber reconocido la utilidad de aquella técnica de guerrilla.

El corazón se movía en su pecho como una bomba a punto de reventar. Aza sabía bien que su peor enemigo eran los nervios. Trató de pensar en cosas agradables. Pensó en su hijo, en su madre. Recordó el Malecón de La Habana, con aquellos coches antiguos que lo cruzaban milagrosamente. El viento del desierto se fue pareciendo al viento del Caribe que estrellaba las terribles olas contra las piedras del Malecón. Pensó en el día de su boda. Respiraba con dificultad, pero poco a poco se fue tranquilizando; hasta que sus pensamientos se confundieron con las voces de aquellos hombres despreciables que creían haberla matado. Enseguida reconoció la voz de Le Monsieur hablando en francés con los mercenarios que lo acompañaban a todas partes. De vez en cuando pronunciaba frases en español para maldecir. Tenía la seguridad de que la estaban buscando desesperadamente. Sin duda pensaban que había sido alcanzada por el disparo. Unos a otros se echaban la culpa de que no apareciera el cadáver de la saharaui. Se acercaron tanto que casi podía sentir sus respiraciones fatigosas. Y por encima de sus voces se escuchaba a Le Monsieur insultando a todos y amenazándolos con cortarles el cuello. Aza temía que su corazón pudiera delatarla. Intentaba respirar profundamente pero con mucha lentitud. A veces los granos de arena se colaban por el tejido de la *melfa* que le cubría el rostro. Sabía que no iba a poder aguantar mucho tiempo en aquella angustiosa situación. Prefería, sin embargo, morir enterrada que caer en manos de aquellos criminales.

Cada vez que Aza escuchaba cerca la voz de Le Monsieur, su cuerpo se ponía tenso y se le encajaban las mandíbulas. Llegó a oírlo tan cerca que por un instante pensó que iba a pisarla. Luego las voces se alejaban, y al rato volvían a sentirse próximas. Los hombres hacían círculos alrededor del lugar en que habían visto caer a la saharaui. Hubo un momento de crispación cuando los mercenarios comenzaron a discutir entre ellos. Aza conocía bien a otros tipos como aquéllos y sabía que eran capaces de matarse por una ofensa o por un simple cruce de insultos. Pero la voz que más se oía era la del legionario. De tanto gritar se iba quedando ronco. Mientras tanto, el viento jugaba en favor de Aza. No sólo sus huellas habían sido borradas de la arena, sino que la tierra se iba acumulando en la imperceptible elevación que suponía el relieve de su cuerpo en la superficie del desierto, de forma que cada vez quedaba más oculta.

Conforme las voces fueron escuchándose en la lejanía, Aza empezó a sopesar las posibilidades que tenía de sobrevivir. Hacía más de diez horas que no había bebido agua, y aquello agravaba su situación. Además, después de la angustiosa carrera para huir de los mercenarios, había empezado a sudar, y el agua se escapaba sin control por sus poros. A pesar del viento, la arena estaba ardiendo por el sol. Cualquier saharaui sabía muy bien lo que significaba quedarse en el desierto sin agua. Había conocido algunos casos de muerte por deshidratación. Ciertamente le parecía el más terrible de los finales. Por un instante ponderó si sería más terrible morir por un balazo o por los efectos de la sed. Pero tenía tanto miedo que era incapaz de tomar ninguna determinación. Si aquellos hombres se marchaban con los dos vehículos, sus expectativas de sobrevivir serían escasas. Pensó con desesperación en el barreño de agua infecta que había quedado en el infierno del oasis. Y, cuando oyó otra vez cerca las voces irritadas de sus perseguidores, llegó a la conclusión de que era preferible soportar los terribles efectos de la sed antes que caer en sus manos. Sentía la boca muy seca y llena de arena. A pesar de todo procuró no perder el control de su cuerpo y de su mente. Cerró los ojos e imaginó que se encontraba en la *jaima,* junto a su hijo. Procuró distraerse por todos los medios. Durante un rato el ritmo de su corazón fue casi normal.

Cuando escuchó el sonido del camión y del todoterreno, su cuerpo volvió a ponerse tenso. Podían haber pasado varias horas, no estaba segura. Ahora el viento se había calmado. Sin embargo, mucho tiempo después seguía escuchando el rugido de los motores, como si dieran vueltas en círculos que se ensanchaban y luego se estrechaban hasta pasar muy cerca de ella. Aza pensó en la española que había quedado en el Toyota. Aunque no había escuchado más disparos, estaba segura de que la mujer no tardaría en morir. Ella misma había visto el escorpión que le picó, pero no tuvo tiempo de avisarla. Si aquellos hombres no la habían matado ya, el veneno seguiría extendiéndose por sus venas hasta provocarle un paro cardíaco. Sintió pena por aquella mujer. El sonido de los vehículos le crispaba los nervios. Cuanto más se alteraba, más sentía la sed abrasándole la garganta. De vez en cuando notaba el sudor que transpiraba por su piel. No recordaba haber pasado jamás tanta sed. Intentaba no pensar lo que podría ocurrirle si finalmente aquellos bandidos no daban con ella y se quedaba a merced del desierto. Sabía muy bien que la sensación de sed comenzaba cuando el cuerpo había perdido medio litro de agua. Después de perder dos litros, el estómago se hacía pequeño y ya no era capaz de albergar la cantidad de agua que el cuerpo necesitaba. Conocía muchos casos así, especialmente de ancianos. Los afectados dejaban de beber mucho antes de que el cuerpo tuviera cubiertas sus necesidades. Los médicos lo llamaban «deshidratación voluntaria». Sin embargo, aquello no era lo más grave que podía ocurrirle. Cuando el cuerpo perdiera cinco litros, comenzarían los síntomas de fatiga, aparecería la fiebre, aumentaría el pulso y la piel se pondría muy roja. Aza sabía muy bien que después se pasaba al mareo, dolor de cabeza, ausencia de salivación y problemas circulatorios. En un medio menos hostil, aquella fase se alcanzaba a los tres días, dependiendo de la envergadura del individuo, pero en el Sáhara se podía alcanzar en doce horas de intenso calor. Enterrada bajo la arena, sentía la boca pastosa y sabía que estaba sudando mucho, pero le resultaba imposible hacerse una idea del agua que había perdido su cuerpo. Por un instante sufrió un ataque de pánico. Le pareció sentir que la piel se le pegaba a los huesos y se le iba agrietando. Llegó incluso a creer que los ojos se le hundían poco a poco en sus cuencas con el paso de las horas. La tranquilizaba saber que su oído seguía percibiendo con total claridad todos los ruidos a mucha distancia. A lo que más le temía era al delirio; por eso intentó serenarse una vez más para no sentir el calor con tanto agobio. Aza no podía olvidar que la muerte no se producía por la sed, sino por el exceso de calor: la sangre en las venas se espesaba y era incapaz de transportar el calor interno del cuerpo hasta la superficie de la piel. En realidad, lo que mataba finalmente era el calor, con un inesperado y terrible aumento de la temperatura corporal.

Estaba a punto de dormirse, cuando abrió los ojos sobresaltada. Lo que la asustó fue el silencio. De repente no se escuchaba el viento, ni las voces de los mercenarios, ni el rugido de los vehículos. El silencio absoluto resultaba estremecedor. Tenía la amarga sensación de llevar varios días enterrada en la arena. Ahora le pareció que la luz que llegaba tamizada hasta sus ojos era menos agresiva. Inclinó la barbilla hacia el pecho y, con mucha dificultad, desenterró la cabeza. Los granos de arena resbalaron por su cuerpo. Le dolían los hombros y los brazos. Hizo otro esfuerzo y dejó medio cuerpo al aire. Se quitó la *melfa* del rostro y contempló la *hammada* desierta y en silencio. Faltaban dos horas para que el sol se ocultara tras el horizonte, y el calor ya no era tan intenso. Aza tuvo que hacer un gran esfuerzo para incorporarse. Estaba tan asustada que ni siquiera se atrevió a quitarse la ropa para sacudir la arena que le corría por el cuerpo. Tardó mucho tiempo en estar totalmente segura de que los mercenarios se habían ido. No obstante sabía que, a pesar de la inmensidad del desierto, aquellos hombres eran capaces de dar con ella. Todo a su alrededor estaba marcado por las huellas de los dos vehículos: a simple vista resultaba evidente que habían estado dando vueltas durante horas, probablemente hasta que los depósitos de gasolina empezaron a quedar vacíos. A pesar de las ganas que tenía de alejarse de allí, trató de mantener la cordura y esperar a que el sol se ocultara del todo. Pensaba que en cuanto el cielo se cubriera de estrellas quizá le resultaría más fácil orientarse y, por supuesto, su cuerpo perdería menos agua al caminar. Ya había decidido esperar sentada, con los sentidos alerta, cuando de repente creyó ver una sombra que resaltaba en el suelo, a mucha distancia. Su primera reacción fue agazaparse y permanecer quieta, pero enseguida comprendió de lo que se trataba. Comenzó a caminar en aquella dirección, procurando mirar a todos lados por si era una trampa. Pero no lo era. En cuanto estuvo a cien metros se dio cuenta de que se trataba de la mujer española. Ni siquiera recordaba su nombre. Se acercó hasta ella y se arrodilló a su lado. Probablemente llevaba allí tirada más de cinco horas. En una retahíla aprendida desde pequeña, maldijo a los hombres que la habían abandonado. Le dio la vuelta y trató de incorporarla un poco, pero la extranjera no reaccionaba. Le puso el oído en el pecho, angustiada por la situación en que se encontraba. Tardó mucho en escuchar el latido del corazón. Era un latido muy débil e irregular, arrítmico, como si el corazón estuviera dando avisos de que iba a pararse. Aza buscó a la desesperada el lugar de la picadura del escorpión. No obstante ya era demasiado tarde para extraer el veneno. Sabía que aquella mujer iba a morir, y ella era incapaz de evitarlo. La idea de la muerte le produjo una vez más una terrible angustia. Trató de mantener la calma. Enseguida se haría de noche y sus posibilidades de escapar del desierto aumentarían.

Aza comenzó a caminar, sin mirar atrás, en el momento en que la esfera cegadora del sol terminó de perderse tras la línea del horizonte. Apenas unos minutos después, la superficie del desierto empezó a enfriarse muy deprisa. Cada vez que se levantaba el viento, Aza notaba que la piel se le erizaba. No perdió más tiempo. Se había asegurado por última vez de que el corazón de la mujer extranjera seguía palpitando, y se dirigió hacia el sudoeste. Mientras avanzaba, iba calculando las posibilidades que tenía de sobrevivir. Le resultaba muy difícil hacerse una idea de la distancia que había hasta alguno de los campamentos. Además, aunque los saharauis eran capaces de orientarse con total precisión en el desierto durante la noche, ella apenas había tenido oportunidad de aprender a hacerlo. La mitad de su vida la había pasado en Cuba, estudiando. El desierto, a veces, le resultaba tan hostil como a un extranjero, a pesar de que en los tres últimos años no había salido de allí. Sabía bien que para dirigirse a un punto concreto debía orientarse con exactitud, sin perder jamás la línea recta; de lo contrario, la mínima desviación podía suponer alejarse muchos kilómetros del sitio al que deseaba llegar. Caminó sin poner demasiado empeño para no agotar sus fuerzas. Procuraba no pensar en la sed. Calculó que si no sudaba mucho y se tumbaba en cuanto amaneciera, podría caminar tal vez una noche más. Pero todo eran suposiciones. Mientras tanto, sus pasos fueron haciéndose más torpes. Tropezaba con frecuencia y caía de bruces. Poco a poco se le fue nublando la visión. A pesar de que había luna llena, apenas podía distinguir con claridad más allá de los cinco o seis metros. Llevaba más de un día sin ingerir alimentos. Finalmente, cuando faltaban algunas horas para el amanecer, cayó al suelo y ya no tuvo fuerzas para levantarse.

La despertó un ruido, casi una vibración. Aza tenía los párpados pegados y no recordaba dónde estaba. Se había cubierto con la *melfa* para evitar que le picaran los insectos. Tenía mucho frío. Cuando escuchó mejor el ruido, tuvo miedo de que fuera el comienzo de las alucinaciones. Le dolía terriblemente la cabeza. Se incorporó y dio una vuelta mirando a todas partes. No vio nada. El sol llevaba fuera al menos dos horas. Se acostó de nuevo en el suelo, y esta vez el ruido la hizo levantarse de un salto. Ahora no había duda: era el sonido del motor de un camión. Prestó atención, pero el viento había cambiado de dirección. Sin embargo, la columna de polvo pintada sobre el horizonte le reveló la presencia de varios vehículos. Ni siquiera pasó por su cabeza que pudieran ser Le Monsieur y sus mercenarios. Aunque aún no había visto el brillo de la chapa de los coches, supuso, por la altura a la que se levantaba el polvo, que avanzaban muy despacio. Trazó una línea mental de la dirección que seguían y caminó en línea recta para salirles al paso. Probablemente estuvieran a dos kilómetros. Resultaba complicado calcular las distancias. Mientras avanzaba se fue sacudiendo la suciedad de la ropa, se humedeció los ojos y la comisura de los labios con saliva; se sacó la arena de los oídos y se colocó la *melfa* como si acabara de levantarse. Cuando estaba a quinientos metros, comenzó a mover los brazos tratando de no demostrar su desesperación. La vieron enseguida. Eran cuatro camiones cubiertos con una lona y dos todoterreno. A lo lejos pudo ver la cara de sorpresa de aquellos jóvenes soldados. En un arrebato de vergüenza, le pidió a Dios que ninguno de aquellos hombres la conociera.

El convoy cambió su rumbo en cuanto descubrió a una mujer que hacía señales en el lugar más inhóspito de la *hammada*. Mientras se acercaban, los conductores y los copilotos no terminaban de creerse lo que estaban viendo. Pero todos tenían la mirada clavada en el mismo sitio. Uno de los todoterreno se adelantó y se detuvo a pocos metros de la mujer. Se bajó un militar. Por los galones resultaba evidente que tenía la máxima autoridad. Se acercó quitándose las gafas de sol y soltándose un poco el turbante. Comenzó un largo saludo cargado de fórmulas, sin dejar de mirar a la mujer de arriba abajo. Si no hubiera sido porque sus hombres no perdían detalle, la habría cogido del brazo para comprobar que no era un espejismo. Al terminar el saludo cambió el tono neutro de voz y mostró por primera vez su sorpresa. «¿Qué estás haciendo aquí? ¿De dónde has salido tú?», le dijo en evidente tono de reproche. «Me perdí.» «¿Te perdiste? —preguntó, sin dar crédito a las palabras de la mujer—. ¿Cómo que te perdiste?». «Sería muy largo de contar y no tengo tiempo», le respondió la saharaui con la mayor dignidad. El militar tenía el rostro desencajado, como si estuviera hablando con una resucitada. «¿Y cómo has podido llegar hasta aquí? ¿Cuánto tiempo llevas perdida?» «Tengo que beber agua, no puedo aguantar más.» El resto del convoy se había detenido en una larga fila, y los soldados bajaron de los vehículos. El militar abrió el todoterreno y sacó una garrafa forrada con cuerda de pita. Aza bebió hasta la extenuación. El agua entraba por su boca y salía por los poros, como una fuente. Luego buscó la sombra de uno de los camiones. Los soldados la miraban sin saber muy bien qué estaba pasando. El militar dio un grito y ordenó que todos volvieran a sus vehículos. «Explícame ahora eso de que te has perdido.» «Es muy largo de contar, y hay cosas más importantes que hacer.» «¿Más importantes?» «Sí, más importantes. En aquella dirección he dejado a una mujer que se está muriendo. Es extranjera. Le picó un escorpión hace casi veinticuatro horas. Es probable que haya muerto.» El militar empezó a mostrarse más nervioso. Llamó al chófer del todoterreno y le pidió a Aza que le dijera el lugar exacto. «Es en aquella dirección. He caminado en línea recta durante unas ocho horas. Vosotros podéis llegar allí en veinte minutos.» El conductor y dos de los soldados se pusieron inmediatamente en marcha. Mientras tanto, los otros se acercaban de nuevo por detrás, tratando de que no se notara su presencia. El militar empezó a impacientarse al no poder sacar más información de la mujer. «Debo llegar enseguida a mi *wilaya* —dijo Aza—; tengo un niño de dos años que me necesita». «¿En qué *wilaya* vives?» «En Dajla», mintió. «Que Dios te ayude, mujer. Jamás llegarás por aquí.» «¿De dónde venís vosotros?» «De Smara.» «¿Está muy lejos?» «Veinte kilómetros.» A Aza le pareció ver la mano de Dios en todo aquello. Miró a su alrededor y calculó mentalmente la dirección que debería seguir para llegar al campamento de Ausserd. «Tengo parientes en Ausserd», dijo, tratando de esconder la verdad. «Te llevaremos a Smara. En cuanto encuentren a esa mujer, os llevará un vehículo hasta el hospital. Alguien avisará a tu familia en Dajla.» Aza no sabía cómo salir de aquella situación. Sentía tanta vergüenza de contar la verdad que hubiera sido capaz de echar a correr y morir en el desierto antes de que aquellos hombres sospecharan siquiera lo que le había sucedido. «No puedo ir a Smara —explicó con la mayor naturalidad—. Mi hermana se casa dentro de cuatro días en Ausserd y me necesita». De nuevo aquella mentira provocó la ira del militar. «Irás a Smara y allí explicarás todo lo que tengas que explicar.» «Si me llevas a Smara, te denunciaré ante el *wali* por retención ilegal y secuestro.» El militar apretó los puños y se puso las gafas de sol para disimular la rabia. Echó un vistazo y luego se alejó, con paso marcial, hacia la llanura del desierto. Aza siguió bebiendo agua, pero ahora con tragos más cortos. Los bisoños soldados la miraban sin parpadear. Sin duda, la aparición de una mujer tan bella en la zona más desierta de la *hammada* les parecía milagrosa. «¿Tenéis algo para comer?», preguntó la mujer sin ningún apuro. Todos a una, los soldados se echaron las manos a sus mochilas y sacaron tortas de harina, queso de cabra y azúcar. Aza se sentó a la sombra de un camión y comenzó a comer con parsimonia, deleitándose en cada uno de los bocados.

Antes de una hora el todoterreno estaba de vuelta con la mujer extranjera. El militar al mando del convoy miró en el interior del vehículo con incredulidad. El hecho de que aquella saharaui hubiera dicho la verdad descartaba su hipótesis de que fuera una perturbada mental. «¿Está muerta?», le preguntó al chófer del Toyota. «No sabría decirlo con seguridad.»

El militar se acercó a Aza y le señaló el vehículo con una actitud enérgica. «Sube al coche. Mis hombres te llevarán a Smara. Luego podrás ir a donde quieras.» Aza se incorporó, guardó la comida que le había sobrado, bebió agua una vez más y dijo: «Necesito saber qué dirección debo seguir para llegar a Ausserd». El militar estaba a punto de perder la compostura. Se mordió el labio con tanta fuerza que se hizo sangre. Sospechaba que, si se ponía terco, aquella mujer terminaría por dejarlo en ridículo delante de la tropa. «Está bien: si es tu voluntad, sigue en esa dirección sin desviarte ni esto. En diez horas caminando a buen paso encontrarás Ausserd.» La última frase la recalcó, con la vaga esperanza de que la mujer se lo pensara mejor antes de echar a andar. Sin embargo, Aza se cargó la garrafa de agua sobre la cabeza y se acercó al todoterreno en donde estaba la mujer extranjera. «Apúrate —le dijo al conductor—, lleva muchas horas en coma». Luego comenzó a caminar en línea recta, sin perder de vista el punto que el militar le había dibujado sobre la línea del horizonte y que Aza había memorizado como su única posibilidad de salvación. Los soldados no apartaron la vista de ella hasta que no escucharon los terribles gritos de la voz de mando.

La habitación en donde está hospitalizada la extranjera se mantiene en penumbra, a pesar del sol rabioso que brilla en el exterior. Layla está sentada en el suelo, sobre una alfombra, adormecida por el calor. El director del hospital entra delante de su amigo Mulud. En cuanto los ve, la enfermera se incorpora y se abotona la bata. Cruza un interminable saludo lleno de fórmulas con el coronel. Luego los tres se quedan mirando en silencio a la paciente. Layla aprovecha para colocarse bien la *melfa* y taparse la cabeza. La mujer extranjera duerme; respira profundamente.

—Comió algo —explica la enfermera al director—. La mayor parte del tiempo está dormida.

—Layla se pasa los días enteros aquí —dice el director.

—Cuando no tengo otras cosas que hacer —añade Layla.

El coronel sonríe. Siente una gran curiosidad por conocer la historia de aquella extranjera.

—¿Mejora? —pregunta Mulud Lahsen.

—Ya no tiene fiebre —contesta Layla—. A veces padece alucinaciones, pero no tiene fiebre. Sólo sé que se llama Montse y que viene de España. Está obsesionada con algo, pero no consigo averiguar de qué se trata.

—¿Obsesionada? —pregunta el coronel.

—Habla en sueños y no hace más que repetir el nombre de Aza.

—Está obsesionada con ese nombre —añade el director.

—Cuando está despierta y le pregunto, dice que han matado a Aza. Pero se pone tan nerviosa que no sabe dar más explicaciones.

El coronel Mulud no aparta la vista de la extranjera. Se siente intrigado por aquel asunto, pero tiene demasiadas cosas que hacer y poco tiempo.

—Necesitamos saber cómo ha llegado hasta aquí —dice Mulud Lahsen—. Seguramente no habrá viajado sola. Alguien la ha tenido que reclamar ya.

—Pronto hará un mes —dice el director—. Es demasiado tiempo sin que nadie la eche de menos.

—Sí, eso es cierto. Cuanto más lo pienso, menos explicaciones le encuentro.

—Yo puedo intentar averiguar algo más —dice Layla—. Cada día se encuentra mejor, pero está muy asustada. No sé qué pudo haberle ocurrido, pero tiene mucho miedo. Si conseguimos que vuelva a tener confianza, me lo contará todo.

—¿Y mientras tanto? —pregunta el director, con sentido práctico.

—Mientras tanto no podemos hacer nada —dice el coronel—. Preguntaremos a los encargados de España. Si ellos no saben nada, tendremos que esperar a que mejore para devolverla a su país.

Cuando termina de hablar, Mulud Lahsen ya está junto a la puerta. El director del hospital va detrás de él. Se despiden con una fórmula corta, y la enfermera vuelve a quedarse a solas con la paciente. Se sienta en el borde de la cama. Para Layla la presencia de la extranjera se ha convertido en algo habitual en su trabajo. Siente mucha curiosidad por la historia que pueda guardar aquella mujer. Le pone una mano en la frente y mira una vez más sus cabellos enredados, la piel blanca y las manos cuidadas. De repente la extranjera da un respingo y abre los ojos sobresaltada. No sabe dónde está. Su mirada refleja miedo.

—¡Aza! —dice delirando—. Le han disparado a Aza. Tienes que decírselo a todo el mundo.

—¿Quién es Aza? —pregunta la enfermera, tratando de no sobresaltarla.

—¿Aza? Escapó conmigo y nos alcanzaron. Ese asesino la mató. La culpa fue mía: tenía que haberme ido sola.

—¿Quién la mató? —insiste Layla.

La mujer extranjera cierra los ojos y se queda en silencio. Su respiración refleja el sufrimiento de su mente. Layla le aprieta la mano, dispuesta a no moverse de su lado hasta que se tranquilice.

A Santiago San Román El Oasis le parecía el centro del universo. Acodado en la barra del bar, o sentado en las mesas cubiertas con hule, sentía que el mundo giraba en torno a él. Nunca antes había experimentado nada parecido. Con una copa de coñac en la mano y en compañía de Guillermo, no necesitaba otra cosa para olvidar la espina que había traído clavada en su conciencia desde la Península.

Los oficiales se reunían en el Casino Militar y en el Parador Nacional de El Aaiún. El Oasis, sin embargo, estaba reservado para la tropa. Los sábados por la tarde no había en toda la ciudad ni en la provincia un local más concurrido. El dueño de El Oasis se llamaba Pepe *El Boli,* un andaluz cansado de casi todo. Su local era el único en donde la prostitución contaba con el beneplácito silente de los oficiales. En El Oasis había putas, bingo, póquer, apuestas, peleas, costo y el coñac más barato de todo el Sáhara Occidental. Los sábados por la noche el local de Pepe *El Boli* parecía un campo de batalla. Las prostitutas, disfrazadas de camareras, no daban abasto, y los gritos de las timbas se mezclaban con el televisor a toda voz. Ningún otro local de la ciudad contaba con la fidelidad de la clientela de El Oasis. Antes o después, todos los que tenían una tarde, o un fin de semana de permiso, pasaban por allí.

Para Santiago San Román estar unas horas en El Oasis significaba olvidarse de sus obsesiones durante un tiempo. Y sus obsesiones, por aquellos días, se reducían a Montse, la pérfida Montse. En cuanto la segunda copa de coñac empezaba a correr como una llama por sus venas, se sentía el hombre más capaz del mundo. Entonces Montse pasaba a un segundo plano, y él sólo tenía tiempo para su amigo Guillermo y quienes quisieran compartir sus horas de permiso con los dos. Guillermo se había convertido no sólo en su confidente, sino en la persona más fiel que había conocido. Le escribía las cartas que Santiago le mandaba a Montse, lo escuchaba cuando necesitaba desahogarse, lo acompañaba en silencio cuando no tenía ganas de hablar. A Guillermo lo habían destinado provisionalmente como refuerzo de los zapadores del Regimiento Mixto de Ingenieros número 9. Pasaba los días haciendo zanjas y fosos para la construcción del zoológico de El Aaiún. Como a todos los legionarios, le hacía poca gracia mezclarse con las tropas regulares. Santiago, por su parte, era mecánico en el 4º Tercio de la Legión Alejandro Farnesio, en una batería autotransportada. Sin embargo, el azar quiso que su destino estuviera unido al grupo de Tropas Nómadas, dirigido por el comandante Javier Lobo.

Las Tropas Nómadas, igual que la Policía Territorial, era un cuerpo formado sobre todo por saharauis, aunque los oficiales no lo fueran. Desde el primer día le llamaron enormemente la atención. A los ojos de un recién llegado de la Península, aquellos muchachos de piel oscura, pelo ensortijado y costumbres tan peculiares no dejaban de sorprenderle. La primera vez que tuvo la oportunidad de tratarlos de cerca fue el día en que un Land-Rover de Tropas Nómadas entró empujado por cuatro soldados saharauis hasta el foso en que trabajaba Santiago San Román. Los saharauis, manchados de grasa hasta la frente, lo dejaron allí y levantaron el capó. Cuando Santiago echó una ojeada al motor del vehículo, soltó un silbido agudo que atrajo la atención de los otros mecánicos. Los alambres, empalmes y parches de aquel Land-Rover formaban una maraña que impedía ver el bloque del motor. «Nos manda el comandante Lobo», dijo uno de los soldados, y al hablar se puso tan firme que parecía estar jurando bandera. Los mecánicos se desentendieron. Sólo Santiago San Román se tomó interés por aquellos cuatro muchachos. «No conseguimos hacerlo arrancar —siguió diciendo—. Si no lo arreglamos, nos arrestarán». Santiago no podía apartar la mirada de los cuatro. Enseguida los otros mecánicos dejaron las herramientas para ir a almorzar. En sus gestos se veía que no estaban dispuestos a tragarse aquella papeleta. Santiago se sintió indignado por el comportamiento de sus compañeros, pero no tenía ánimos para enfrascarse en una discusión. Por el contrario, la mirada de aquellos saharauis le pareció la de los náufragos en mitad del océano. Sin mediar palabra metió la cabeza en las fauces del vehículo y empezó a desarmar el entramado de alambres.

Cuando los compañeros volvieron de almorzar, Santiago seguía metido hasta la cintura en las fauces del Land-Rover. Los cuatro lo miraban en silencio, sin atreverse a interrumpir su concentración. Santiago, como en estado de trance, hablaba con el motor del vehículo y, de vez en cuando, les decía algo a los de Tropas Nómadas. Ellos, mientras tanto, se miraban entre sí sin saber muy bien si aquel legionario estaba loco. Después de varias horas sustituyendo piezas, examinando manguitos y hablando con el motor, Santiago San Román montó en el vehículo, hizo girar la llave del contacto y el motor rugió como con una tos enfermiza. Tras pisar varias veces el acelerador hasta el fondo, el humo negro dejó paso a otro más claro, y el Land-Rover comenzó a sonar con normalidad. El legionario salió del taller conduciendo el vehículo y se detuvo en la puerta. «Montar», les dijo. Y los cuatro obedecieron como si fuera la orden de su comandante. Santiago San Román dio varias vueltas por los pabellones, probó la dirección, los frenos y, finalmente, se detuvo en la puerta del batallón de Tropas Nómadas. Se bajó del coche sin quitar el contacto y dijo: «Es todo vuestro. Podéis decirle al comandante Lobo que tiene Land-Rover para otros diez años». Y, mientras se alejaba, ellos se quedaron sin saber qué decir. Cuando ya estaba a cierta distancia, oyó que lo llamaban. Se detuvo. «Gracias, amigo, gracias.» Santiago hizo un gesto para quitarle importancia, pero uno de los saharauis corrió hacia él. Le agarró la mano y se la retuvo. «Yo soy Lazaar.» Santiago San Román se presentó a su vez. «Estamos ahí, en ese pabellón. Ven a visitarnos; serás bienvenido. Ven cuando quieras. Tendrás muchos amigos.» Aquel día, cuando Santiago entró en el comedor de la tropa, tenía la sensación de que las palabras de aquel soldado eran sinceras.

La primera vez que Santiago San Román pisó el pabellón de Tropas Nómadas, le pareció que entraba en otro mundo. La tropa, lejos de la vigilancia de los mandos, se comportaba como si el edificio fuera una gran *jaima*. Sentados alrededor de un infiernillo, en la misma entrada del pabellón, una docena de soldados rasos charlaba en hasanía y tomaba té, tan relajados que aquello no parecía un cuartel. En cuanto vieron entrar a Santiago, los rostros se pusieron serios y cesó de repente la conversación. San Román estuvo a punto de darse la vuelta y volver por donde había venido, pero la presencia de Lazaar lo tranquilizó. «No quería molestar —se excusó Santiago—. Yo no sabía...». Lazaar se dirigió en árabe a sus compañeros y enseguida la conversación volvió por los mismos cauces. El saharaui lo cogió con las dos manos y lo invitó a sentarse alrededor del té. Y no tuvo que pasar mucho tiempo para que Santiago dejara de sentirse un extraño. «¿Tú juegas al fútbol?», le preguntó uno de los saharauis. «Claro. Yo enseñé a jugar al fútbol a Cruyff.» Lazaar le dijo, serio: «Yo soy del Madrid». «También enseñé a jugar a Amancio, no creas.» Desde aquel día, Santiago San Román jugó todas las tardes como portero en el equipo de Tropas Nómadas, y cada vez que derrotaban a los peninsulares sus compañeros de batallón lo tachaban de traidor.

Ahora, acodado en la barra de El Oasis, Santiago San Román veía a los soldados de Tropas Nómadas pasar por delante del bar al tiempo que miraban por la ventana con una mezcla de curiosidad y desprecio. Apuró su copa de coñac e hizo el firme propósito de no beber más si algún saharaui podía verlo. Aquello le producía una vergüenza que jamás había sentido. El sargento Baquedano, el único suboficial del Tercio que pisaba El Oasis, se pavoneaba entre las camareras, pellizcándoles el trasero y rozándoles las tetas. Su aliento aguardentoso lo delataba en cualquier parte en que se encontrara. De Baquedano se contaban cosas terribles. Tenía alrededor de cuarenta años, y saltaba a la vista que la Legión, el aguardiente y las putas eran todo en su vida. Decían que en una ocasión le pegó un tiro en un pie a un recluta por llevar el paso cambiado. Viéndolo borracho y apretando su paquete contra las prostitutas, cualquiera podía creer lo que contaran de él. La mayoría de los soldados lo evitaba, pero había algunos fanfarrones que le reían las gracias y lo seguían a todas partes para aplaudir sus bravuconadas e invitarlo a beber. Luego tenían que sufrir con resignación sus humillaciones y rebajarse como animales a sus ultrajes. Las prostitutas, que ya lo conocían bien, eran quienes daban más rodeos para no cruzarse en su camino. Sin duda el sargento Baquedano era la única persona en aquel local que las hacía sentirse inseguras y temerosas. Bien sabían ellas que si se enfrentaban a aquel chusquero podían perder el trabajo o aparecer rajadas sobre alguna cuneta en la carretera de Smara. El sargento Baquedano era como un gran padrino que trabajaba para el comandante Panta. Toda la prostitución de El Oasis tenía que ser supervisada por el comandante Panta, pero ningún oficial hubiera visto con buenos ojos que un mando de su rango pisara un local como aquél. Los oficiales nunca compartían las putas con la tropa. Ni siquiera los cabos y los sargentos. Sin embargo, no podían dejar que las mafias se instalaran en El Aaiún trayendo mujeres de la Península, de Marruecos o de Mauritania. El comandante Panta velaba por la salud del Tercio y por que no hubiera injerencias. Pero el comandante nunca había llegado a ver a Baquedano borracho, tambaleándose entre las mesas, sujetándose los cojones con las dos manos y babeando sobre los pechos de las prostitutas vestidas de camareras.

Santiago San Román apartó la mirada las dos o tres ocasiones en que se cruzó con la del sargento.

Cuando vio salir del local a Baquedano, se sintió mucho más relajado a pesar del escándalo que formaba la tropa. La música se mezclaba con el televisor que nadie miraba, con los golpes de las botellas en el mármol de la barra, los gritos de las timbas de póquer, con los números del bingo y con las conversaciones a voz en grito. De repente todos los sonidos confluyeron en un segundo de silencio, y de las marchas militares se pasó a *Las Corsarias,* el pasodoble preferido de Pepe *El Boli.* En cuanto Santiago San Román escuchó los primeros compases, sintió como si el techo del bar se le cayera encima. Al momento la imagen de Montse vino a su cabeza como un fantasma agazapado. Todos los ruidos se le volvieron inexplicablemente hostiles.

—¿Otra copa de coñac? —preguntó Guillermo.

—No, no quiero más. Tengo vinagrera.

—Entonces, una cerveza.

—Tómatela tú, yo tengo mal el estómago —mintió Santiago.

—¿Y no vas a beber más en toda la noche? Es sábado.

Santiago San Román miró muy serio a su amigo, y enseguida Guillermo supo de lo que se trataba. No replicó. Conocía muy bien los accesos de melancolía de su amigo. Salieron los dos de El Oasis y en la calle tropezaron de golpe con la brisa fresca de febrero. Caminaron en silencio, sin rumbo. Hasta que no llegaron a la Plaza de España, las calles estaban anormalmente vacías. Sin embargo, allí parecía concentrarse toda la ciudad. Llegaba hasta la calle el ruido de los bares. La Policía Territorial patrullaba en sus vehículos y a pie, intentando no llamar mucho la atención. Se detuvieron los dos ante la fachada del cine. Bajo el rótulo de *Serpico,* el dibujo coloreado de Al Pacino luchaba por salirse de la cartelera. Guillermo separó las piernas, frente a él, tratando de imitar la postura de un policía del Bronx. Parecía la sombra del actor. Se caló la gorrilla hasta las cejas y se ciñó el barboquejo a la barbilla. Las muchachas que esperaban en la cola para sacar la entrada lo miraban y se reían tapándose la boca.

—Deja de hacer el payaso —lo reprendió Santiago—. ¿No ves que te mira todo el mundo?

Guillermo puso los dos pulgares sobre la enorme hebilla de chapa plateada del cinturón y les lanzó un beso a las chicas, que no paraban de reírse.

—Tienes que hacerme un favor, Guillermo. Te juro que es la última vez que te lo pido.

Enseguida se le fueron las ganas de jarana a Guillermo. Aquellas palabras le resultaban más que cotidianas. Santiago echó a caminar despacio, sin sacar el pecho ni echar los hombros hacia atrás.

—Vámonos de aquí, esto está plagado de sargentos.

Cada escalafón tenía una zona en la ciudad. Normalmente los sargentos y los cabos trataban de evitar los alrededores del Parador y del Casino Militar, para no tener que saludar continuamente a sus superiores. A su vez, los soldados rasos no paseaban por las calles principales, en donde los suboficiales tenían sus bares favoritos.

Los dos amigos se dirigieron sin decir nada hacia la Avenida de Skaikima. Sabían que allí iban a estar lejos de la mirada de los legionarios. Caminaban en silencio, como si se leyeran el pensamiento el uno al otro. Se detuvieron junto a una cabina telefónica, y Santiago sacó todas las monedas que llevaba en los bolsillos. Por alguna extraña razón, en aquel lugar el aire olía a tomillo. Le dio las monedas a Guillermo.

—Quiero que llames a Montse. Bueno, primero...

—Ya lo sé, ya lo sé —lo interrumpió, impaciente, Guillermo.

—Dices que eres un compañero de la universidad y que tienes que hablar con ella...

—¡Santi! —le gritó Guillermo con ganas de abofetearlo.

—¿Qué pasa?

—¿Sabes cuántas veces he llamado ya a tu chica?

—No es mi chica, Guillermo, ya te lo he dicho. Y si no quieres hacerme este favor...

Guillermo le echó el brazo por encima del hombro, conciliador, y trató de serenar a su amigo.

—Voy a llamarla, ¿vale?, voy a llamarla. Pero no me expliques lo que tengo que decirle, porque me lo has repetido mil veces. Yo soy el que la llama, yo soy el que le escribe, al final seré yo también el que...

Guillermo se detuvo, arrepentido de sus palabras. Su amigo estaba tan ofuscado que no llegó a entender lo que decía. Finalmente, se echó las monedas al bolsillo y entró en la cabina. Santiago se alejó unos metros, como si estuviera avergonzado de lo que hacía.

La última llamada había sido dramática. También en aquella ocasión la telefoneó desde una cabina, a escasos metros del portal de la Vía Layetana. Cuando Montse se puso por fin, eran ya casi las diez de la noche. Santiago llevaba cuatro horas apostado ante la casa de la muchacha. La humedad y el frío de los primeros días de diciembre le habían calado los huesos. Al oír finalmente su voz al otro lado de la línea, se quedó callado sin saber qué decir. Al cabo se sobrepuso y trató de controlar sus nervios. «Soy Santi», le dijo con voz temblorosa. «Lo sé, ya me lo han dicho, ¿qué quieres?» «Mira, Montse, llevo llamándote toda la tarde.» «He estado estudiando en la biblioteca, acabo de llegar.» «No me mientas, Montse, no te lo consiento.» «¿Me llamas para decirme mentirosa? Eres un descarado, ¿lo sabías?» «No, no quería llamarte mentirosa, pero estoy desde las seis de la tarde en la puerta de tu casa y no te he visto entrar ni salir.» Ahora se produjo un silencio largo y dramático. «Pero ¿te has creído que me vas a pedir cuentas a mí?» «No, Montse, no quiero pedirte cuentas, sólo quiero decirte que me voy.» «Pues adiós.» «Que me voy a Zaragoza.» De nuevo, silencio. «He recibido la citación de la caja de reclutas en mi casa. Me tengo que incorporar al cuartel pasado mañana.» Montse seguía callada, y aquello le dio fuerzas a Santiago. «¿Has hablado ya con tus padres?», preguntó el muchacho, cargándose de valor. «¿Con mis padres? ¿Y qué tengo yo que hablar con mis padres?» Santiago se arrancó entonces con furia: «De lo del niño, hostias, de nuestro hijo». No le dio tiempo a decir más. «Mira, guapito, lo del niño es cosa mía, y nada más que mía.» «Algo tendré yo que ver también, vamos, digo yo.» «Pues haberlo pensado antes —ahora Montse estaba a punto de echarse a llorar—. Antes de haberte liado con esa rubia de discoteca, antes de morrearte con...». «Yo no me he morreado con nadie.» «No voy a consentirte más que me mientas.» «No te miento, Montse, te lo juro por mi madre, por lo más sagrado te lo juro. No es más que una amiga.» «¿Y tú besas así a una amiga?» «Ya te he dicho cien veces que fuimos novios hace un tiempo. Pero éramos unos críos. Me cago en...» «¡Qué estúpida he sido, qué estúpida!» «Montse, el niño...» «Ese niño es mío, ¿me oyes?, mío. Quiero que te olvides de que me has conocido, que te olvides del niño, que te olvides de todo.» De repente el auricular se quedó en silencio. Luego un pitido agudo y continuo anunció que ya no había nadie al otro lado. Santiago se dio un capón con rabia contra el cristal de la cabina. Se abrió una brecha en la frente y la sangre comenzó a escurrirle por la cara. La gente que pasaba por la calle se alejó unos metros al oír el golpe. No sabía qué hacer con el auricular. Por fin lo lanzó con todas sus fuerzas contra el teléfono y se partió por la mitad. Salió de la cabina como una fiera, mirando con rabia a todas partes. Jamás había sentido una humillación tan grande, una impotencia como aquélla. No podía pegarle a nadie, no podía decirle las cosas a nadie en la cara, no encontraba manera de desahogar tanta rabia.

Guillermo se acercó a él con un gesto extremadamente serio. Llevaba en la mano las monedas que le habían sobrado.

—No está en casa.

—¿No está o no quiere ponerse?

—¿Qué diferencia hay?

—Ninguna, pero yo tengo que saber la verdad. ¿Quién se puso?

—No lo sé. Sería su hermana, seguramente.

—¿Qué le dijiste?

—Que era un amigo de la universidad.

—¿Y qué te contestó?

—Que estaba fuera de Barcelona. Me pidió el nombre y el teléfono, por si ella quería llamarme. Le dije que no era tan urgente, que llamaría otro día.

Conforme salían de la avenida, el sonido de los coches daba paso al de los televisores de los pisos bajos. La noche estaba tibia. Sólo el viento intermitente de febrero la hacía desapacible. Se detuvieron en una esquina, lejos del centro. Apenas circulaban automóviles. La luna se reflejaba muy a lo lejos, en el cauce escaso de la Saguía. Fumaban en silencio. Guillermo no se atrevía a profanar los pensamientos de su amigo.

—Nunca más, te lo juro, nunca más —dijo inesperadamente Santiago San Román—. No quiero saber nada de ella.

—No te lo tomes así.

Pero Santiago no parecía escuchar a su amigo.

—Nadie me había tratado nunca de esa manera. A la mierda. Desde hoy Montse está muerta. Para siempre. ¿Me has oído?

—Te he oído.

—Si alguna vez menciono su nombre, o te pido que la llames, o que le escribas, quiero que me partas la cara. Bien partida, ¿me entiendes?

—Como quieras.

—Júramelo.

—Te lo juro.

Santiago, en un arranque de sinceridad, se abrazó a su amigo y lo apretó con todas sus fuerzas. Luego lo besó en la mejilla.

—¿Qué haces? Suéltame, cojones. Como nos vean, van a pensar que somos maricones.

Santiago lo soltó y sonrió por primera vez en toda la noche.

—De maricones, nada. Esta noche la armamos. Aunque durmamos en el calabozo.

Enseguida Guillermo se contagió del entusiasmo repentino de su amigo.

—Vámonos al Oasis —dijo Guillermo.

—Y una mierda. Eso es lo de todos los sábados. Vayámonos de putas. Pero putas de las buenas.

—¿Y el dinero?

—Somos novios de la muerte. ¡Qué dinero ni qué cojones! A la mierda el dinero.

Por el fondo de la calle apareció un coche de la Policía Territorial. Al momento los dos legionarios se pusieron muy serios y tiesos, como si aquellos saharauis pudieran leer sus pensamientos. El coche patrulla pasó muy despacio a su lado, pero no se detuvo.

—¿Has estado alguna vez allí arriba? —preguntó Santiago, señalando a las Casas de Piedra.

—Claro que no. ¿Te crees que estoy loco? Además, allí no hay bares ni putas.

El barrio de Zemla, en la parte alta de la ciudad, era zona casi exclusiva de los saharauis. Lo llamaban también las Casas de Piedra o Hata-Rambla, que quería decir «línea de dunas». Aparte de los saharauis, sólo unos pocos canarios vivían allí.

—Dime una cosa: ¿no tienes curiosidad por saber lo que hay en esas calles?

—Ninguna. ¿Tú sí?

—Vamos a dar una vuelta. En el Tercio no hay lejías con cojones para entrar ahí.

—¿Y tú los tienes?

—Me sobran.

—Estás tocado del ala, tocado de aquí, compañero.

—No me puedo creer que tengas miedo.

—No tengo miedo, Santi, no me jodas. Pero tú has oído igual que yo lo que cuentan de ese barrio.

—Todo mentira, Guillermo. ¿Conoces a alguien que haya subido hasta allí?

—No.

—Pues yo sí.

—Los saharauis no cuentan, ellos viven allí. Pero ¿no has oído lo de las manifestaciones? Esos demonios del Polisario están envenenando a la gente. Han secuestrado a dos camioneros. ¿No sabes lo de Agyeyimat? Murieron un montón de lejías.

Santiago se fue enfriando con las excusas de su amigo. Desde el primer día que paseó por El Aaiún le llamó la atención aquella parte elevada de la ciudad, a pesar de su aspecto miserable.

—Eso ocurrió lejos de aquí. Esto es la civilización. Aquí no hay traidores. Pero si no estás convencido o tienes miedo...

—Vete a la mierda. Yo me vuelvo al Oasis.

Guillermo echó a andar, contrariado, y su amigo lo siguió sin parar de sonreír. Santiago tenía la sensación de haber vivido siempre en aquella ciudad, de conocerla mejor que la suya. Intentó pensar en su barrio, en su casa, en el estanco de su madre, pero las imágenes eran borrosas. De repente volvió a pensar en Montse y no fue capaz de recordar su cara.

A las ocho de la noche la Via Laietana era un hervidero de gentes y de coches. Se diría que el nuevo siglo había comenzado como una carrera contrarreloj. Resultaba imposible tomar un taxi. Las tiendas estaban abarrotadas, y los cristales de los escaparates estaban empañados por el vaho. La boca del metro de Jaume I vomitaba riadas de gente que enseguida se dispersaba en todas direcciones. El Barrio Gótico absorbía a los turistas como una esponja seca. En las aceras se mezclaban los villancicos de los comercios y las bocanadas del aire de las calefacciones al abrir y cerrar las puertas. Montse tuvo que esperar a que terminara de salir la gente del metro para poder avanzar. Llevaba más de una hora caminando y le dolían los pies. Sabía bien adónde quería ir, pero intentaba retrasar el momento de reencontrarse con los fantasmas de su memoria.

El salón parecía el escenario de una película de terror. Después de diez años lo vio todo anticuado y más pequeño. Incluso la luz de las lámparas le resultaba mortecina. Los muebles estaban cubiertos en su mayoría por sábanas que le daban a la habitación un aspecto tétrico. Olía a cerrado. Las alfombras, enrolladas, despedían un olor rancio de humedad. Las cortinas le parecieron descoloridas y muy pasadas de moda. Abrió las contraventanas, intentando reencontrarse con la calle. La madera de algunos balcones se había hinchado y no se podían abrir. Se escuchaba el tráfico como si fuera una planta baja. Cuando Montse dejó de mirar a su alrededor, se sintió desolada. Nada era como ella recordaba. Durante los últimos años había intentado pensar tan poco en aquella casa que ahora le parecía irreal, como un decorado de cartón piedra con colores apagados y falsos. Calculó el tiempo que había transcurrido. Era fácil. La última vez fue por la muerte de su madre: justamente diez años. Empezó a quitar las sábanas que cubrían los muebles y las fue dejando sobre un sillón. Al destapar el aparador, la luna del espejo le devolvió su propia imagen y se sobresaltó. Se sintió fuera de lugar, como una intrusa que se hubiera colado por un resquicio del tiempo en aquel santuario. Cuántas veces se había puesto la diadema frente a aquel espejo antes de salir. Cuántas veces se había arreglado el cuello de la camisa, o se había alisado el flequillo. Cuántas veces se había mirado por el placer de mirarse, adolescente, hermosa, llena de planes o de rabia. Cerró los ojos, y por culpa de los nervios derribó uno de los portarretratos. Todo el aparador estaba cubierto de fotografías, como si fuera un altar. Echó un vistazo a todas. Ella no aparecía en ninguna. Allí estaban su padre, su madre, los abuelos, su hermana, su cuñado, las dos sobrinas. Su hija. Cogió uno de los portarretratos, el que llevaba la fotografía de su hija vestida de Primera Comunión. No sintió nada. Sonrió, decepcionada, al cerciorarse de que su madre no tenía ninguna fotografía de ella. Se intentó convencer, mirándose fijamente a los ojos en el espejo, de que no le importaba en absoluto. Se volvió y le dio la espalda a su propia imagen.

Su dormitorio, por el contrario, seguía igual que en su memoria. Al sentarse sobre la cama de su adolescencia, sintió una amarga añoranza. Sabía bien que no podía llorar. Hacía más de dos meses que no lo conseguía. Se dejó caer hacia atrás, apoyó la cabeza en la almohada y puso los pies sobre la colcha. Recordó fugazmente cuánto le molestaba aquello a su madre. Sonrió al imaginar lo que le diría si pudiera verla ahora. Inmediatamente reconoció las grietas del techo como si las hubiera seguido viendo en los últimos veinte años. La lámpara de araña que colgaba del centro les daba vida: una chistera, junto al balcón; un caracol, en el centro; el perfil del Caudillo. Se rió, emocionada. De su memoria afloraban imágenes y sensaciones que ella no podía controlar. Cerró los ojos con una sonrisa en los labios, tratando de sentir que el tiempo no había pasado, que aún tenía dieciocho años y su vida no había descarrilado aún. El ruido de los coches se fue metiendo entre sus sueños y actuó como un somnífero poderoso.

Se despertó con un sobresalto. Soñaba que el teléfono sonaba insistentemente y nadie acudía a cogerlo. Contuvo la respiración, mientras procuraba distinguir entre el sueño y la realidad. No podía saber cuánto tiempo se había quedado dormida. El eco del teléfono seguía sonando en su cabeza, pero no era real. Y por un instante tuvo la sensación de que Mari Cruz abriría la puerta y le diría, molesta: «El teléfono, señorita. Es para usted». La puerta no se abrió, no podía abrirse. El teléfono llevaba desconectado diez años. Ella había superado ya los cuarenta, y los muertos no podían volver así de sus tumbas, como si no hubiera ocurrido nada. Se incorporó y buscó una caja de puros en el cajón de la mesilla. La colocó sobre la cama y fue sacando un pasador para el pelo, una caja de cerillas, sellos antiguos, un duro, la entrada de un museo, un pintalabios. Las cartas estaban atadas con un lazo rojo.

Así fue como las encontró en el joyero de su madre. Lo recordaba muy bien. Su hermana, enfrente, sentada al otro extremo de la mesa. El joyero en el centro, como un ataúd recién exhumado. Sabían que ninguna de ellas se iba a poner las joyas de su madre, pero no podían dejarlas allí. Eran demasiado valiosas. Fue su hermana quien abrió finalmente la caja y empezó a hacer dos montones. Parecía una tasadora profesional. Las había visto tantas veces que era capaz de enumerarlas, incluido su valor, sin abrir el joyero. Cuando sacó el último collar de perlas, clavó la vista en el fondo del joyero. «Esto va a ser tuyo, me temo», le dijo su hermana. Montse la miró, muy pálida, como si esperase encontrar el dedo incorrupto de algún santo. Metió la mano y sacó un paquete de cartas atadas con un lazo rojo. «Esto no es mío», dijo sin levantar los ojos. Su hermana se apoyó en el respaldo de la silla y encendió un cigarrillo. «Ahora sí lo es.» Un escalofrío le recorrió la espina dorsal a Montse. Deshizo el lazo y enseguida reconoció su propio nombre y su antigua dirección en la Vía Layetana. Los sobres amarilleaban por los años. Calculó por encima que allí debía de haber quince o veinte cartas con sellos de Franco de tres pesetas. No podía entender nada. Colocó las cartas en abanico sobre la mesa. Todas estaban sin abrir. Cogió una y le dio la vuelta buscando el remite. Se le cayó de las manos. Su hermana la miraba impasible, sin mostrar sorpresa. Le dio la vuelta a todas las cartas. El remitente era el mismo en todas: Santiago San Román Chacón, 4º Tercio de la Legión Alejandro Farnesio, El Aaiún, Sáhara Occidental. Primero sintió un gran sofoco y después un ligero temblor. Le parecía que los muertos se levantaban de su tumba para atormentarla. Buscó con la mirada alguna explicación de su hermana, pero Teresa no había pestañeado ni una sola vez. La letra no era la de Santiago, no le cabía duda. «¿Qué significa esto, Teresa? ¿No me irás a decir que tú ya conocías estas cartas?» Teresa no respondía; acariciaba las joyas de su madre como si fueran un gato. Finalmente le dijo: «Sí, Montse, las conocía. Algunas me las dio a mí el portero. Otras llegaron directamente a las manos de mamá. Lo que no sabía es que tu madre las tuviera aún después de tanto tiempo». Montse guardó silencio. Pasados tantos años no podía sentir aquello como una traición, pero empezó a ver a su hermana como a una desconocida. Miró los matasellos. Las cartas estaban ordenadas por fechas: desde diciembre del 74 hasta febrero del 75. No se atrevió a abrirlas delante de su hermana. «Tú estabas en Cadaqués; ya sabes a qué me refiero. Cada vez que llegaba una de esas cartas teníamos que padecer un infierno en esta casa.» «Sí, pero tú siempre...» Teresa dio un golpe en la mesa, y los dos montoncitos de joyas se desmoronaron. «No, Montse, no, yo siempre no. Tú pasaste tu infierno, pero yo pasé mi purgatorio —dijo en un arrebato de rabia—, y sin comerlo ni beberlo. Escúchame y no te sulfures como si fueras la protagonista de una tragedia. Mientras tú estabas en Cadaqués, ocultando la vergüenza de tu madre, yo tuve que sufrirla a ella todos los días. Todos, ¿me oyes? Cada vez que llegaba una carta de éstas o había una llamadita, yo era quien tenía que padecer las iras de tu madre. Yo era quien tenía que caminar de puntillas para pasar desapercibida; yo era quien se iba a la cama a las nueve para no tener que aguantar su mal carácter; yo dejé de salir con mis amigas para no tener que pedirle permiso a tu madre. Me harté de soportar gritos, reproches que no tenían justificación. Me harté de ser la hija perfecta que purgaba por los pecados de su hermana». De repente se quedó en silencio, con la cara desencajada, tratando de contener la ira. Ahora era Montse la que había dejado de parpadear. Era la primera vez que veía a su hermana fuera de sí, irritada, descompuesta. Aquello le pareció más trascendente que el descubrimiento de las cartas. Teresa, la hermana menor, siempre había ejercido de mayor. Siempre fue Teresa la que actuó de colchón entre su madre y ella. Teresa era la inteligencia bruta, la frialdad, la serenidad en los momentos dramáticos. Viéndola en ese estado, a Montse le pareció que el mundo se tambaleaba a sus pies. Se quedaron un rato largo mirándose a la cara, tratando de serenarse. «Elige», dijo finalmente Teresa. «¿Cómo dices?» «Que elijas el montón de joyas que quieras y te lo quedes.» «¿No es mejor que lo sorteemos?» Teresa sacó su agenda, arrancó una hoja y la dividió en cuatro partes. Garabateó números, hizo dos bolitas y le dio a elegir a Montse. Su hermana cogió una. Luego Teresa puso su parte de las joyas en un pañuelo, lo ató con un nudo y lo metió en el bolso. Se puso en pie. Montse se sentía incómoda. No se atrevía a hacer más preguntas. «¿Vienes?», preguntó Teresa. «Me quedo un rato.» «Pues no olvides quitar el automático cuando salgas. Y cierra con las dos llaves.»

Después de leerlas varias veces, las cartas habían permanecido diez años atadas con un lazo rojo en el cajón de la mesilla, en la casa de su madre. Ahora aparecían ante sus ojos, una vez más, como fantasmas amarillentos, rancios, anacrónicos. Deshizo el lazo y las desplegó sobre la cama. Abrió una al azar. A pesar del tiempo transcurrido recordaba cada una de las frases como si acabara de leerlas. Montse sabía muy bien que aquélla no era la letra de Santiago, pero las palabras sí le parecían de él. Algún compañero se había prestado sin duda a escribirlas. En la mayoría de los sobres había una fotografía además de la carta. Todas eran muy parecidas: Santiago vestido de militar, delante de un carro de combate; subido a un camión; con el arma al hombro; jurando bandera. Le parecía estar viendo su cara como si no hubiera pasado más de un mes desde la última vez. Durante años soñó con aquel rostro todas las noches, obsesivamente, casi hasta la locura.

Ahora le resultaba posible recordar detalles, gestos, olores que había creído ya olvidados del todo. Por un instante le pareció incluso escuchar los pasos cortos de Mari Cruz, la sirvienta, clavándose en el parquet del pasillo. Aquel taconeo formaba parte de su adolescencia, igual que el paisaje que se dibujaba tras el balcón de su dormitorio. El mismo taconeo que escuchó aquella tarde del mes de julio, calurosa tarde de julio, una y otra vez por el pasillo mientras ella aguardaba sentada sobre la cama, fingiendo que leía, ansiosa, sin parar de morderse las uñas. Era la primera vez que faltaba a clase en toda su vida de forma injustificada. Bien era cierto que por la mañana había acudido a la Academia Santa Teresa, pero después de comer le dijo a Mari Cruz que se encontraba mal, que tenía un terrible dolor de cabeza. Le advirtió que si la llamaban por teléfono la avisara inmediatamente. Pero las horas pasaban y nadie llamaba. Desde su dormitorio, Montse no estaba segura de oír el teléfono; por eso acechaba los pasos de la sirvienta, alerta, pendiente de cualquier ruido, de cualquier movimiento. A través del balcón abierto escuchó las horas, una tras otra, en los campanarios del Barrio Gótico. No podía pensar en otra cosa más que en el chico que la había traído a casa la última tarde. Ahora le resultaba fría la forma en que lo despidió en la puerta de casa. Quizá debió decirle algo más cuando le dio el número de teléfono. Tal vez lo había juzgado mal y leyó equivocadamente en sus ojos oscuros y misteriosos. Tal vez Santiago San Román tuviera todas las chicas que quisiera sólo con montarlas en su descapotable blanco, como había hecho con ella. La asaltaban las dudas y la angustia. Buscó el apellido San Román en la guía telefónica. Aunque conociera su número de teléfono, no iba a ser capaz de llamarlo, pero la tranquilizaba la idea de que podía dar con él cuando quisiera. De vez en cuando los tacones de Mari Cruz la sobresaltaban. Salió al balcón más de diez veces, ansiosa. Quizá el chico se estuviera ahora riendo de ella. Sin duda tenía novia y no había hecho otra cosa que demostrar delante de su amigo Pascualín el gancho que poseía con las chicas. Quizá no debió tomar la iniciativa de besarlo. Quizá debió dejarse besar. Conforme avanzaba la tarde se sentía más esclava de su propio nerviosismo. Rabiaba al pensar que había faltado a clase por culpa de aquel mojigato, y se sentía incapaz de pensar en otra cosa que en ese don nadie que había tratado de deslumbrarla. Pero cuando escuchó los tacones de Mari

Cruz a mayor ritmo del habitual, y sintió que se detenían frente a la puerta, y oyó tocar con suavidad, y la voz dijo «Señorita Montse, al teléfono», tuvo que contenerse para que el corazón no se le saliera de su sitio. Corrió como enloquecida, entró en el salón, cerró la puerta y, casi sin aliento, cogió el auricular con las dos manos. «Soy Santiago San Román —escuchó al otro lado de la línea—. No sé si te acuerdas de ayer tarde». «¿Santiago San Román?», preguntó Montse, tratando de que no se le notara la afectación de la voz. Hubo una pausa tensa, como de equívoco. «Ayer te acompañé a casa y me diste el teléfono. Bueno, no me lo diste, te lo pedí yo...» «Ah, ya, tú eres el del descapotable blanco.» Ahora la voz de Santiago se cortó, titubeante. «Sí, ése, yo. Bueno, sí. Santiago. Era por si te apetecía salir a dar una vuelta.» «¿Una vuelta? ¿Una vuelta a qué?» A Montse le dolía ser cruel, pero no sabía hacerlo de otro modo. «Por ahí, por donde tú quieras. A tomar algo y todo eso.» «¿Tu amigo, tú y yo?» «Qué va, qué va. Sólo tú y yo. El Pascualín tiene faena.» Montse contó hasta siete, trabajosamente, antes de responder. «Tengo que estudiar. Voy muy retrasada con el alemán.» Santiago no se esperaba esa respuesta. No sabía qué más decir. «Vaya, qué pena. Otro día te llamo entonces.» La chica tragó saliva e hizo algo que iba en contra de sus principios. «Espera. ¿Dónde estás ahora?» «Enfrente de tu casa, en una cabina.» «No te muevas de ahí, enseguida bajo.»

Aquél fue el último día en que Montse acudió a las clases de la Academia Santa Teresa. Desde entonces, el verano se volvió primavera, los libros se volvieron flores secas; y el calor sofocante, una suave brisa que no dejó de acariciarle la piel durante muchos meses, incluso cuando el frío húmedo de la costa se coló Ramblas arriba para instalarse en todas las calles de la ciudad.

Aquella tarde el cielo estaba teñido de un rojo intenso que Montse jamás había visto. Santiago San Román llevaba la misma camisa blanca, impoluta, remangada por encima de los codos. Le pareció más alto que el día anterior, más moreno, más guapo. Tardó una hora en arreglarse y bajar, pero el chico no le hizo ni un solo reproche; la esperó sin despegarse de la cabina. «¿Adónde quieres llevarme?», dijo Montse, provocadora, en cuanto lo tuvo enfrente. «¿Te apetece dar un paseo?» «¿Andando?» El chico no esperaba aquella pregunta. «¿No has traído el coche?» Santiago enrojeció. Por primera vez parecía vulnerable. Cogió la mano de Montse y caminaron calle abajo como una pareja de novios. «Hoy no tengo el descapotable —le dijo a la chica mientras abría un Seat 850 de color amarillo—. Está en el garaje». Montse se montó sin replicar. Dentro olía a tabaco y a grasa.

Montada en el Seat, con las ventanillas bajadas para que le diera el aire, Montse se sintió tan bien como la tarde de antes en el descapotable blanco. Miraba por el rabillo del ojo a Santiago, que conducía como si lo hubiera hecho toda la vida. Cruzaron el Barrio Gótico y salieron a Las Ramblas. San Román se bajó del coche y corrió a abrirle la portezuela a Montse. Ella no pudo disimular cuánto le complacía aquel detalle. Sin preguntar nada, Santiago le señaló un bar y le cedió el paso. Montse conocía aquel lugar, pero no había entrado nunca. Se sentaron frente a la barra y Santiago pidió dos cervezas sin preguntarle lo que quería tomar. Se desenvolvía con soltura, como si aquél fuera su mundo. Por el contrario, a Montse le costaba trabajo fingir naturalidad. Le parecía que toda la gente estaba pendiente de ella: los camareros, los clientes, los transeúntes que pasaban ante las enormes cristaleras. Trató de imaginar lo que dirían sus amigas si la vieran ahora mismo allí. Apenas podía prestar atención a las palabras de Santiago, que hablaba como un torrente, sin darle tiempo a responder. Mientras bebía la primera cerveza de su vida, Montse trataba de adivinar qué se escondía tras las palabras de aquel chico. Bebió como si le encantara aquella bebida amarga. Aceptó un cigarrillo y fumó sin tragarse el humo para no empezar a toser. Todo le pareció mágico aquella tarde. Dejó hablar a Santiago y en ningún momento le hizo una sola pregunta. Cuando se despidieron, cerca de las diez de la noche, Montse se dejó besar. Tembló por primera vez bajo las caricias de un chico. Salió del coche con el regusto de la cerveza, el tabaco y los besos de Santiago. Estaba mareada. Mientras abría la puerta, la cancela le devolvió la imagen de San Román, apoyado en el coche, mirándola con atención, quizá con una sonrisa. Se dijo a sí misma que nunca más montaría en un coche con él, que jamás volvería a verlo. Con todo lo que había vivido aquella tarde tenía para estar hablando con sus amigas varios meses. A ninguna de ellas le había pasado jamás nada parecido. Se giró para decir adiós por última vez y tuvo que entornar los ojos al verlo tan guapo, tan atento a sus movimientos, tan apuesto.

Antes de las ocho de la mañana, Montse ya estaba en la esquina de la Vía Layetana, delante de la zapatería, esperando ver el coche amarillo de Santiago. Pero se presentó con uno rojo. Tan pronto como abrió la puerta de su casa, la noche anterior, la sirvienta le había dicho que la llamaban por teléfono. Era Santiago San Román, desde la cabina de enfrente. «¿Somos novios?», le preguntó sin más preámbulos. Montse sintió un cosquilleo que le llegaba hasta el cuello. Se sentía achispada y feliz. «Sí», le respondió tratando de mantenerse distante. «Entonces te espero mañana a las ocho en la esquina de la zapatería.» Y ella no dijo nada; colgó. Sabía que no le iba a resultar fácil quitarse a aquel chico de la cabeza.

Llevaba los libros y la carpeta abrazados como si fueran una almohada. En el plumier, junto a los bolígrafos, guardaba un pintalabios y un tubo de rímel. No se había atrevido a ponerse el carmín en casa. Estaba tan nerviosa que tuvo que apoyarse en el escaparate de la zapatería para evitar el temblor de las piernas. Era consciente de que no lo estaba haciendo bien, de que debía haberse hecho de rogar, pero no era capaz de controlar sus impulsos. Cuando escuchó el claxon de un coche rojo y vio a Santiago asomado a la ventanilla, cruzó la calle a la carrera, sin mirar los coches que venían en ambos sentidos. Abrió la puerta de atrás, arrojó los libros al asiento y se montó delante. «¿Este coche es también de tu padre?» Le preguntó sin maldad, sin ironía, pero Santiago se puso rojo, avergonzado. Montse lo besó con un roce en los labios. «¿Qué llevas ahí?», preguntó el chico. «Los libros. No puedo decir en casa que no voy a ir a la academia.» Santiago sonrió. «Eres una chica muy lista.» «¿Hoy no tienes que trabajar?», y esta vez la pregunta iba envenenada, pero Santiago no se dio cuenta. «Estoy de vacaciones.» Recorrieron Barcelona en una mañana pegajosa de julio. Con el paso de las horas, el sol iba quemando el color de las calles y de los edificios. Santiago no tenía prisa; conducía igual que si estuviera sentado en la barra de un bar. Ese día era Montse la que hablaba. Se sentía eufórica. Todo le llamaba la atención: la sirena de una ambulancia, un mendigo cruzando un paso de cebra, una pareja de novios, un hombre que se parecía a su tío. Santiago la escuchaba y sonreía sin interrumpirla. Cruzaron la ciudad de sur a norte y de norte a sur. Almorzaron en una terraza para turistas. Cuando Santiago le propuso subir al parque de atracciones, Montse no pudo contener su entusiasmo.

Desde el mirador de Montjuic contempló el puerto como si ella fuera la reina de aquel imperio. Antes de bajar del coche se pintó los labios mirándose en el espejo retrovisor y se dio rímel en las pestañas. Todo iba demasiado deprisa para detenerse a pensar. «Pareces una princesa», le dijo Santiago San Román. Y Montse sintió que el estómago se le encogía. Se dejó abrazar, y mientras su vista volaba por encima de los barcos, pensó en los chicos que había conocido hasta entonces. Ninguno se parecía a Santiago. Ahora le resultaban infantiles, inmaduros. Se dejó apretujar. Si no hubiera sido por el estremecimiento que se había apoderado de ella, habría creído que todo era un sueño. Pero no lo era. Nadie podía entender lo que estaba sintiendo en ese momento. Le vino a la mente, como una imagen fugaz, la casita de Cadaqués. Ahora le pareció que había desperdiciado muchos veranos allí, creyéndose en el centro del mundo. «¿Sabes nadar?», le preguntó Montse sin venir a cuento. «No, no he tenido tiempo de aprender. ¿Y tú?» «Tampoco», mintió Montse.

Comieron nubes de azúcar en el parque de atracciones. Dispararon en las casetas de tiro. Montaron en los coches de choque. Caminaron como una pareja de novios entre las atracciones. Santiago iba proponiendo cosas, y Montse se dejaba llevar. Cuando subieron a la montaña rusa se abrazaron tan fuerte que después estuvieron con los brazos agarrotados. Se confundieron con la gente, tratando de pasar desapercibidos entre los escasos turistas. Montse hablaba y hablaba. Los nervios la volvían parlanchina. «Quiero fumar», dijo. Y Santiago corrió a comprar un paquete de Chester en un quiosco. Cada vez que tenía que pagar, sacaba un fajo de billetes de cien que manejaba como si fuera el cajero de un banco. «Dime una cosa: ¿eres rico de verdad?» «Claro. El hombre más rico del mundo. ¿Cómo no voy a serlo estando contigo?»

A mediodía Montse llamó a su casa para decirle a la sirvienta que se quedaba a comer en casa de su amiga Nuria. «¿Y tú no llamas a tus padres?» «No, nunca. Yo no tengo que darles explicaciones. Soy independiente.» «¡Qué suerte, chico!» Comieron en un restaurante caro. Santiago procuraba por todos los medios que Montse se sintiera bien, como nunca se hubiera sentido. Cuando la chica abrió la puerta del portal de su casa, abrazada a los libros, le parecía que el mundo daba vueltas alrededor. Se giró para despedirse de Santiago y notó cómo éste la empujaba suavemente hacia el portal. «¿Qué haces?» «A ti qué te parece.» Se besaron. Montse sintió por primera vez unas manos que exploraban hasta donde nadie había llegado nunca. Los libros cayeron al suelo con un golpe seco. Le costó trabajo tomar la decisión de subir a casa. A pesar del cansancio tardó mucho en dormirse. Se propuso no lavarse los dientes para mantener el mayor tiempo posible el beso de Santiago en la boca, pero el gusto a tabaco le resultaba insoportable. Escribió en su diario. Soñó despierta. Por la mañana lo único que le importaba era que su familia no se enterase de nada.

Montse telefoneó muy temprano a su padre. Habló también con su hermana Teresa y con su madre. Les hizo creer que se aburría en las clases de la academia. Mintió al decir que tenía ganas de ir a Cadaqués. Y a las nueve y media estaba en la esquina de la zapatería, abrazada a los libros, nerviosa. Ese día Santiago llegó con un coche blanco, pero no era el descapotable. Montse subió como si formara parte de su rutina diaria, sonriendo, con ganas de tener cerca a Santiago. «No me creo que trabajes en un banco, ni que tu padre sea el director.» El chico se puso tenso, apretó el acelerador y se incorporó a la circulación. «Santi, eres un mentiroso. Yo no te he mentido en nada.» «Ni yo, Montse, ni yo. De verdad, no soy un mentiroso.» La chica se percató enseguida del aprieto en que estaba poniendo al muchacho. Apoyó la nuca en el reposacabezas y le dejó suavemente la mano sobre la pierna. «Dime una cosa, Santi, ¿has querido a muchas mujeres?» Santiago San Román sonrió, intentando quitarse de encima la tensión. «A ninguna como a ti, reina.» Montse sintió que le caía una lluvia de pétalos. Le temblaron los lóbulos de las orejas y sintió un cosquilleo en las rodillas. «Eres un mentiroso —le dijo, apretándole la pierna con la mano—, pero me encanta». «Te juro que no te miento. Te lo juro por...» Se quedó con la palabra en los labios. A juzgar por la expresión de sus cejas, algún oscuro pensamiento le pasó por la mente.

Durante una semana los libros de Montse viajaron en el asiento trasero de diferentes coches. Ella tuvo la sensación de estar viendo el mundo desde arriba. Planeaba sobre la ciudad sin poner los pies en el suelo más que cuando regresaba a casa. Cada tarde, antes de despedirse, Santiago la empujaba hasta el inmenso hueco de la escalera de caracol. Allí Montse lo dejaba recorrer su cuerpo. Se besaban durante horas hasta que les dolía el estómago. Miles de preguntas la asaltaban, pero no se atrevía a romper el hechizo. Le resultaba evidente el origen de Santiago. Hablaba como los charnegos, se comportaba impulsivamente, se contradecía en sus historias. Aunque trataba de ocultar sus manos, las uñas destrozadas y manchadas de grasa parecían más las de un tornero que las de un oficinista. Pero cada vez que Montse le hablaba de aquello el chico sufría, y ella no se sentía capaz de hacerlo pasar mucho más tiempo por aquel amargo trance. Luego, en casa, tumbada sobre la cama, trataba de ver las cosas con más distancia. Cada noche se proponía hablar con Santiago en cuanto volviera a tenerlo enfrente, pero llegado el momento temía hacer algo que pudiera ahuyentarlo.

Casi veintiséis años después, tumbada sobre la misma cama, tuvo la sensación de estar dándole vueltas aún a la misma idea. Las fotografías de Santiago vestido de militar habían detenido el tiempo. Le parecía haber visto esa misma mirada pocas horas antes, mientras se despedían en el hueco de la escalera. Se contempló las manos y se sintió mayor. Era como estar desenterrando a una persona muerta. Sacó la fo tografía que había encontrado en el hospital y la colocó sobre la colcha, al lado de las otras fotos. No le cabía duda de que era Santiago San Román. Ahora quiso acordarse de lo que sintió cuando le dijeron que había muerto. Recordaba muy bien la cara de la estanquera y de su marido. ¿Habría sido idea de Santiago? ¿Pretendía vengarse inventándose su propia muerte? ¿Fue una broma macabra, o sólo un rumor que nadie se ocupó de confirmar? Montse tenía los ojos escocidos de tanto fijar la mirada en las fotografías. Estaba decidida a dar el paso que llevaba planeando todo el día. Sacó el teléfono móvil del bolso. Buscó un número apuntado con mucha prisa en la agenda. Marcó, con los nervios concentrados en el estómago. Tenía la sensación de estar levantando la lápida de un cementerio para asegurarse de que el cadáver seguía allí. Aguardó impaciente durante el sonido de los tonos. Alguien descolgó al otro lado. Era la voz quebrada de un hombre.

—¿El señor Ayach Bachir?

—¿Quién es?

—Soy la doctora Montserrat Cambra. ¿Puedo hablar con el señor Ayach Bachir?

—Soy yo. Soy Ayach Bachir.

—Verá, le llamo desde el Hospital de la Santa Creu.

—¿Del hospital? ¿Qué ha pasado ahora?

—Nada, tranquilícese, no ha pasado nada. Quería hablar con usted sobre su esposa.

—Mi esposa está muerta. La enterramos hace dos días.

—Lo sé, señor Bachir. Yo certifiqué su defunción.

Hubo un silencio al otro lado del aparato. A Montse le resultaba todo muy doloroso. Respiró hondo antes de seguir hablando.

—Verá, sólo quería comunicarle que cuando le devolvieron los efectos personales de su mujer se quedó algo en el hospital. Es una fotografía. Me gustaría devolvérsela personalmente y hablar con usted.

—¿Una fotografía? ¿Qué fotografía?

—Una de las que su esposa llevaba en el bolso.

—Me las dieron ya en el hospital.

—Perdone que le insista, pero hay una que se quedó traspapelada —mintió Montse, tratando de mostrar firmeza—. Ya sé que tal vez no sea éste el mejor momento, pero si a usted no le importa yo podría quedar con usted para devolvérsela. Si usted quiere puedo llevársela a su casa.

De nuevo el silencio y la espera.

—¿A mi casa? ¿Cómo me dijo antes que se llamaba?

—Montserrat Cambra. Tengo su dirección en la ficha del hospital. Ahora mismo la tengo aquí delante —volvió a mentir—. Carrer de Balboa. ¿Es ésa, no?

—Sí, ahí vivo.

—Pues si a usted no le importa...

—No me importa. Es usted muy amable.

Ahora Montse respiró tranquila. Le parecía estar saliendo de arenas movedizas.

—Pues mañana mismo me paso por allí. Vamos, si le viene bien.

—Me viene bien, sí. Cuando quiera. Será bien recibida.

Montse desconectó el teléfono y lo dejó en el bolso. Ató las cartas con la cinta roja y las devolvió a su sitio. Al meter la mano en el cajón tocó algo. Era un anillo de plata, ennegrecido. Lo sacó y lo miró a contraluz, como si fuera un prisma. Su corazón volvió a acelerarse, y comprobó aliviada que una lágrima corría por su mejilla y se colaba entre la comisura de los labios.

A principios de marzo el calor es intenso en los campamentos durante las horas centrales del día. Entre las habitaciones y el patio del hospital hay una diferencia de temperatura considerable. Para la extranjera la contemplación de los objetos a la luz del sol es motivo de gozo. Disfruta sintiendo el calor en su piel. En cuanto se levanta el frío intenso de la mañana, comienza a asearse muy despacio, tratando de seguir lo que parece un rito que debe cumplirse. Ha aprendido a lavarse de los pies a la cabeza con un litro escaso de agua. Le gusta hacerlo pausadamente, como quien se arregla para una ceremonia importante. Tarda más de una hora en terminar. Sus movimientos son pausados. Enseguida se cansa. Le cuesta trabajo levantar el brazo para peinarse. Cuando por fin se ha vestido, se sienta en una silla y sólo entonces se mira en el espejo. No se reconoce. Su aspecto es lamentable, pero le divierte la imagen desconocida que le devuelve el cristal. Tiene el pelo muy estropeado, la piel quemada, llagas en la cara, los labios muy agrietados, los ojos enrojecidos. Ha adelgazado mucho. Sin embargo, se siente dichosa. Todo a su alrededor le resulta enormemente familiar: los desconchones del techo, el ventanuco, la cama sin colchón enfrente de la suya, la mesilla metálica que algún día fue blanca. Es el tercer día en que, después de extasiarse con el vacío de la inmensa habitación, sale al patio del hospital. Conoce bien el camino. Hoy no hace falta que la acompañe nadie. La sobrecoge la soledad de los pasillos vacíos. A pesar de todo, el olor le resulta muy conocido. Se siente como si estuviera en su casa.

En cuanto asoma al patio, se acerca una enfermera. La conoce, pero no es capaz de recordar su nombre. Acepta complacida la silla que le ofrece. Es el mismo asiento de los dos últimos días. La enfermera sólo habla árabe, pero la extranjera entiende enseguida que le está dando los buenos días y preguntándole cómo se encuentra. Está tan contenta como ella. La saharaui no deja de sonreír ni un instante. Desde el otro lado del patio las saluda un chico joven de quien no puede recordar tampoco el nombre. Ni siquiera está segura de haberlo visto antes, aunque le resulta vagamente familiar. La extranjera se sienta. El esfuerzo de vestirse y salir al patio la ha fatigado mucho. El sol la reconforta. Sabe que dentro de dos horas el calor le impedirá estar allí. Entorna los ojos. Ha dejado de soplar el viento del amanecer. Trata de recordar qué día de la semana es. Ayer se lo preguntó a Layla, pero hoy ya lo ha olvidado. De repente recuerda el mes: marzo. Hoy ha sido la primera vez que ha abierto los ojos y no ha visto a Layla junto a la cama. Le resulta extraño. El rostro de la enfermera le es tan cotidiano que hoy la echa de menos. Cierra los ojos y se duerme.

Una vez más alguien la rescata de la pesadilla. De nuevo estaba a punto de sentir el aguijón del escorpión clavándose en su cuello, cuando nota una mano fría en su rostro. Es Layla, que acaba de llegar con la sonrisa de todos los días. La enfermera no lleva la bata verde y eso la ha desconcertado.

—Me han dicho que te vestiste tú sola.

—Sola del todo. Y he venido caminando hasta aquí.

Layla está entusiasmada por la novedad. Se pone en cuclillas y coge la mano de la mujer.

—Me hubiera gustado verlo.

—Mañana lo verás, te lo prometo. ¿Dónde has estado?

Layla deja de sonreír. Parece extrañamente contrariada.

—Pero, Montse, te lo dije ayer. ¿No lo recuerdas?

Montse se contagia de la tristeza de la enfermera. De repente se siente como un ser inútil, un estorbo. La agobian esas lagunas en su memoria. Le resulta angustioso no recordar las cosas, o tener sólo recuerdos fugaces de una frase, de una imagen. Layla trata de disimular su desánimo. Intenta no darle importancia y le habla como si no se diera cuenta de la realidad:

—He hablado con el Consejo. Ya han recibido la comunicación de Rabuni.

Montse la escucha atentamente, fingiendo que entiende todo lo que oye.

—¿Y qué dicen en Rabuni?

—Buenas noticias. Ya no eres un fantasma. Han rastreado en los viajes de los últimos meses y han dado contigo. Apareciste en la lista de un vuelo que llegó el 31 de enero desde Barcelona. Montserrat Cambra Boch.

—Te lo dije.

—Sí, me lo dijiste, es verdad. Pero era muy extraño que nadie hubiera denunciado tu desaparición.

Un gesto serio ensombrece el rostro de Montse.

—No es raro. No quise contarle a nadie que iba a venir a los campamentos. Sólo Ayach Bachir lo sabe: él me proporcionó todo.

Layla trata de no mostrar extrañeza. Una vez más la mujer extranjera le parece un cajón de sorpresas.

—El *wali* me ha dicho que se va a arreglar todo. Dentro de diez días sale un vuelo para España desde Tindouf. Te van a conseguir documentos y un pasaporte para que puedas salir de aquí. Ya han hablado con tu embajada en Argel. Mañana vendrá alguien desde Rabuni para hacerte unas fotografías y tomar todos tus datos.

Montse no hace ni un gesto ni un comentario. Su rostro muestra la neutralidad de sus sentimientos. Layla trata de adivinar cuántas cosas ignora aún de aquella mujer que se cruzó accidentalmente en su vida. Le pone la mano en la frente, en un acto reflejo, para cerciorarse de que no tiene fiebre.

—¿Cuántos años tienes, Layla? —pregunta Montse, como si saliera de un letargo.

Es la misma pregunta que la enfermera se había propuesto hacer en cuanto el asunto saliera en la conversación.

—Veinticinco.

—Dios mío, qué joven eres.

Layla le sonríe, enseñando su dentadura blanca y brillante.

—¿Y tú?

—Cuarenta y cuatro.

—¡Cuarenta y cuatro! Quieres confundirme.

Montse sonríe, divertida.

—Eres muy amable, pero te aseguro que es la verdad.

—¿Dónde está tu marido?

Tarda en contestar.

—¿No cabe la posibilidad de que esté soltera?

—Sí, pero no lo creo —responde Layla, intentando ser sincera.

—Me abandonó por otra hace unos meses. Ella es radióloga, rubia, joven y guapa. Estamos separados. Dentro de poco nos divorciaremos. Las rubias siempre me han traído mala suerte.

Layla la mira, muy seria, tratando de escrutar lo que hay tras los ojos brillantes de la mujer extranjera. Montse trata de quitarle trascendencia a sus palabras.

—Lo superaré. Especialmente después de todo esto —Layla sonríe—. Y tú ¿estás casada?

—Todavía no. Me casaré después del verano. Me fui a estudiar a Cuba a los once años y volví hace siete meses.

Ahora es Montse quien trata de adivinar lo que ocultan aquellos ojos oscuros y hermosos.

—Aza también estuvo en Cuba —dice Montse sin pensarlo demasiado.

Layla ha oído tantas veces aquel nombre que ya le resulta familiar. Se sienta en el suelo y espera a que Montse diga algo más sobre aquella mujer que para ella supone un enigma. Pero Montse se queda con la mirada perdida, como si la fatiga le impidiera seguir hablando.

—¿Existe de verdad esa mujer? —pregunta Layla, temerosa de que su pregunta sea ofensiva.

Montse la mira. Layla se parece a Aza. Quizá aquélla fuera más morena. Sin embargo, las dos tienen la misma paz en la mirada.

—No lo sé. No estoy segura de nada. A veces pienso que todo es una pesadilla y nada ha ocurrido en realidad. Me refiero a Aza, al aeropuerto, a toda esa gente que veo una y otra vez en los sueños. Si no fuera porque mi cuerpo está tan débil, creería que me he vuelto loca.

—Yo no creo que estés loca. Nadie lo cree. Pero esa mujer nos desconcierta. Tú misma nos contaste que la viste morir.

Montse trata de encontrar comprensión en la mirada de la enfermera.

—¿Por qué no me cuentas lo que recuerdes? —le propone finalmente Layla—. A lo mejor te hace bien.

—Es posible, pero hay tantas cosas que se han borrado de mi cabeza...

—¿Recuerdas el día en que llegaste a Tindouf? ¿Conociste a Aza en el viaje? ¿Te acuerdas del avión, del aeropuerto?

Era difícil olvidarlo. No recordaba otra sensación como aquélla. Salió la primera a la escalerilla del avión. Entonces un aire seco, muy seco, le sacudió la cara como una bofetada. Tuvo que hacer un esfuerzo para llenar sus pulmones y respirar. El cielo era plomizo. Daba la sensación de que fuera a desprenderse y caer sobre los aviones que se veían al fondo de la pista. Por un instante perdió la noción del tiempo. Hubiera podido estar amaneciendo o anocheciendo, ser mediodía o media tarde. Todas sus referencias temporales se deshicieron cuando pisó la pista de aterrizaje. Un militar les iba indicando hacia dónde debían encaminarse. Montse tenía prisa, sin saber muy bien por qué. La terminal del aeropuerto era un edificio de color ocre y aspecto colonial. Apenas había doscientos metros entre el avión y la puerta de aduanas. Los pasajeros se apelotonaron ante una entrada estrecha que les impedía pasar en grupo. Apoyados en la fachada, o en cuclillas sobre la acera, los argelinos miraban a los recién llegados con gesto hosco. Los turbantes negros y azules, las túnicas, los rostros ocultos, los uniformes militares, la marcialidad de los funcionarios y las armas le daban a todo un aspecto siniestro. Montse estaba nerviosa. Le molestaba tener que guardar una cola tan larga y tan lenta. No conocía a nadie ni le apetecía entablar conversación. Sintió que el tiempo se detenía. Le pareció más larga la espera que el trayecto en avión. Cuando por fin un soldado barbilampiño cogió su pasaporte, empezó a entender que aquello no era un lugar de destino turístico. El militar miró una y mil veces la foto del pasaporte, tratando de confirmar que correspondía al rostro que tenía al otro lado del cristal. Luego se aseguró de que los datos que había rellenado Montse para la policía argelina fueran los mismos que los del pasaporte. Remarcaba cada uno de los puntos sobre las íes, las comas, los guiones. A veces remarcaba los números para que no hubiera ninguna confusión. Fueron más de quince minutos de espera tensa, sin cruzar una palabra, sólo miradas, ignorando lo que estaba pasando por la cabeza de aquel joven.

Cuando salió al aparcamiento con la maleta en la mano, estaba muy agotada. Le aturdían las voces de los viajeros españoles, las montañas de mochilas, las carreras de un sitio a otro. Buscó en el bolso un papel en donde tenía escrito el nombre de la persona que debía recogerla en el aeropuerto. En medio de tanta gente le pareció que iba a ser difícil que dieran con ella. Los saharauis que habían volado desde Barcelona se esforzaban en organizar los grupos en dos camiones y un autobús. Poco a poco la entrada del aeropuerto se fue despejando. Los extranjeros esperaban ya instalados en los vehículos. «Señora, ¿no viene con nosotros?» Era un saharaui quien la llamaba a los pies de un camión. Montse le hizo un gesto negativo. El saharaui pareció desesperarse. Se desentendió de lo que estaba haciendo y se acercó a la española. «Estoy esperando a alguien», le explicó Montse, anticipándose a su pregunta. «¿Vienen por usted?» «Sí, tienen que venir a recogerme.» «¿A qué campamento va?» Montse le tendió el papel con los datos. Para ella todos los nombres y todos los lugares sonaban igual. El saharaui descifró las letras. «Está muy lejos del nuestro. Nosotros vamos a Dajla. Si quiere venir, podemos llevarla a su destino mañana o pasado.» «Pero ¿y si vienen a buscarme?» El saharaui miró hacia el camión. El chófer lo llamaba a gritos y no paraba de tocar el claxon. Todo estaba preparado para marchar. «Mire, señora, quizá hayan venido a buscarla y se hayan marchado. Este avión trae un retraso de doce horas. Al final se cambiaron los planes y quizá ellos no se enterasen.» Montse seguía aturdida por los gritos que llegaban del camión. «Váyase, no los haga esperar más. Yo me quedaré. Si tardan, ya veré lo que hago.» El saharaui se alejó sin estar convencido del todo. Entró en el camión y el vehículo arrancó.

Clavada en la acera, con la maleta pegada a las piernas, Montse sentía que todos aquellos hombres sin ocupación aparente no despegaban sus miradas de ella. Durante más de dos horas permaneció de pie, en lugar visible, sin que nadie se le acercara a preguntar. Finalmente se sentó sobre la maleta, derrotada. El cansancio le impedía pensar qué debía hacer ahora. Fue cayendo la noche y cada vez iban quedando menos vehículos en la puerta de la terminal. No había ningún sitio adonde acercarse para preguntar. A lo lejos se veían luces de alguna ciudad, pero la puerta del aeropuerto permanecía cerrada desde que salieron los pasajeros del último vuelo. Desesperada y sin soltar la maleta, se acercó a uno de los pocos vehículos que quedaban aparcados. El conductor estaba sentado, con la puerta abierta, como si esperase a alguien. Montse trató de preguntarle dónde podía encontrar un hotel para pasar la noche. El hombre no entendía. Unas veces hablaba en francés y otras en árabe. Montse le decía algunas palabras en inglés, pero el argelino no entendía bien. Trató de explicarse por medio de gestos, y enseguida el hombre abrió mucho los ojos y soltó una exclamación. Parecía que estaba rezando. Cogió la maleta de Montse y la echó en el asiento de atrás. Le señaló a Montse el asiento delantero para que subiese. No estaba muy segura de que aquel hombre hubiera entendido lo que le preguntaba, pero se montó en el coche sin rechistar. El hombre dio un grito y apareció un muchacho que sin cruzar palabra se montó en el asiento de atrás, junto a la maleta. Arrancó y empezaron a circular con las cuatro ventanillas bajadas. Los dos argelinos hablaban a gritos. Montse no podía entender nada. Su confusión crecía y se sentía angustiada, pero trató de mostrarse serena. Por una carretera que parecía pintada sobre la arena del desierto se encaminaron hacia Tindouf.

Era un vehículo viejo que dejaba detrás una nube de humo negruzco. Avanzaba a trompicones. El salpicadero estaba cubierto de arena. Al entrar en las primeras calles de la ciudad, Montse sintió que el corazón se le encogía. Había anochecido ya, y las escasas farolas le daban un aspecto terrorífico a los edificios. Apenas circulaban coches. Caminaba muy poca gente por la calle. De vez en cuando se les cruzaba alguna bicicleta o un borrico tirando de un carro. Montse tuvo la sensación de circular por una ciudad que acababa de ser bombardeada. Los dos hombres seguían hablando a gritos, como si estuvieran enfadados. A veces se veía a lo lejos algún edificio que parecía mejor conservado.

Tras cruzar el centro de Tindouf, el aspecto de los barrios fue resultando más desolador. Entraron en una zona en donde las farolas colgaban, apagadas, de los postes de madera. Eran casas de ladrillo, sin terminar. No tenían más que el hueco de las puertas y de las ventanas. Sin embargo, había gente dentro. Luego, las construcciones que vio Montse eran de bloques desnudos, sin yeso ni cemento. Cubos de dos metros de alto, con una cortina que hacía las veces de puerta. El coche se detuvo en uno de los innumerables cubos. No había luz en la calle. Un perro ladraba como enloquecido. Montse vio cómo el joven cogía la maleta y entraba en una de las viviendas improvisadas. El otro le pidió que lo siguiera. Obedeció sin atreverse a preguntar nada. Detrás de la cortina descubrió un panorama que la hizo estremecerse. Seis o siete niños, sentados en el suelo, la miraban como si acabaran de ver una aparición. En el centro del cuartucho había un pequeño farol de gas encendido. Dos mujeres preparaban la cena sobre una alfombra descolorida. Al fondo, ensimismada en su sordera, una anciana parecía mantenerse ajena a todo. Acudieron los hijos de los vecinos, pero el hombre empezó a echarlos como si fueran gallinas que trataran de invadir su casa. Las dos mujeres se incorporaron y escucharon con los ojos clavados en la extranjera lo que el chófer les decía. No hicieron ningún gesto, no hicieron ningún comentario. Se volvieron a sentar donde estaban y terminaron de preparar la cena.

Montse trató de hacerles entender a los dos hombres que ella necesitaba un hotel para pasar la noche. Los dos argelinos le hablaban al mismo tiempo, y ella cada vez se sentía más aturdida. Las mujeres, sentadas en el suelo, permanecían ajenas a todo. Impotente ante la situación, Montse cogió su maleta y trató de salir de la casa. El mayor de los hombres la sujetó de un brazo y tiró bruscamente de ella. Tropezó con uno de los niños y cayó al suelo. Los hombres seguían hablándole, señalando hacia la calle, señalando hacia la cena, gritando enfadados. Montse se mordió el labio para no llorar. Trataba de no perder el control. Se quedó en el suelo. No intentó hacerse entender de nuevo. Entró un muchacho adolescente y se sentó junto a las mujeres. No mostró extrañeza ante la presencia de la mujer extranjera. Apenas cruzó unas palabras con los dos hombres. Antes de que Montse entendiera lo que estaba pasando, una de las dos mujeres le tendió un plato con dátiles y un tazón de leche. El resto de la familia estaba empezando a comer de una fuente que había en el centro. Montse no sabía qué hacer. No tenía hambre, pero cogió un dátil y mordisqueó la punta. La mujer tomó otro y lo mojó en la leche para que Montse lo viera. Ella la imitó. Tenía el estómago revuelto, pero supuso que si se negaba a comer podrían tomarlo como una ofensa. Estaba tan cansada que le dolían las mandíbulas al masticar. Nadie volvió a dirigirle la palabra ni a mirarla. En la calle sólo se oía el ladrido de los perros y el llanto de algún niño. Sin terminar de entender lo que estaba pasando, Montse fue dejándose llevar por el sopor hasta no tener conciencia de dónde se encontraba.

Abrió los ojos convencida de que había sido una pesadilla. Sin embargo todo era real. Por la cortina que hacía las veces de puerta se colaban tímidamente los primeros rayos de sol. La anciana a la que había visto la noche anterior estaba ahora en el centro de la vivienda. Preparaba el té, con la mirada perdida. A su lado reconoció al muchacho adolescente, que ahora no dejaba de mirarla. Se acercó a Montse y le ofreció un trozo de pan, duro como una piedra. No había nadie más. La maleta seguía en el mismo sitio y el bolso estaba a su lado. Lo abrió para asegurarse de que el pasaporte seguía allí. Se incorporó. Le dolía todo el cuerpo. Montse se asomó a la calle y, una vez más, lo que vio la hizo encogerse. Todas las casas eran iguales, de bloques desnudos, sin ventanas y con una cortina como puerta. Los niños jugaban medio desnudos entre la chatarra de coches abandonados, motores y remolques sin ruedas. Junto a la misma entrada de la casa había una cabra atada por una pata a un trozo de hierro. La cabra tosía como si estuviera agonizando. Tenía el pelo tiñoso. Desde la casa de enfrente un perro comenzó a ladrarle a Montse. Caminó unos pasos pegada a la fachada, hasta que vio a una mujer que corría hacia ella, con la cara tapada, gritándole y echándose las manos a la cabeza. Cogió a Montse por un brazo y tiró de ella hacia el interior de la casa. Era una de las mujeres que estaban preparando la cena la noche anterior. No podía entender nada de lo que decía. De repente se sintió prisionera entre aquellas cuatro paredes sin terminar. Trató de explicarle que debía encontrar un teléfono. La mujer no paraba de hablar en árabe y en francés. Desesperada, Montse se abalanzó hacia la puerta y salió a la calle. Estaba dispuesta a gritar pidiendo ayuda, pero al ver a todas las vecinas que la miraban muy serias no fue capaz de hacerlo. La dueña de la casa salió detrás de ella sin parar de increparla. Montse se aferró al bolso y comenzó a caminar, dando por perdida ya la maleta. Se consoló pensando que llevaba encima todo el dinero y la documentación. Caminó dando grandes zancadas, tan deprisa como pudo, mientras quedaban atrás las voces de enfado de aquella mujer. Todos los niños de la calle se fueron detrás de Montse en procesión. Gritaban y reían, tratando de imitar el paso de la extranjera. Tardó mucho tiempo en salir de aquel laberinto de ruinas, porque todas las calles eran iguales.

Se sintió muy aliviada cuando pisó el asfalto de una avenida al cabo de muchas vueltas. Los niños se fueron quedando atrás, y ahora sólo la seguían tres chiquillas. Se volvió para decirles algo y reconoció enseguida alguno de los rostros de la noche anterior. «¡A casa —les gritó—, a casa! ¡A la mesón, a la mesón!». Las niñas la miraban muy serias. Se detenían y, al rato, seguían caminando detrás de ella. La mayor no tendría más de diez años. Desesperada, Montse se sentó en el bordillo de una acera. Las niñas se quedaron en pie, al otro lado de la calle. Les hizo gestos para que se acercaran. Lo hicieron después de pensárselo mucho. «Yo quiero telefonear, ¿entendéis?, te-le-fone-ar.» Las niñas la miraban con los ojos muy abiertos. Los conductores que circulaban en sus vehículos aminoraban la marcha para ver aquel espectáculo insólito. «Telefón, telefón, ¿dónde?» La mayor de las niñas señaló hacia el fondo de la calle. Luego las otras dos hicieron lo mismo. Montse se puso en pie y se encaminó hacia donde le habían indicado. De repente sintió que la niña más pequeña se le agarraba a la mano. Las otras dos caminaron detrás, sin separarse demasiado. Conforme avanzaban, las calles estaban más concurridas. La gente observaba a Montse. Los hombres se detenían y se giraban. Las mujeres se tapaban la boca con el pañuelo que les cubría la cabeza. En ninguna parte se veían cabinas telefónicas ni locutorios. Un hombre que pasó montado a la grupa de un borrico empezó a gritarle sin que Montse pudiera saber por qué.

Se detuvo en la puerta de un bar construido debajo de un chamizo. En la puerta había mesas de plástico blancas, muy sucias. Dos ancianos fumaban sin dejar de contemplar a la mujer. Uno de ellos llevaba gafas y le faltaba un cristal. Cerraba un ojo para ver mejor a Montse. Por fin se armó de valor y entró en el bar. Había una docena de hombres charlando en corros y fumando. En cuanto la vieron se quedaron en silencio. Montse trató de no mirarlos a los ojos. Los ancianos que estaban sentados a la puerta entraron detrás de ella, picados por la curiosidad. Colgado en un poste había un teléfono muy antiguo. Montse trató de averiguar quién era el dueño de aquello, pero le resultó imposible. «Teléfono —dijo con la voz quebrada y señalando al aparato—. Tengo que telefonear». Uno de los hombres se acercó a ella y la cogió del brazo a la vez que la empujaba hacia la puerta. Montse se resistió. De repente se formó un revuelo y ya no pudo entender nada. Los hombres empezaron a discutir entre ellos. El escándalo era tremendo. Gesticulaban, se gritaban e incluso hacían ademanes de golpearse. Los dos ancianos intervinieron también en la discusión y empezaron a gritarle a la extranjera. Montse estaba tan asustada que ni siquiera veía la salida. Sintió que le agarraban los brazos dos hombres. Cada uno empezó a tirar hacia un lado. El bolso se le cayó al suelo. Empezó a gritar, asustada, sin poder controlar los nervios. Estaba a punto de dejarse caer al suelo, sin fuerzas, cuando la soltaron. Alguien la cogió entonces por la cintura y tiró de ella. Antes de darse cuenta estaba en la calle. El adolescente que había visto en la casa la empujaba para que corriera. Montse corrió sin parar, como si aquel muchacho fuera su ángel de la guarda. Detrás seguían oyéndose los gritos de los hombres que se insultaban unos a otros en la puerta del bar. Se detuvo al dar la vuelta a la esquina y se sentó otra vez en el bordillo de la acera. El muchacho llevaba el bolso colgado del hombro. Se lo dio a Montse como si le quemara en las manos. Las tres niñas estaban sentadas en la acera de enfrente, con los ojos muy abiertos, sin perder detalle. El joven le hablaba, pero Montse no tenía fuerzas ni para mirarlo a la cara.

Cuando volvieron a la casa, la mujer estaba sentada en el centro con la abuela. Reprendió a Montse con sus gestos, pero no dijo nada. La maleta seguía en el mismo sitio. Se derrumbó sobre la alfombra y soltó el bolso. El muchacho, sin duda, estaba contándoles lo que había sucedido. Entraron algunas vecinas. Los niños se asomaban por la cortina sin atreverse a entrar.

Montse rompió a llorar sin poder controlarse. Había estado tratando de evitarlo desde el momento en que se quedó sola en la terminal del aeropuerto de Tindouf.

Layla sujeta con firmeza la mano de Montse. El sol empieza a calentar con fuerza. La enfermera, sorprendentemente, tiene la sonrisa en los labios después de haber escuchado la historia. Se miran.

—No estás en tu país, pero no tienes nada que temer —le dice con cierta amargura Layla.

—¿Qué quieres decir?

—Que es difícil entender las costumbres de los musulmanes desde fuera. Esa gente creyó seguramente que les pedías un sitio para dormir, y aunque eran pobres te ofrecieron lo que tenían. Para algunos no es fácil comprender nuestras costumbres. Pero la hospitalidad es sagrada entre los musulmanes.

—Hasta ahí puedo entenderlo.

—Si aceptas la hospitalidad, tienes que aceptar también sus normas.

—¿A qué te refieres?

—Las argelinas no son como nosotras. Están chapadas a la antigua. ¿Se dice así? Ellas no pueden entender que una mujer ande sola por la calle, y menos si es invitada de la casa o no es del país. Y lo de entrar en un local de hombres... Para algunos es un pecado tan grave como llevar los brazos desnudos por la calle.

Montse se queda pensando en lo que ha dicho Layla. Poco a poco va cayendo en un estado de tristeza. La enfermera se da cuenta enseguida de que le ocurre algo. Le pone la mano en la frente, aunque sabe que no tiene fiebre.

—No estés triste. Volverás a tu casa muy pronto y podrás contarle todo a tu familia como si fuera una película.

El rostro de Montse va adquiriendo el rictus del dolor. Layla se siente desconcertada. No termina de acostumbrarse a esos cambios repentinos de ánimo.

—¿Te encuentras bien, Montse?

—No, no me encuentro bien. Me resulta difícil de explicar incluso a mí misma.

—Prueba conmigo. A lo mejor lo entiendo.

Montse traga saliva con dificultad. Se toca el cabello tratando de peinarse con las manos.

—No tengo ganas de volver a mi país. Sólo de pensarlo siento como si cayera en un pozo oscuro del que no voy a poder salir.

—¿No tienes hijos?

—Una hija, pero ella no me necesita —dice Montse sin titubear.

—¿Tienes un empleo?

—Lo tengo, pero he pedido una excedencia. Nadie me espera. Si desaparezco para siempre, nadie me echará de menos.

Vuelven a quedar en silencio. Cruzan algunas enfermeras por el patio y las saludan. Layla intercambia algunas palabras en árabe. De nuevo se quedan solas.

—¿Te gustaría venir a mi casa? —pregunta Layla—. Puedo formalizar una invitación. La semana que viene celebramos la Pascua. Son días para estar con la gente a la que quieres. Podrías conocer a mi familia.

A Montse se le dibuja una sonrisa. De repente se ilusiona con las palabras de la enfermera.

—¿Lo dices de verdad? Quiero decir, ¿eso es posible?

—Claro que es posible. Sólo tengo que solicitarlo. Puedes volver a tu país en el próximo vuelo, o en el otro. Cuando tú quieras. Mi familia se pondría muy contenta.

Montse la abraza con mucha dificultad. Se siente aún fatigada.

—¿Y me cortarás el pelo? —pregunta con el entusiasmo de una colegiala.

—¿Cómo el pelo?

—Sí, el pelo. Lo tengo hecho un asco. ¿No lo ves? ¿Querrás cortármelo?

—Si tú quieres te lo cortaré. Y te lo pondré rojo, si quieres. Tengo mucha *henna* en casa para la Pascua. ¿Entonces aceptas?

—Sí, Layla. Es la mejor invitación que nadie me ha hecho nunca.

Y, al decirlo, no puede evitar otra vez sentir una nube de tristeza.

Miraba el reloj una y otra vez, como si con su insistencia el tiempo fuera a pasar más deprisa. La última media hora se le estaba haciendo a Santiago San Román la más larga de su vida. No dejaba de preguntarse qué demonios hacía allí un sábado por la noche, pasadas las dos, esperando al volante de aquel Seat 124 para arrancar a toda prisa en el momento en que le dieran la señal. Cuanto más lo pensaba, menos entendía cómo se había dejado enredar tan estúpidamente. Estaba seguro de que lo habían engañado como a un novato. Se sentía rabioso y desesperado. El arma que llevaba bajo la cazadora le quemaba. Le daban ganas de lanzarla lejos, a los setos del jardín, y echar a correr. Luego pensaba en el sargento Baquedano, y el miedo lo paralizaba.

Desobedeciendo las órdenes, se bajó del coche y caminó por la acera para tratar de serenar sus nervios. Se sentía incómodo con las ropas de civil. Sabía que aquello iba contra el reglamento, pero a esas alturas era lo que menos le preocupaba. Daba pequeños paseos sin alejarse más de cincuenta metros del Seat. El coche tenía matrícula SH y ningún rasgo que pudiera identificarlo con el Ejército. Registrando nervioso la guantera encontró el permiso de conducir y el Documento Nacional de Identidad de un comerciante saharaui a quien no conocía. Aquello lo puso sobre aviso. Empezó a sospechar que todo era una broma de los lejías veteranos para estropearle la salida del fin de semana. Sin embargo, cada vez que palpaba la pistola bajo la ropa, su hipótesis se desvanecía. ¿Para qué iban a dejarle un arma si sólo querían burlarse de él?

Volvió a sentarse ante el volante. Bajó la ventanilla, encendió el último cigarrillo y tiró el paquete al asiento de atrás. Reprimió el impulso de mirar una vez más el reloj. En vez de eso clavó los ojos en la esquina por donde había visto perderse a Baquedano y a los dos bisabuelos hacía media hora. Ya estaba totalmente convencido de que aquellos tres hombres no tramaban nada bueno. Imaginó las consecuencias que tendría que padecer si se desentendía de todo y se marchaba de allí. Por un instante imaginó su cuerpo con el estómago abierto, abandonado en la cuneta de una carretera desierta. Sólo Guillermo lo iba a echar de menos, y hasta que comenzaran a buscarlo ya se habría podrido bajo el sol del desierto. Definitivamente no tenía arrojos para salir huyendo. Se sentía un mierda. Le había faltado valor para decirle que no al sargento Baquedano, cuando el viernes a la hora del paseo se le vino de frente y empezó a enredarlo. No pudo zafarse de ninguna manera.

El ajetreo de los viernes y los sábados por la tarde en el acuartelamiento era diferente al del resto de los días. Las expectativas del paseo o del permiso le daban un ánimo especial a la tropa. Aquella tarde Santiago San Román se había quedado el último en el pabellón. A fin de cuentas sabía que por mucho que corriese tendría que hacer cola ante la barrera de la puerta para enseñar el pase. Se echó todo el Varon Dandy que quedaba en el frasco, se caló la gorrilla hasta las cejas y se ajustó el barboquejo a la mandíbula. Cuando oyó que lo llamaban, pensó que era algún compañero que le metía prisa. Se volvió, vio al sargento Baquedano y se le heló el semblante. Más que por la presencia del suboficial, se puso nervioso por que lo hubiera llamado por su apellido. Jamás había cruzado una palabra con él, ni un gesto. Incluso evitaba las miradas. «San Román, preséntese inmediatamente.» Santiago se puso firme, sacó el pecho, hundió la barriga, hizo sonar los tacones de las botas y se llevó la mano a la frente para saludar, decir su nombre y ponerse a sus órdenes. El sargento, con los pies separados y las manos en la hebilla del cinturón, se quedó clavado a pocos metros. «Descanse, soldado. Lo que he venido a decirle es totalmente confidencial.» Santiago volvió a ponerse a sus órdenes. Baquedano lo miró de arriba abajo y carraspeó antes de seguir hablando. Era la primera vez que Santiago no lo veía ebrio. «Dicen por ahí que es usted el mejor conductor del Tercio. ¿Es eso verdad?» «Mecánico, mi sargento, soy mecánico.» «Es igual, no me interrumpa. Me han dicho que es capaz de hacer un trompo en la pista sin salirse de las líneas amarillas —hizo una pausa, sin apartar los ojos del soldado—. El comandante Panta ha oído hablar de usted y necesita de sus servicios». Una gota de sudor corrió por la frente de Santiago, desde la gorra hasta la ceja. Le resultaba incómodo y peligroso que Baquedano hubiera oído hablar de él. «Mi sargento, la gente exagera. Además, cuando los coches no son de uno, es más fácil conducirlos.» «No sea modesto, soldado, conmigo no tiene que hacerlo —el sargento se le acercó más, le puso una mano en el hombro y lo tuteó por primera vez—. Verás, San Román, si he venido a buscarte a tu pabellón en lugar de hacerte llamar al despacho del comandante Panta es porque necesitamos tu colaboración sin que nadie se entere. ¿Me entiendes? —a Santiago no le dio tiempo a responder—. Me alegro de que me entiendas. La Legión te necesita, muchacho, y eso debe ser un orgullo y un honor para un novio de la muerte. Pero, si algo de lo que hablemos sale de estas cuatro paredes, te cortaré los cojones y se los enviaré a tu papá por correo certificado con acuse de recibo. ¿Me entiendes? —Santiago no entendía nada, aun así era incapaz de articular palabra—. Mañana no habrá permiso para el soldado San Román. Necesitamos un conductor experimentado y con sangre fría. No tengo que explicarte que se trata de una misión secreta y trascendental. Cuantos menos detalles conozcas, mejor para todos. Lo único que debes saber es que mañana sábado te espero en el hangar, perfectamente uniformado, a las diez de la noche. No quiero que traigas ni un papel ni un documento encima por el que se te pueda identificar. Llevarás una bolsa con ropa de paisano, por si hay que pasar inadvertidos. El resto lo sabrás mañana, cuando informe a los otros valientes legionarios que nos acompañarán. No hagas preguntas y no comentes esto con nadie, absolutamente con nadie, ni siquiera con el comandante Panta. ¿Entendido?». Santiago no era capaz de responder. «¿Entendido?» «Sí, mi sargento. A sus órdenes, mi sargento.» Baquedano le pasó la mano por el pelo al cero, como si le diera la bendición a su manera. «Te sentirás orgulloso del uniforme que vistes. Además... Bueno, el comandante Panta os dará una papela con siete días de permiso a los que os habéis presentado voluntarios para la misión. Siete días, San Román, siete días para hacer lo que te salga de los cojones. Y sólo por cumplir con tu deber.» «A sus órdenes, mi sargento.» Baquedano fue a darse la vuelta, pero se detuvo. «Y otra cosa más, San Román: a no ser que haya un oficial delante no quiero que vuelvas a llamarme sargento. Me llamarás Señor. Yo aquí soy El Señor. ¿Entendido?» «Sí, señor. A sus órdenes, señor.»

Guillermo se cruzó con Baquedano en la puerta del edificio. Se le cortó la respiración al ponerse firme y saludarlo. Cuando dio finalmente con Santiago, lo encontró muy pálido. Estaba apoyado en la taquilla, con los ojos desorbitados y la respiración dificultosa. «¿Te pasa algo, Santi?» «Nada, el estómago, que me está dando otra vez por culo.» Guillermo lo creyó. «Somos los últimos, Santi, ya no queda nadie. Como tardemos, no va a quedar cerveza en El Oasis.» «Nos vamos ya mismo.»

Guillermo no fue capaz de relacionar el encuentro que había tenido con Baquedano, al entrar en el pabellón, con el comportamiento extraño de su amigo Santiago. Se resignó a pasear junto a él cuando le dijo que no tenía ganas de ir a El Oasis. Se acercaron hasta las obras del zoológico. Guillermo estaba orgulloso de aquella construcción, como si fuera cosa suya. Aunque en Barcelona había trabajado de peón, aquélla era la obra más importante en la que había participado. Sentados sobre unos bloques, los dos amigos estuvieron fumando e imaginando cómo sería aquel zoo cuando estuviera terminado. A Santiago le costaba trabajo hablar. No podía quitarse de la cabeza al sargento Baquedano. Sospechaba que aquel asunto no iba a traerle nada bueno. Si era cosa del comandante Panta, sin duda se trataba de prostitutas. Pero, si venía de Baquedano, podía ser cualquier cosa: grifa, tabaco de contrabando, LSD. «Mañana no salgo —le dijo a Guillermo sin venir a cuento—. Tengo un servicio». Su amigo no se mostró afectado. «Pues te han jodido.» «No, nada de eso. Me darán una papela por siete días.» Ahora sí que se sorprendió Guillermo. «Naciste de pie, chaval, ya te lo he dicho mil veces. No conozco a nadie con una potra como la tuya.» San Román tenía ganas de hablar sobre el asunto, pero no era capaz de contarle a Guillermo su conversación con el sargento Baquedano. En el fondo esperaba que su amigo le preguntara, que se mostrase intrigado, que se oliera algo raro en todo aquello. Pero no fue así. «Vamos a tomar algo antes de que sea más tarde.» Santiago de repente echó a andar, nervioso, descontrolado. «Vamos a subir a las Casas de Piedra.» San Román se refería al barrio de Zemla, el de los saharauis. «¿Otra vez con lo mismo? Estás mal de la chaveta, Santi. No me jodas con los saharauis.» Santiago siguió andando. Se detuvo al rato y se volvió. «Eres un mierda, Guillermo, no se puede contar contigo para nada que se salga de lo de todos los días.» Aquello lo sintió Guillermo como un puñetazo en el vientre. Se puso colorado, apretó las mandíbulas y encajó los dientes. Fue a gritarle algo, pero se contuvo. Santiago se alejó sin volverse más. Estaba dispuesto de una vez por todas a quitarse de la cabeza la obsesión que le provocaba la parte alta de la ciudad.

Se sobresaltó al oír la voz de Guillermo a su espalda. «Eres injusto, Santi. Qué pronto olvidas todo lo que he hecho por ti.» Se dio la vuelta. Guillermo lo había seguido durante un cuarto de hora como un pe-

rrito faldero. En realidad, Santiago San Román sabía
que su amigo no se merecía aquel desplante. Estaba
arrepentido de su comportamiento. Le echó la mano
por encima del hombro y tiró de él. «Mariconadas no,
Santi. Ya sabes que no me gustan esas cosas.» Santiago hizo el amago de darle un beso a su amigo, y luego
echó a correr mientras Guillermo lo perseguía tratando de darle una patada.

Al barrio de Zemla los saharauis lo llamaban
Hata-Rambla y era como una península que se desga-
jara de la parte moderna y de los edificios de cuatro
plantas. Desde lejos las casas de piedra parecían un
decorado de cartón. Las viviendas eran en su mayoría
de una sola planta. Mientras los dos legionarios as-
cendían por las callejuelas estrechas, iban quedando
abajo las casas de medio huevo, con sus techos blancos, como cáscaras boca abajo, que hacían que el calor
ascendiera hacia el techo de las habitaciones. Era fiesta para los musulmanes, y las calles en aquel atardecer
estaban anormalmente tranquilas. Los niños jugaban
al balón donde el terreno se lo permitía, y cuando
veían pasar a los dos soldados echaban a correr como
si nunca hubieran visto nada parecido. Al paso de los
dos jóvenes, las mujeres se metían en las casas y sólo
asomaban rostros curiosos a través de las jarapas que
cerraban los vanos de las puertas y de algunas ventanas. Los hombres salían de las viviendas para verlos.
Se les quedaban mirando con pretendido descaro,
como si con la impertinencia de sus miradas tratasen
de mostrar su hostilidad. Ninguno de los dos legionarios se sentía cómodo, pero Santiago lo disimulaba
mejor. Conversaba con Guillermo sin cruzar la mirada con los saharauis que les salían al paso. Ya conocía

algunas de sus costumbres y sabía bien que la mejor forma de comportarse ante ellos era haciendo las cosas con naturalidad, sin aspavientos. Un hombre tocado con turbante se les acercó y se paró delante de ellos. Sostenía entre los dientes una pipa de cobre muy llamativa. «¿Tenéis fuego, muchachos?», preguntó con toda confianza, como si estuviera acostumbrado a tropezar con legionarios todos los días por aquellas callejuelas. Santiago San Román le tendió una caja de cerillas. En cuanto escuchó a aquel hombre supo que era uno de los canarios que se habían quedado a vivir en el barrio. La mayoría eran transportistas, o legionarios que no habían vuelto a sus islas después de licenciarse. El canario llevó la lumbre hasta el extremo de su pipa. Era un tubo de cobre, que se ensanchaba en la punta. Estaba adornado con rayas que parecían incrustaciones. «Mucho ha mejorado la Legión desde que yo la conocí, compañeros. Entonces no nos daban esos uniformes, ni teníamos un real para gastar en colonia.» Santiago supo enseguida que se refería al Varon Dandy. «Los tiempos cambian, caballero, incluso para el Ejército.» Guillermo no se sentía cómodo bajo la mirada escrutadora de aquel hombre que vestía con ropas saharauis. Sus dientes podridos y el habla cansina le provocaban desconfianza. El hombre se dio cuenta enseguida y le devolvió las cerillas a Santiago. «Ya lo creo que cambian las cosas. Hace unos años ninguno de nosotros se hubiera atrevido a subir aquí, un día de fiesta, vestido de esa manera.» Guillermo tiró suavemente de su amigo. El canario percibió claramente el recelo que despertaba en el legionario. «Me vais a permitir un consejo de uno que también vistió el uniforme del Tercio: si no vais a quedaros a vivir aquí arriba, no os paseéis así por las calles del Hata-Rambla. Aquí la gente es muy susceptible, ¿entendéis?, y se lo puede tomar como una provocación. No está el horno para muchos bollos. Los moros no son como vosotros, compañeros.» El hombre se marchó por donde había venido. Con aquellas ropas y caminando con tanta parsimonia, nadie hubiera dudado de que se trataba de un saharaui.

Santiago tiró del brazo de su amigo. Aunque procuraba no caminar como un turista, todo lo que veía le llamaba la atención. Las jambas y el dintel de muchas puertas estaban ribeteados por una cenefa de un intenso añil que resaltaba sobre la cal que cubría algunas fachadas de piedra. «Vamos a comprar tabaco.» San Román quería conocer una de aquellas tiendas de las que había oído hablar tantas veces a los de Tropas Nómadas. Sabía que allí se podía comprar cualquier cosa, por extravagante que pareciera, y que estaban abiertas todos los días del año, día y noche. Enseguida reconoció una y le hizo un gesto a Guillermo para que lo siguiera. Entraron en una habitación llena de objetos de todo tipo que llegaban hasta el techo. Los recibió un intenso olor a cuero y a cuerda de cáñamo. Ninguno de los dos sabía adónde atender. Un saharaui se levantó del suelo en cuanto los vio. *«Salama aleikum»*, se apresuró a saludar Santiago. *«Aleikum salama»*, respondió el comerciante, sorprendido. *«Asmahlim»*, continuó el legionario, disculpándose ante la mirada incrédula de su amigo. El saharaui le dio la bienvenida a su tienda: *«Barjabán»*. San Román, a su vez, le dio las gracias: *«Shu-crán»*. «Para no ser saharaui, hablas muy bien mi idioma.» Guillermo estaba empezando a pensar si todo aquello no sería una broma para ver la cara de idiota que se le quedaba. «Tengo amigos saharauis —explicó San Román—. Además, aprendo muy rápido». «Pues dime en qué puedo serviros.» En realidad, el tabaco era una excusa para entrar en el bazar, pero Santiago no quería parecer un curioso impertinente. «Un paquete de tabaco.» El comerciante cogió uno del otro lado del mostrador. «Prueba éste: es muy bueno. Americano. Recién desembarcado.» El comerciante no dejaba de sonreír ni un instante. Santiago le dio un billete de cien pesetas y esperó las vueltas, sonriendo también. Luego trató de despedirse, pero el comerciante salió del mostrador y se colocó delante de la puerta. «No podéis salir así de la casa de Sid-Ahmed, claro que no.» Santiago entendía bien lo que quería decirles, pero Guillermo empezó a ponerse nervioso. «Fumaréis de mi tabaco y beberéis de mi té.» Sid-Ahmed salió de la tienda por una puerta falsa disimulada tras una cortina. «Vámonos, Santi, ¿estás loco? —dijo Guillermo muy alterado—. Este tío quiere vendernos grifa». «Calla, gilipollas, ¿con quién te crees que estás? ¿Me has visto cara de idiota?» Guillermo se quedó con la palabra en los labios. No supo reaccionar. Enseguida apareció Sid-Ahmed con una tetera y unos vasos de cristal pequeños. Apartó los vasos viejos que había sobre una bandeja de plata y les hizo una señal a los dos legionarios para que se sentaran junto a él, sobre una alfombra, mientras ponía el agua a hervir en la tetera. Guillermo no volvió a abrir la boca. Toda la conversación la llevaron entre Santiago y Sid-Ahmed. Fumaron unos cigarrillos finos y muy largos. Mientras el agua hervía, el saharaui hablaba del negocio, de fútbol, de lo cara que estaba la vida. Les mostró a los dos amigos una fotografía de un equipo de fútbol que colgaba de la mercancía. «Firmada por Santillana —explicó Sid-Ahmed—. El Madrid es mi equipo del alma. Ese Miljanic es muy listo. Si aquí tuviéramos un entrenador como él, tendríamos equipo en primera, *fahem?* Sí, vosotros me comprendéis. Aquí tenemos jugadores tan buenos como Amancio o Gento, pero nos falta un buen entrenador». Sid-Ahmed les tendió los vasos con la primera ronda de té. «*Menfadlak.* Probadlo. Mi mujer es una experta, pero está atendiendo un parto y no puede serviros.» Sid-Ahmed hablaba y hablaba sin parar. Guillermo trataba de disimular su irritación, mientras su amigo parecía encantado con todo. Esperaba de un momento a otro que el saharaui les sacara la grifa para vendérsela envuelta con zalamerías y palabras. Por eso, cuando se despidieron en la puerta y se dieron la mano, Guillermo se quedó desconcertado. «Volveremos a vernos, Sid-Ahmed», le dijo Santiago. «*Ins'Aláh.* Me gustará mucho.»

La calle estaba totalmente a oscuras cuando salieron de la tienda de Sid-Ahmed. Habían estado más de dos horas hablando con el comerciante. Al fondo, en una esquina, se veía la luz de una farola muy pobre. El suelo era de tierra. Caminaron a la luz de la luna en dirección a la farola. Guillermo parecía ahora más tranquilo. «¿Y tú dónde has aprendido a decir todas esas cosas en moro?» «No es moro, Guillermo, es hasanía.» «Pues a mí me suena a moro.» Santiago reía, burlándose de su amigo, cuando algo golpeó a Guillermo y le hizo llevarse las dos manos a la cabeza. La gorrilla de legionario rodó por el suelo. San Román se volvió, sin comprender lo que había sucedido, cuando de repente su amigo clavó una rodilla en tierra y puso una mano en el suelo. Había poca luz. Todo ocurrió muy rápido. Guillermo se apartó la mano de la cabeza y un hilo de sangre le escurrió por la cara hasta el cuello. «Joder, Guillermo, ¿qué te pasa?» Pero Guillermo no pudo contestar: clavó la otra rodilla en el suelo y se desplomó sin sentido. La farola estaba a pocos metros. Santiago vio el brillo de una llave inglesa junto a su amigo, en el suelo. Miró a todas partes, pero no había nadie en la calle. Sin duda alguien les había lanzado aquel objeto desde una de las ventanas, pero no se veían luces en las casas. Santiago, sin dejar de mirar a su alrededor, trató de ver el alcance de la herida. Era una brecha por encima de la sien, de la que brotaba sangre en abundancia. Trató de apartarle la cabeza del suelo, para que no le entrara tierra en la herida. Guillermo abrió los ojos, pero no podía hablar. Lo agarró como a un saco y se lo echó a los hombros. Avanzó con él hasta la esquina; pesaba demasiado. De nuevo cayeron objetos a la calle. Ahora eran piedras y el tiesto de una maceta que se rompió contra un guijarro.

Santiago estaba muy asustado. Sin poder controlar el pánico, empezó a arrastrar a su amigo hasta la siguiente esquina. Tenía las manos y el uniforme manchados de sangre. Se asustó cuando lo vio bajo la luz de la siguiente farola. Empezó a pedir auxilio, desesperado, sin poder controlar su miedo. Nadie pasaba por la calle, nadie se asomó a las ventanas. Durante unos segundos estuvo maldiciendo el momento en que se le había ocurrido subir hasta el barrio de Zemla. Estaba intentando levantar otra vez a Guillermo para cargarlo sobre los hombros, cuando alguien le chistó desde una puerta. Reconoció la silueta de un hombre bajo un turbante, pero no se atrevió a pedirle ayuda. El hombre siguió chistándole y haciéndole gestos para que se acercara. Santiago era incapaz de moverse. Finalmente, la puerta se abrió del todo y salieron dos muchachos. Cargaron con Guillermo y le pidieron a Santiago que los siguiera hasta la casa. Cuando entraron, otro hombre cerró la puerta y la cruzó con una tranca. Allí delante, media docena de rostros circunspectos examinaba a los dos legionarios como si se tratase de una espeluznante aparición. Eran dos jóvenes y cuatro hombres ancianos con turbante negro, la piel surcada por muchas arrugas y el gesto muy serio. Ninguno dijo nada; miraron a Santiago San Román y entre dos acostaron a Guillermo en el centro de la habitación. Era un cuarto rectangular, con las paredes blancas, desnudas, y una alfombra que cubría completamente el suelo. Alrededor había un banco corrido de apenas medio metro de altura, cubierto de cojines. La única luz era la que provenía de un tubo fluorescente. Santiago no podía disimular su angustia. Sólo alcanzó a decir: «Ayúdenme, por favor, mi amigo está herido». Los hombres miraban a Santiago y a Guillermo con enorme curiosidad. El más anciano comenzó a dar órdenes, pero nadie le obedecía. Santiago, sin saber qué hacer, se arrodilló junto a su amigo. Se asustó al verlo con el rostro lleno de sangre y los ojos en blanco. Por un instante creyó que estaba muerto. Imploró ayuda con la mirada a aquellos seis hombres. Los saharauis comenzaron a hablar en hasanía al mismo tiempo. Resultaba evidente que estaban discutiendo.

De repente se oyeron golpes muy violentos en la puerta. Alguien la estaba aporreando desde la calle con todas sus fuerzas. Los seis se miraron y zanjaron la discusión. Apareció una mujer en el cuarto, alertada por los golpes. Les dijo algo a los muchachos y uno de ellos entreabrió la puerta. Allí apareció Sid-Ahmed, el comerciante, con la cara descompuesta. Miró a Santiago sin decir nada y se arrodilló junto a Guillermo. Le puso el oído en el pecho y, cuando lo apartó, tenía la mejilla llena de sangre. Empezó a gritar, como dando órdenes. Los demás se pusieron en movimiento, ahora sin replicar. Entraron otras dos mujeres. Sid-Ahmed también les gritó. Santiago asistía al espectáculo sin atreverse a intervenir. Le parecía mentira que aquel hombre fuera el mismo comerciante que un rato antes los había invitado a té y a tabaco en su tienda sin perder ni un instante la sonrisa.

«Le abrieron la cabeza con una llave inglesa, Sid-Ahmed. Alguien se la tiró en la oscuridad y no pude ver nada. No para de sangrar.» Sid-Ahmed le hizo un gesto para que no levantara la voz y, luego, empezó a hablar con los saharauis como si estuviera muy enfadado. Les gritaba en hasanía, y los otros le respondían en el mismo tono de enfado. Por un instante San Román pensó que iban a pegarse, pero no ocurrió nada de eso. Sid-Ahmed cogió a Santiago de la mano y tiró de él hacia la puerta del fondo. «Se pondrá bien, no te preocupes. Ellos le curarán la herida y se la coserán.» Mientras le daba explicaciones, Sid-Ahmed sacó a Santiago a un patio pequeño, rodeado por un muro de adobe. Olía a corral y orines. Saltaron por una parte del muro que estaba caída y entraron en el patio de la casa vecina. Luego volvieron a pasar por dos o tres casas más. «¿Adónde vamos, Sid-Ahmed? No puedo dejar ahí a Guillermo.» El comerciante le hacía gestos para que se tranquilizase.

«Tú no te preocupes. Tu amigo está en buenas manos. Lo cuidarán.» Santiago no se atrevía a hacer más preguntas ni a contradecirlo. Sospechaba que se estaba metiendo en un gran lío. De repente pensó que sólo tenía una hora para regresar al cuartel. Si no tenía un pase de pernocta, podían acusarlo de deserción. Se puso tan nervioso que tropezó y se cayó al saltar a uno de los patios. Sid-Ahmed le ayudó a incorporarse. Por fin entraron en una habitación en donde toda una familia miraba un televisor que emitía las imágenes con muchas interferencias. Nadie se asustó al ver la aparición fantasmal del legionario y el comerciante entre las sombras. Sid-Ahmed, de nuevo como si estuviera enfadado, cruzó unas palabras con el más anciano de la casa. Éste le señaló la puerta de la calle. Salieron fuera y cruzaron hasta la casa de enfrente. Santiago corría como un niño asustado detrás del comerciante. Sid-Ahmed se detuvo ante una puerta y llamó con los puños. Abrió un niño. El saharaui empujó la puerta y tiró del soldado hacia el interior. Allí Santiago terminó de confundirse del todo. Entre la gente que había ante al televisor, tomando té, se levantó un muchacho y se puso enfrente del legionario. «Santiago, ¿qué ha pasado?, ¿qué haces aquí?» Santiago tardó un rato en darse cuenta de que aquel saharaui vestido con una impecable *derraha* blanca y turbante azul era Lazaar. No fue capaz de pronunciar una palabra. Sid-Ahmed se quitó los zapatos y se sentó. Hablaba tan deprisa que la familia de Lazaar tenía problemas para entenderlo. Santiago se puso de rodillas sobre la alfombra; le temblaban las piernas. Cuando el comerciante terminó de contarlo todo, los demás callaron. Uno de los ancianos hizo una señal a las mujeres para que se llevaran a los niños a otra parte. Quedaron sólo cinco personas en la habitación. Alguien le puso un vaso de té al legionario en las manos y, al dar el primer trago, se sintió reconfortado. «Tengo que volver con Guillermo, pero no sabría encontrar el camino.» Lazaar se lo pensó antes de responder. «Tu amigo estará bien donde lo dejaste. Seguro. No te preocupes —le dijo, poniéndole las dos manos sobre los hombros—. Pero no debisteis subir aquí con esos uniformes. Hay gente muy mala». «Sólo estábamos dando un paseo...» «*Al-la yarja mmum!* —maldijo el saharaui—. ¿De verdad no sabes lo que está pasando entre tu pueblo y el mío?». Era la primera vez que Santiago veía enfadado a Lazaar. Aquello lo impresionó. «Quítate esa ropa», le ordenó Sid-Ahmed. Santiago no entendía a qué venía ahora aquello. «Dame la ropa —insistió Lazaar—. Las mujeres te la dejarán limpia de sangre». «Pero tengo que volver al Tercio.» «¿Así vas a volver? Te arrestarían y te harían mil preguntas —Santiago comenzó a desnudarse, confiando ciegamente en aquel muchacho—. Mañana temprano estará limpia y seca. Entonces te llevaremos al cuartel». «¿Mañana? ¿Quién me va a llevar mañana? Tenemos que presentarnos dentro de media hora.» Lazaar levantó la voz por primera vez: «No digas tonterías. ¿Quieres buscarnos la ruina a todos? Esta noche dormirás en mi casa».

Santiago terminó de desvestirse sin hacer más preguntas. Salieron todos de la habitación y lo dejaron solo. En calzoncillos y calcetines se sentía ridículo y desvalido. No sabía qué hacer con las manos. Se abrió la cortina y entró una chica de pelo moreno y ojos muy oscuros. Miró al legionario de arriba abajo, como la cosa más normal del mundo. Luego sonrió, enseñando unos dientes blancos y muy grandes. La muchacha, sin cruzar palabra, le tendió una túnica azul y dio dos pasos atrás. Entró Lazaar con un turbante en la mano para Santiago. «Andía, ¿qué haces aquí?» La muchacha se mostró ahora tímida y confusa. Señaló la *derraha* que Santiago tenía en las manos. «Traigo la ropa para el español.» «Pues ya puedes salir de aquí. Él es mi invitado y no el tuyo.» Andía agachó la cabeza y, muy avergonzada, salió de la habitación. A Santiago le pareció injusto el comportamiento de Lazaar, pero no se atrevió a reprochárselo. «¿Quién es?» El saharaui no entendió al principio la pregunta, pero Santiago no dejaba de mirar a la puerta. «Es mi hermana. Es curiosa y entrometida, como todas las mujeres de mi familia.» «Nunca me dijiste que tenías una hermana. Sólo me hablaste de tus hermanos.» Lazaar se extrañó de aquel comentario. Se quedó mirando a Santiago. «Hay muchas cosas que no sabes de mí.» Santiago se puso la *derraha* y se trenzó el turbante en la cabeza. Lo había visto hacer tantas veces que se sabía los movimientos de memoria. «Siempre quise ponerme uno de éstos.» «Pues podrás ponértelo cuando quieras: todo lo que llevas es para ti —le dijo Lazaar, sonriendo por primera vez—. Y estas babuchas, también. Regalo de un amigo. Y ahora a dormir; es tarde». Santiago miró el reloj. Eran sólo las nueve. El saharaui apagó el tubo fluorescente y se acostó sobre la alfombra. Santiago lo imitó. «¿Y tu familia?» Lazaar se tomó tiempo para contestar. «Las mujeres están limpiando tu uniforme, y los hombres durmiendo.» «¡No les habré quitado el sitio para acostarse!» «No, no. Eres mi invitado y tienes que estar cómodo. Mi abuelo ronca mucho. No podrías pegar ojo.» Los dos comenzaron a reír como cuando el equipo de las Tropas Nómadas marcaba un gol.

Santiago no pudo siquiera cerrar los ojos. Habían sido demasiadas emociones nuevas en un mismo día, y todo pasaba muy aprisa. El agotamiento le impedía pensar con lucidez. Trataba de imaginar cómo se encontraría Guillermo en ese momento. No estaba seguro de haber actuado bien al dejarlo en manos de unos desconocidos. Le preocupaba, además, lo que ocurriría cuando los echaran en falta antes del toque de retreta. Todo se mezclaba con la imagen del sargento Baquedano y sus palabras oscuras. Por un instante deseó que lo arrestaran por no presentarse en el Tercio; así tendría una excusa para no acudir a la misión que le tenía reservada Baquedano. Las horas pasaban muy despacio en el vacío de la noche. De vez en cuando lo sobresaltaba el aullido de algún perro a lo lejos. En cuanto vio la luz que se colaba por la rendija de la cortina, se incorporó y salió al patio. La aurora teñía de rojo la cima de los tejados. Sólo una cabra se removía en su corral de alambres. Se sintió aliviado por el helor del amanecer. Debajo de un tejadillo de uralita vio su uniforme colgado; le pareció el único testimonio de que aquello estaba sucediendo de verdad. Tenía muchas ganas de fumar. A derecha e izquierda del patio había dos puertas muy bajas, cubiertas con una cortina, en donde probablemente dormía la familia de Lazaar. Trataba de recordar cuántos hermanos tenía el saharaui, cuando Andía asomó la cabeza tras una de las cortinas. Tenía ojos de sueño y el pelo enmarañado. Al ver al español, le sonrió. Santiago le dio los buenos días en voz baja, para no despertar a nadie.

Andía se le acercó. «¿Siempre madrugas tanto?», preguntó San Román, tratando de mostrarse amable. «Siempre. Soy la mayor de mis hermanas y tengo muchas cosas que hacer.» Lo dijo con orgullo, dejando de sonreír por un momento. Luego se puso a recoger la ropa de Santiago y a doblarla con mucho esmero. «Ya está seca —dijo después de acercar la tela a los labios para comprobarlo—. En cuanto se despierten, podrás irte». «¿Ya quieres que me vaya?» Andía enseñó sus dientes blancos al sonreír. «No he dicho eso. Eres el invitado de mi hermano.» «¿Cuántos años tienes, Andía?» La chica se lo pensó antes de responder. «Diecisiete.» Luego dejó de sonreír. Le puso a Santiago el uniforme entre las manos y desapareció detrás de la cortina. El legionario se quedó con la palabra en los labios. Pensó que había ofendido a la muchacha. Seguramente le había mentido en la edad para no parecerle una niña. De repente Andía apareció de nuevo, otra vez con la sonrisa en el rostro. Le cogió la mano a Santiago y le dejó un collar en su palma. Él se sintió confundido. «Es para tu novia. Un regalo de Andía.» «No tengo novia.» «¿No tienes novia en España?» «Ni en España ni en ningún sitio.» «No te creo. Todos los soldados tienen novia.» «Pues no, chica, todos no —ahora Santiago sonreía por la ingenuidad de la muchacha—. A no ser que tú quieras ser la novia de un legionario». Andía se puso muy seria; hasta el punto de que Santiago se arrepintió de su torpeza. Se colgó el collar del cuello para tratar de congraciarse con la hermana de Lazaar, pero ella no volvió a sonreír. Una mujer asomó tras la cortina y empezó a increpar a Andía. Los dos se asustaron. Andía entró en la habitación y Santiago volvió junto a Lazaar.

Apenas había amanecido, cuando los sobresaltó el sonido estridente de un claxon. «Es Sid-Ahmed —anunció Lazaar después de asomarse a la calle—. Tu amigo está con él». Inmediatamente se produjo un ir y venir de mujeres y niños. Santiago salió corriendo a la calle. Guillermo, con una venda en la cabeza, estaba sentado en el asiento de atrás de un Renault 12. Lo abrazó desde el otro lado de la ventanilla. Guillermo tenía mala cara, pero aparentemente se encontraba bien. Lazaar, vestido de uniforme, se montó al volante y Sid-Ahmed pasó al asiento de al lado. Casi toda la familia había salido a la calle. Uno de los hermanos de Lazaar montó detrás, junto a Guillermo, y le dijo a Santiago que montara también. San Román se tocó la cabeza y echó en falta algo. «La gorra, Lazaar, no llevo la gorra.» Sin esperar más, entró en la casa. Salió al patio y se tropezó con Andía, que le echaba de comer lentejas crudas a la cabra. Por la seriedad de su rostro, Santiago dedujo que estaba enfadada. «Mi gorra, Andía, ¿has visto mi gorra?» La muchacha le señaló con desgana la cuerda en donde había estado colgada la ropa durante la noche. Santiago descolgó a toda prisa la gorra y se la caló. Andía salió del corral y se cruzó en el paso de Santiago. «Sí quiero ser», dijo la muchacha muy seria. «¿Sí quieres ser el qué?» «Ser tu novia. Sí quiero ser tu novia.» A pesar de la premura, el legionario no pudo evitar una sonrisa. «Me alegro. Me alegro mucho. Voy a ser la envidia de la Legión. Ningún lejía tiene una novia tan guapa como la mía.» Andía sonrió ahora por primera vez. Santiago le dio un beso fugaz y se despidió, pero antes de salir oyó de nuevo la voz de la saharaui: «¿Vendrás a verme?». «Claro, Andía. Volveré.»

Aquella mañana Guillermo y Santiago San Román fueron los primeros en incorporarse a la fila. A primera vista, nadie podía sospechar que habían pasado la noche fuera del cuartel. Igual que ellos habían hecho en otras ocasiones, sus compañeros les cubrieron las espaldas y ocultaron su falta la noche anterior. Y, sin embargo, ninguno de ellos les hizo una sola pregunta. Habían entrado en el cuartel por un agujero en el muro que los saharauis conocían. Lazaar les dijo lo que tenían que hacer. Pasaron por detrás del pabellón de Tropas Nómadas y llegaron a la fila cuando sonaba el toque de diana. Todo sucedió tan deprisa que no tuvieron tiempo de reflexionar sobre lo que estaban haciendo. Luego, en el comedor, los dos legionarios no paraban de preguntarse cómo podía ser tan fácil entrar y salir del cuartel, y cómo aquellos saharauis conocían secretos que para ellos estaban velados.

A Santiago San Román se le cortó la respiración cuando vio la silueta de Baquedano perfilándose entre las sombras. Sin el uniforme, el sargento perdía toda su autoridad y el empaque que tenía en el cuartel. Llevaba una cazadora azul con el cuello subido y pantalones de tergal de campana muy ancha. Detrás aparecieron los dos legionarios que se habían ido con él. Sin llegar a correr, caminaban dando grandes zancadas. En cuanto los reconoció, San Román se puso muy tieso. Por suerte para él estaba dentro del coche, como le había ordenado Baquedano. Cuando el sargento entró en el automóvil, Santiago ya lo había arrancado.

—¡Sal cagando leches, San Román! ¡Cagando leches! —le ordenó gritando.

Santiago pisó el acelerador y soltó el embrague al mismo tiempo. El coche salió produciendo un gran ruido y olor a goma quemada. Santiago no sabía adónde tenía que dirigirse.

—Por ahí no, imbécil. Sal a la plaza —gritó Baquedano—. Quiero que des dos vueltas y que todo el mundo te vea. Te haces un trompo de esos que tú sabes.

Por primera vez Santiago giró la cabeza para mirar al sargento. Se percató de una bolsa de viaje azul que llevaba entre las piernas.

—¡Y vosotros taparse la cara! —les ordenó a los dos legionarios que iban en el asiento de atrás.

San Román vio por el espejo retrovisor cómo los dos bisabuelos se ponían delante del rostro unas bolsas como la que sostenía Baquedano. El sargento también se cubrió el rostro para que no pudieran reconocerlo. Mientras derrapaba y hacía un trompo en la Plaza de España, Santiago se sintió desnudo ante la mirada de un grupo de jóvenes que estaban sentados en el jardín. No entendía bien lo que estaba ocurriendo. El sargento dejó la bolsa en el suelo del Seat y el bulto sonó a chapa.

—¡A la carretera de Smara! —le gritó una vez más Baquedano—. ¡Haciendo sonar las ruedas!

Santiago, sin tiempo para pensar otra cosa, obedeció y se encaminó hacia la carretera de Smara. Pasó por delante del Parador Nacional cuando un teniente se bajaba de su coche. No se atrevió a preguntarle al sargento lo que estaba sucediendo. El miedo que le provocaba aquel hombre le impedía tener ninguna iniciativa.

Las luces de la ciudad fueron quedando atrás. La carretera parecía una prolongación del desierto.

Sintió que el sargento le daba una palmadita en el hombro.

—Muy bien, muchacho. Con dos cojones.

A unos cuatro kilómetros Santiago se desvió por un camino de tierra. No tardó en encontrar el Land-Rover en el que habían salido del cuartel Alejandro Farnesio. Apagó los faros y detuvo el motor del coche. El sargento le iba dictando cada uno de los movimientos. Tardaron un rato en adaptarse a la luz de la luna.

—Quiero que os pongáis los uniformes y os arregléis como si acabarais de salir de permiso.

Mientras se vestían, San Román miraba por el rabillo del ojo a los dos bisabuelos. Uno parecía eufórico, pero el otro estaba serio y no pronunciaba palabra. Baquedano se acercó por detrás y obligó al veterano a levantar la barbilla.

—¿Eres un gallina?

—No, señor. Claro que no.

—Entonces, ¿qué eres?

El legionario dudó y finalmente dijo, partiéndose el pecho:

—Soy un novio de la muerte, señor.

—Así me gusta, que sepas bien quién es tu madre —dijo, señalando la bandera del uniforme— y quién es tu novia.

—Señor... —dijo el legionario, y enseguida enmudeció.

—¿Qué te pasa? ¿Nunca has visto matar a nadie? —le gritó Baquedano, anticipándose a los pensamientos de aquel muchacho.

—No, señor, nunca. Es la primera vez...

—Entonces da gracias, porque ya conoces el rostro de tu novia —Baquedano gritaba tanto que se le hinchó el cuello. Luego respiró hondo y empezó a tararear—: *Nadie en el Tercio sabía / quién era aquel legionario, / tan audaz y temerario / que en la Legión se alistó.*

Alentados por los gestos del sargento, los veteranos se unieron a la canción.

—*Nadie sabía su historia, / mas la Legión suponía / que un gran dolor le mordía / como un lobo el corazón.*

—¡Con más cojones! —gritó Baquedano—. *Mas si alguno quién era le preguntaba, / con dolor y rudeza le contestaba.*

Santiago, amedrentado, se sumó al coro.

—*Soy un hombre a quien la suerte / hirió con zarpas de fiera, / soy un novio de la muerte / que va a unirse en lazo fuerte / con tan leal compañera.*

Mientras terminaban de ponerse los uniformes y cantaban rompiéndose la garganta, Baquedano colocó las tres bolsas de viaje en la parte de atrás del Land-Rover. Sacó algo de una de ellas y lo puso encima del coche. San Román no conseguía entender nada. Era una copa de plata. Luego el sargento les fue dando a cada uno un papel.

—Aquí tenéis lo prometido: una semana de permiso. No quiero veros cerca del cuartel hasta que no haya pasado una semana. Ahora todos estamos en el ajo, y al primero que se vaya de la lengua lo desuello.

Santiago fue a coger las llaves bajo el asiento del copiloto, pero se le adelantó Baquedano. Lo apartó del Land-Rover y le dijo casi al oído:

—Tú te quedas aquí. Quiero que esperes a que nos hayamos ido. Luego coges el Seat y lo bajas a ese barranco. Le das fuego y te vas. Pero no te muevas de ahí hasta que haya ardido del todo. ¿Me entiendes? En menos de una hora estás otra vez en El Aaiún.

Santiago no se atrevió a replicarle. En el fondo se sentía aliviado al separarse de aquel chusquero. Antes de sentarse al volante, el sargento le puso entre las manos la copa de plata que había sacado de una de las bolsas.

—Esto lo dejas en el asiento de atrás. No te olvides.

A Santiago le pareció un cáliz. Lo sostuvo con la yema de los dedos, rozando los relieves como si le quemaran. Mientras tanto, el Land-Rover arrancó y los dos legionarios rompieron a cantar, provocados por Baquedano.

—*Por ir a tu lado a verte, / mi más leal compañera, / me hice novio de la muerte, / la estreché con lazo fuerte / y su amor fue mi bandera.*

Santiago sintió la tentación de tirar la copa y salir corriendo de allí, pero el miedo lo paralizaba. Respiró hondo y buscó bajo la luz de la luna el barranco que le había indicado el sargento. Como un autómata montó en el coche, tiró la copa detrás y se dejó caer hasta una pequeña explanada salpicada de arbustos. El relente hacía que la tierra desprendiera un olor muy intenso. Una liebre se quedó deslumbrada por los faros del coche. A Santiago le pareció verse reflejado en los ojos asustados del animal. Apagó las luces. No sabía muy bien lo que iba a hacer. Sintió que el uniforme le quemaba. Se desnudó muy despacio y se puso de nuevo las ropas de paisano. Abrió el tapón de la gasolina y echó dentro una cerilla. El fogonazo lo hizo retroceder.

Caminó a campo traviesa hasta la carretera. Desde allí se veían las llamaradas del automóvil. Tomó la dirección hacia El Aaiún. Durante todo el trayecto no pasó ni un coche por la carretera. Cuando llegó, apenas faltaba una hora para que empezara a amanecer. Era domingo y se sentía perdido. Se dejó caer en un banco de madera, bajo una palmera, en la Plaza de España. Y entonces fue cuando se dio cuenta de lo que había ocurrido. En la puerta de la iglesia se estaba produciendo un revuelo. La gente se arremolinaba como si fuera la puerta del cine. Santiago se acercó entre curioso y asustado. Enseguida se enteró de que habían robado en la iglesia. La policía trataba de apartar a la gente. Sacaron una camilla con un cuerpo cubierto por una manta.

—¿Es el cura? —preguntó una vecina.

—No, el sacristán. Dicen que es el sacristán. Han robado todas las cosas de valor de la sacristía. El pobre hombre debía de estar durmiendo dentro. Ni siquiera se enteró.

Santiago se alejó tratando de no correr. Se sentía engañado, furioso, asustado. No sabía adónde ir ni qué hacer con sus siete días de permiso. Sin pensarlo mucho encaminó sus pasos hacia el barrio de Zemla. En cuanto comenzó a subir las cuestas abrió la bolsa en donde llevaba la ropa de militar y su equipaje; sacó el turbante que le había regalado Lazaar. Se lo puso y caminó entre las calles aún vacías. Fue de un sitio a otro sin saber muy bien lo que hacía. Nadie reparaba en él. Entró en una tienda y compró tabaco. Trataba de pensar en lo sucedido la noche anterior. A media mañana reconoció el Renault 12 y la puerta de la casa de Lazaar. Fue a llamar, sin pensarlo, pero la puerta estaba abierta. Dos mujeres, sentadas sobre la alfombra, se pintaban los dedos de las manos con *henna*.

—*Salama aleikum* —las saludó Santiago.

Ellas respondieron sin mostrar sorpresa por lo inesperado de la visita. Lo invitaron a entrar. Le pareció que una de ellas era la madre de Lazaar, pero las dos se parecían tanto bajo la *melfa* que no estaba seguro. De repente entró Andía de la calle. Venía corriendo y muy sofocada. Parecía que hubiera visto llegar a Santiago desde lejos. Sonrió, con la respiración entrecortada. Salió al patio y empezó a dar voces. Acudieron los hombres de la familia y, uno a uno, le fueron dando la mano a Santiago. Andía encendió el brasero de carbón y puso agua a hervir en una tetera.

—Lazaar no está —le explicó Andía sin parar de sonreír—. Ahora eres mi invitado.

La ciudad se había convertido en un atasco de automóviles que colapsaban todas sus arterias. Los semáforos resultaban inútiles. La Guardia Urbana era incapaz de poner orden en medio de tanto caos. Por todas partes ríos de niños tiraban de sus padres tratando de abrirse paso hasta la cabalgata de los Reyes Magos. Parecía que los comercios estuvieran en el último tramo de una carrera contrarreloj. A la doctora Montserrat Cambra el ir y venir de la gente y el entusiasmo de los chiquillos no le producían más que vértigo. Había tardado casi una hora en encontrar un taxi libre y, cuando finalmente montó en uno, tuvo que dar un rodeo de muchos kilómetros para llegar hasta la Barceloneta. Una vez allí sintió que la saliva se le espesaba y que el estómago se le iba encogiendo. Aunque conocía los síntomas, se asustó como si fuera la primera vez.

Años atrás la ciudad terminaba en la Estación de Francia. La telaraña de acero que dibujaban las vías del ferrocarril hacía las veces de un frío y desolador telón tras el que se adivinaban los almacenes en ruinas, los enormes depósitos y tal vez el mar. Ahora le parecía estar caminando por otra ciudad. Conocía bien el Carrer de Balboa, pero la angustia que le oprimía el pecho le impedía encaminar hacia allí sus pasos. En lugar de eso, entró en el Palau del Mar. La única vez que había estado en el edificio fue nueve años antes, cuando la inauguración. Entonces la acompañaron su hija Teresa y Alberto, su marido: la familia perfecta. Teresa no había cumplido aún los diez años. Ahora le pareció estar viéndola correr entre las mesas del restaurante. Aquella imagen le hacía daño, mucho daño. Tomó el ascensor hasta el último piso. Conforme subía, la presión en el pecho era mayor. Tenía ganas de vomitar. Se sentó frente a la entrada del Museo Histórico, tratando de controlar las arcadas. Procuró respirar pausadamente y no dejarse llevar por el pánico que la invadía. Cerró los ojos, pero enseguida los abrió porque se mareaba. Se le aceleró el pulso. Tuvo miedo de perder el sentido. Abrió el bolso y sacó un frasco de pastillas. Se echó dos a la boca y se las tragó con ansia.

Al otro lado de un enorme ventanal, la Barceloneta se mostraba como en una pantalla de cine. Montserrat Cambra abrió los ojos y trató de rehacer los restos del paisaje de su memoria. Veintiséis años atrás, aquel edificio no era más que las ruinas de un almacén a punto de desmoronarse sobre el mar. No era difícil tropezarse con ratas enormes que no se asustaban de las personas. Desde las casas de la Barceloneta llegaban entonces el eco de los transistores y el canturreo de las mujeres. Las azoteas eran una maraña de antenas desvencijadas y de ropa tendida.

De repente le pareció ver otra vez a su hija saliendo del museo junto a Alberto. La imagen era tan real que cerró los ojos para no verla. Necesitaba respirar aire fresco. Montse salió del edificio sumida en una crisis de ansiedad. El frío de enero la devolvió a la realidad. Llegó hasta el paseo y se encaminó a la casa de Ayach Bachir. A pesar del enorme cambio del barrio, todo le resultaba familiar. Encontró la dirección

sin dificultad. Aprovechó que alguien salía del edificio y entró en el portal. El olor le devolvió muchas
imágenes. Aquellas casas se seguían pareciendo unas
a otras. Se sentó en las escaleras y esperó a que se apa-
gara la luz. Luego apoyó la cabeza entre las rodillas y
recordó, sin esfuerzo, la primera vez que estuvo en
aquel barrio.

Una mañana Santiago San Román se presentó
sin coche a la cita en la esquina de la zapatería. «Hoy
me apetece pasear», le dijo a Montse. La chica no puso objeciones. Se apretó contra los libros y caminó
junto a Santiago sin replicar. El muchacho estaba
serio por primera vez en muchas semanas. Ella no se
atrevía a preguntar, pero sospechaba que algo lo ator-
mentaba. Al pasar junto a una papelera, arrojó la carpeta y los libros. Santiago la miró como si hubiera co-
metido un crimen. «¿Qué haces?» «Se acabaron los
estudios.» Lo cogió de la mano y siguieron Vía Layetana adelante. «Voy a pasar unos días con mis padres
en Cadaqués —mintió Montse—. Tienen muchas
ganas de verme». Santiago frunció el ceño y se detuvo.
«¿Cuándo?» «El sábado. Mi padre vendrá a recogerme.» San Román no fue capaz de reaccionar. Su gesto
de desconcierto era el reflejo de su pensamiento. Parecía un ser desvalido. «¡El sábado! ¿Te irás el sábado?
¿Y hasta cuándo?» Montse se hacía de rogar. «No lo sé:
hasta septiembre. Ya veremos.» Santiago abrió los ojos
tanto como pudo. Estaba a punto de sufrir un ataque. «A no ser...», continuó Montse. «¿A no ser qué?»
«A no ser que me cuentes la verdad.» San Román se
desinfló como un globo. Se ruborizó. Ahora le tem-

blaban el pulso y la voz. «¿Qué verdad?» Montse apretó el paso, y el muchacho fue detrás de ella tratando de adaptar sus zancadas a las de la chica. «Espera, mi niña, no me dejes así. Te juro que no sé de lo que me estás hablando. Yo no te miento...» Y se quedó callado cuando ella se detuvo y le clavó una mirada rabiosa.

Tomaron la última cerveza del verano en la terraza de un bar. Era el último billete de cien pesetas que le quedaba a Santiago. Se lo dio al camarero como si le entregara su vida. «¿Vas a ser sincero?» Santiago se miró las uñas y luego le dio un trago a la cerveza. «Bueno, tienes razón. No trabajo en un banco, ni nada de eso. Me lo inventé.» «Eso ya lo sabía —apostilló Montse—. Lo que quiero que me digas es en qué trabajas. Porque yo ya estoy empezando a pensar que todos esos coches son robados». Santiago se solivió. «No son robados. Te lo juro por mi madre. Son del taller. Los cojo por la mañana y los dejo cuando te quedas en tu casa.» «¿El descapotable blanco también?» «También.» «Así que trabajas en un taller.» Santiago dejó caer el peso de sus hombros y bajó el tono de voz. «Trabajaba.» Montse siguió tirando de la madeja. «¿Has cambiado de trabajo?» «Más o menos. Bueno, no: me han echado.» Era el momento de darle una tregua. Le cogió una mano y lo besó con mucha ternura. Santiago siguió hablando como si todo aquello le quemara dentro. «Ayer volvió el jefe y se dio cuenta de que faltaba un coche. Lo tenía yo, claro. Me estaba esperando en la puerta del taller. Dice que me va a denunciar, y no quiere pagarme todo lo que me debe. Ese tío es un cabronazo. No he cobrado desde enero.» «¿Y el dinero que llevabas encima?», preguntó Montse, intrigada. «Yo sé buscarme la vida,

¿qué te crees? Arreglo piezas del desguace y las dejo como nuevas. Son cosas viejas que ya no se encuentran en ninguna parte. El hijoputa del Pascualín se fue de la lengua.» «¿El Pascualín también trabaja contigo?» «Natural.» «Ya me pareció que no tenía pinta de banquero», dijo Montse, tratando de arrancarle una sonrisa. «¿Banquero? Ése no sabe más que hacer cuatro cuentas y mal hechas. Le contó al jefe lo de los coches. Le dijo que yo llevaba un montón de tiempo sin aparecer por el taller más que para llevarme los coches y traerlos por la noche.» «¿Y el jefe no había ido al taller en todo ese tiempo?» «¡Qué va, qué va! El cabrón compra coches robados, los desmonta y los vende por piezas en Marruecos. Menuda vida se pega en Tánger con la grifa y las putas.» Santiago comprendió que estaba hablando de más. Ahora era Montse la que se había quedado seria. Quería creer a ciegas a Santiago, pero toda aquella historia se apartaba demasiado de su mundo. «¿Qué pasa? Me dijiste que te contara la verdad. Ésa es la verdad.» Montse trató de reaccionar. «Me da igual todo eso. Yo lo único que quería era estar contigo. Pero me duele que seas un mentiroso.» San Román se metió las manos en los bolsillos. Se sentía arrepentido, pero pensaba que tal vez ya fuera demasiado tarde. «¿Te irás a Cadaqués el sábado?» La chica trató de sacar partido de su ventaja. «Depende de ti. Si me demuestras que estás arrepentido, me quedaré aquí contigo.» «Dime cómo quieres que te lo demuestre.» «Preséntame a tus padres.» San Román enmudeció. Aquello era lo último que hubiera esperado. Montse se puso en pie, ofendida por el silencio del muchacho. «Me lo imaginaba. De boquilla pareces mucho más de lo que eres en realidad.» Echó a andar deprisa. Estaba tan ofendida, que se sentía capaz de cualquier cosa. San Román salió corriendo detrás de ella y la detuvo sujetándola por los hombros. «Espera, guapa, aún no he dicho que no.» Montse se cruzó de brazos y miró desafiante al chico. «Pues tampoco te he oído decir lo contrario. Además, tu cara es un poema.» «Vale. A mi padre no te lo puedo presentar, porque no lo he visto nunca. Creo que se murió. Vamos, no lo sé. Te llevaré a donde mi madre. Pero mi madre no está bien: padece de los nervios y se le olvidan las cosas.»

Era la primera vez que Montse cruzaba al otro lado del telón que suponía la Estación de Francia. Si no hubiera sido por Santiago, jamás habría sentido la curiosidad de adentrarse en aquel barrio que parecía otra ciudad. Los transistores echaban a la calle las canciones de Antonio Molina. El olor de los cocidos se mezclaba con el gasoil de los almacenes y las algas putrefactas que se amontonaban en la Dársena del Comercio. Santiago no la cogió ni una sola vez de la mano. Por primera vez lo vio caminar cohibido, metiendo la cabeza entre los hombros y siempre un paso por delante de Montse. Respondía a los saludos con desgana.

La madre de Santiago San Román tenía un estanco muy cerca de la Calle de Balboa. Desde allí los depósitos de la Fábrica de Gas y Electricidad estrangulaban la vida del barrio. Era un estanco pequeño y muy descuidado, con losetas de barro salpicadas de mellas. El mostrador y los estantes eran muy antiguos, oscurecidos por capas y capas de barniz que los habían ennegrecido. Los cristales de la puerta estaban mal ajustados. Santiago le dio un beso a su madre y dijo con desgana: «Mire, mama, ésta es la Montse». La mujer miró a la chica como si lo hiciera desde lo más profundo de un pozo. Luego miró a su hijo. «¿Has comido, Santi?» «No, mama, que todavía son las doce. Ya comeré.» Santiago cogió un paquete de Chesterfield y se lo guardó en el bolsillo. Montse trataba de hacerlo con disimulo, pero no podía apartar la mirada de aquella mujer de aspecto enfermizo y enlutada de los pies a la cabeza. La madre de Santiago se sentó junto a una mesa camilla y cogió unos moldes y una madeja de lana. El muchacho le hizo un gesto a Montse para que lo aguardara y se perdió en la trastienda. Ella estaba tensa. No sabía qué hacer ni qué decirle a aquella mujer que tricotaba sin levantar la vista de los puntos. Se quedó quieta, miró los paquetes de tabaco apilados. El tiempo pasaba muy despacio. De repente la muchacha dijo: «Hoy parece que no va a hacer tanto calor». La madre de Santi levantó la cabeza, dejó los moldes sobre la mesa y se puso en pie. «Perdona, no te había oído entrar —dijo la mujer como si fuera la primera vez que viera a Montse—. ¿Qué querías?». La chica se quedó helada. Tardó en reaccionar. «Nada, no quiero nada. Soy Montse, la amiga de Santi.» La mujer la miró, tratando de reconocerla. «Ah, Montse, sí, claro. Santi no ha llegado aún. Está en el taller. Si quieres, al mediodía le digo que has estado aquí.» Montse asintió con la cabeza. La mujer volvió a sentarse y a retomar el punto. Enseguida apareció Santiago con una mano en el bolsillo. Le dio un beso a su madre. «Mama, que me voy.» Ella le dijo adiós sin levantar la cabeza.

En la calle, Montse trató de sonreír. «Es muy guapa tu madre.» «Pues tenías que haberla visto hace unos años. Yo tengo fotos de cuando llegó a Barcelona y conoció a mi...» El gesto de Santiago se ensombreció. Sacó la mano del bolsillo y le mostró un anillo de plata. Le cogió la mano a Montse y se lo colocó en el dedo en que mejor le entraba. Montse le regaló una sonrisa. «¿Es para mí?» «Claro, claro. Es un anillo de familia. Pasó de mi abuela a mi madre, y ahora es para ti.» Montse le agarró las dos manos a Santiago. «¿Qué le pasa a tu madre, Santi? ¿Está enferma?» «No lo sé. El médico dice que es cosa de los nervios. Yo siempre la he visto así. Ya estoy acostumbrado.» Santiago estaba nervioso, daba pequeños saltitos sobre las puntas de los pies. «Vámonos; en este barrio hace mucho calor», le dijo a Montse.

Cuando Santiago San Román abrió los ojos, el sol ya daba en el balcón del dormitorio de Montse. Le costó trabajo recordar dónde estaba. Se sobresaltó al sentir el cuerpo de la muchacha a su lado. Enseguida sintió un sabor dulce en la boca. El olor de Montse estaba empapado en las sábanas y en la cabecera. Respiró profundamente para atraparlo. Estaba tan hermosa, dormida, que le dio pena despertarla. Se escurrió fuera de la cama y se vistió sin dejar de mirarla. Había un silencio total en toda la casa. Aún era muy temprano. Santiago sabía que, tras su día libre, la asistenta no volvería hasta las diez de la mañana, después de ir al mercado. Deambuló por los pasillos mirando los cuadros y los muebles como si se tratara de un museo. Era la primera vez que estaba en una casa con alfombras. El salón olía al cuero de los sillones y al terciopelo de las cortinas. Se entretuvo en un despacho en donde los libros cubrían una pared, y los títulos y diplomas la otra. De repente se sintió fuera de lugar.

Recorrió los pasillos de nuevo, buscó la puerta de salida y corrió escaleras abajo. En la calle se metió las manos en los bolsillos: sólo tenía seis pesetas. Siguió la avenida adelante hasta detenerse en una papelera. Metió las dos manos y rescató los libros y la carpeta de Montse.

Cuando abrió la puerta, la chica tenía los ojos de haber llorado. Miró a Santiago como si fuera un fantasma. «Eres un hijo de puta», le dijo, apoyando la cabeza en el marco de la puerta. Santiago no sabía lo que le pasaba a Montse. Le enseñó los libros. «Esto es tuyo. No quiero que mi mujer sea una ignorante como yo.» Montse se estremeció. Lo cogió de la mano y tiró de él hacia dentro. «Anda, pasa, que tenemos que desayunar antes de que venga Mari Cruz.»

El ruido de la cerradura los sorprendió en la cocina, calentando un cazo con leche. Montse levantó las orejas como un perro de caza. A Santiago le dio un vuelco el corazón. «¿Es la criada?» «Sí —dijo la chica, tratando de transmitir serenidad—. Pero es demasiado temprano. Aún son las nueve». No les dio tiempo a más. Enseguida apareció Mari Cruz con una capaza en la mano y sudorosa. Se quedó clavada en el umbral, sin apartar los ojos de Santiago. «Mira, éste es Santiago, un compañero de la academia. Ha venido a recogerme porque tomamos el mismo autobús.» Mari Cruz dejó su carga sobre la mesa y no dijo nada. Luego salió de la cocina. «No se lo ha tragado», dijo el chico. «Me da igual. Ella no puede decir nada, créeme.» Cuando Montse fue a terminar de arreglarse, entró la criada. Parecía que estaba esperando detrás de la puerta. «Yo te conozco», dijo Mari Cruz en tono amenazador. «Qué va, qué va. Yo es la primera vez que vengo.» «Ya, pero te conozco del barrio.» Santiago contuvo la respiración sin atreverse a apartar la mirada. «¿Tú no eres el nieto del Culiverde?» El chico pensó en echar a correr sin dar explicaciones, pero algo lo tenía paralizado. «¿Tú no eres hijo de la Maravillas la del estanco?» «Qué va, qué va. Yo no sé quién es ésa.» Mari Cruz se atravesó en la puerta, poniendo los brazos en jarras. «Mira, nene: yo no sé lo que estás desarrollando aquí, pero ya me lo imagino, ya. Tú lo que buscas son zagalicas con perras donde meter el pajarico. Pero aquí te vas a esfarrar. En cuanto te cantees una miaja así, te denuncio. ¿Me oyes? Esto es una casa decente. Más te valdría estar ayudándole a tu madre, que buena falta le hace.» Mari Cruz se calló en cuanto escuchó los pasos de Montse en el pasillo, a su espalda. La chica cogió los libros y la carpeta de la mesa de la cocina y le hizo un gesto a Santiago para que la siguiera. Se despidió de la sirvienta. «Adiós, señorita. ¿Tampoco hoy vendrá a comer?» «Tampoco. Comeré en casa de Nuria.»

La doctora Cambra sintió un sobresalto cuando se encendió la luz del portal. Levantó la cabeza y abrió los ojos. Una mujer mayor se acercó con muchas precauciones.

—¿Se encuentra usted bien, señora?

Montserrat Cambra se puso en pie y trató de mostrar normalidad.

—Gracias, estoy bien. Espero a alguien.

La anciana comenzó a subir las escaleras con mucha dificultad, agarrándose al pasamanos. Por la forma de respirar, Montse dedujo que era asmática.

La angustia había desaparecido. Aunque sabía de memoria el piso de Ayach Bachir, miró una vez más la dirección que tenía guardada en el bolso.

El saharaui era un hombre delgado, de facciones marcadas y piel morena. Llevaba el pelo muy corto y una barba de dos días. Rozaba los veinticinco años. Iba vestido de una forma muy corriente, con unos tejanos y un jersey de lana pasado de moda. Le dio la mano a Montse sin apretarla apenas. Luego la invitó a pasar. Era una casa modesta, de suelos muy antiguos y paredes desnudas. Entraron en un salón amplio en donde apenas había muebles: un sillón, dos sillas, una mesa baja, un mueble de pared de los años setenta, una lámpara más antigua que el resto del mobiliario. El suelo estaba cubierto por una alfombra muy grande, de colores llamativos. El cuarto daba a un pequeño balcón. La ventana, demasiado pequeña, no tenía cortinas. El salón parecía amueblado con retales de otras casas. El mueble de pared estaba vacío, como si se estuvieran trasladando. En el centro del salón había un infiernillo de butano y una bandeja con vasos de cristal pequeños y una tetera. Cuando entraron había un muchacho mirando a la calle. Era más joven que Ayach y mucho más delgado. Se lo presentó, pero Montse fue incapaz de entender su nombre. Ella se sentó en el sillón y Ayach Bachir en una silla. El muchacho se sentó en la alfombra y, sin mediar palabra, encendió el infiernillo y puso una tetera a hervir. Desde el primer momento Montse estaba escuchando el llanto desconsolado de un niño. Parecía que estuviera al otro lado de la pared.

Después de unas frases de cortesía, Montserrat Cambra sacó la foto y se la dio a Ayach. El saharaui la miró sin pestañear. Luego le pasó los dedos por encima, como si tratara de percibir sobre el papel el roce de su esposa. Montse guardó un silencio respetuoso. No sabía por dónde empezar.

—Verá, no le conté todo por teléfono porque quería esperar a hablar con usted sobre la fotografía. La verdad es que ahora no sé cómo decirlo.

Ayach la miró confuso. El otro saharaui seguía en la tarea de preparar el té, ajeno a las palabras de Montse.

—No entiendo —dijo el saharaui.

—Intentaré explicárselo sin dar muchos rodeos. Yo conocí hace tiempo a ese hombre de la fotografía, el de la chilaba.

—Sí, el de la *derraha*.

—Pero ese hombre murió hace muchos años en el Sáhara. Fue en la Marcha Verde. Al menos eso es lo que me dijeron. La otra noche, cuando el accidente de su mujer, encontré esa fotografía por casualidad entre sus cosas. Desde el primer momento no he dudado que fuera él. La fecha de atrás es posterior a la de su muerte, si es verdad lo que me contaron. Pero yo sé que los muertos no resucitan.

Montse se arrepintió de la torpeza de sus palabras. Ayach Bachir se dio cuenta enseguida de su apuro. Se miraron sin decir nada, hasta que el saharaui volvió a mirar la fotografía.

—Este hombre no está muerto —dijo con rotundidad—. Yo lo conozco: estuvo en mi boda hace tres años.

Montse respiró profundamente y le pidió a Ayach Bachir que volviera a mirar la fotografía. Lo hizo.

—Sí, es tío de mi mujer.

—¿De Mamía Salek?

Él agradeció con una sonrisa que se acordara del nombre de la difunta. Parecía conmovido.

—Sí, claro. La última vez que lo vi fue en nuestra boda. Mi mujer lo quería como a un padre. Vivía en la *daira* de Bir Gandús, en la *wilaya* de Ausserd.

Montse no pudo disimular la decepción que le produjeron aquellas palabras. Agachó la cabeza y se quedó mirando al joven que preparaba el té.

—Entonces ha sido una confusión —dijo con la voz apagada—. El hombre que yo digo era español. Pero se parecen tanto...

—Yo no he dicho que fuera saharaui. He dicho que es el tío de Mamía. Mi mujer hubiera podido contarle muchas cosas sobre él. Pero de lo que estoy seguro es de que este hombre nació en España.

—¿Recuerda su nombre?

—Yusuf. Le decían Yusuf. Pero su nombre cristiano no lo sé. El otro de la fotografía es Lazaar Baha, su cuñado. Murió en el ataque a la capital de Mauritania, junto a nuestro Presidente. Yo nací ese año.

—¿Le suena el nombre de Santiago San Román?

—No, nunca lo he oído —Ayach Bachir volvió a clavar los ojos en la fotografía—. Yo lo traté muy poco. Apenas cruzamos unas palabras: no me acuerdo. Mi mujer tenía fotos suyas más recientes. Ha cambiado mucho. Lo hirieron de gravedad en la guerra. No me pareció un hombre corriente. Dicen que la muerte de su esposa lo trastornó.

El otro saharaui le tendió a Montse una bandeja pequeña. Ella cogió un vaso y Ayach Bachir otro. A la doctora le temblaron las manos al ponérselo en los labios. Ahora el llanto del niño se oía más fuerte. En ese instante comprendió que había hecho mal en venir a la casa. Sin duda el pasado no podía cambiarse ya. Ni siquiera el suyo. No obstante, antes de poder controlarse, preguntó:

—¿Estaba casado?

—Sí, con la tía de mi esposa. Una hija suya estudia en Libia y el hijo murió por una mina en el Muro.

¿Qué muro? ¿Dónde estaba Ausserd? ¿Qué era una *wilaya*? Montse no quería pensar más en eso, pero no podía parar de hacerse preguntas. Entró una mujer en el salón y se quedó clavada al ver a Montse. Tenía una melena muy larga, negra, y vestía también pantalones tejanos. Se disculpó y cruzó unas palabras en árabe con Ayach Bachir. El otro saharaui intervino también, contrariado. La mujer parecía muy preocupada. Los tres hablaban en voz muy baja, como si temieran molestar. Ayach salió de la habitación. El otro saharaui seguía preparando el segundo vaso de té. Levantó la cabeza y sonrió. Luego siguió ensimismado en su tarea. Ayach entró y se disculpó:

—Perdone. El niño de Fatma está enfermo. Ella está preocupada porque no sabe lo que tiene.

—¿Ese llanto que se oye es del hijo de Fatma?

El saharaui asintió con un gesto. Montse se puso en pie y dejó el bolso sobre el sillón. Los dos saharauis la miraron confusos. El rostro de la mujer, de repente, se había puesto muy serio y tenso. Por la mirada parecía que estuviera enfadada.

—¿Dónde está el niño?

—En la habitación de las mujeres.

Montse salió al pasillo y se orientó por el llanto hasta llegar al cuarto. Fatma y otra mujer mayor, sentadas en el suelo, trataban de consolar al niño. La doctora se acercó y les pidió permiso para cogerlo.

—No tengas miedo: soy médico.

El rostro de Fatma se iluminó. Se puso en pie y le dejó el niño entre los brazos. Lo colocó sobre un colchón. Era un bebé de cuatro o cinco meses.

—Lleva llorando desde el mediodía. No quiere tomar el pecho —le explicó Fatma, sollozando.

—¿Cuándo tomó por última vez?

—A las diez —dijo sin dudarlo la otra saharaui.

Los dos hombres miraban desde la puerta, desconcertados, sin atreverse a intervenir.

Hubo un silencio sagrado mientras la doctora examinaba al niño. Le levantó la ropa, le soltó el pañal y le presionó las ingles, el estómago y el pecho.

—Este niño necesita tomar líquido. Se va a deshidratar.

—No quiere abrir la boca —dijo Fatma, rompiendo a llorar.

La doctora lo puso boca abajo y examinó las heces del pañal.

—Tiene un cólico muy fuerte. No llores, mujer, no es nada grave. Hay que darle una infusión de hinojo, manzanilla y anises. Los niños tan pequeños tienen la vesícula inmadura y es fácil que les pasen estas cosas. De momento lo aliviaremos con un poco de manzanilla y una jeringuilla para que trague. Si funciona con los gatos, tiene que funcionar con los niños —dijo, tratando de relajar la tensión y provocar la sonrisa de la madre.

Fatma había dejado de llorar. Ayach Bachir miraba a Montse con torpeza, sin saber qué decir. Llevaba la fotografía entre las manos. Por un instante trató de imaginar la historia que se escondía detrás de aquella mujer.

—Mañana llamaré a Rabuni —dijo el saharaui—. Si este hombre es el español que usted dice, mi padre debe de saberlo. Tiene una memoria de elefante: es capaz de recitar de memoria el nombre de los muertos que dejó enterrados en nuestro país cuando tuvo que salir huyendo.

La doctora Montserrat Cambra le sonrió con una mezcla de agradecimiento e incertidumbre.

El camión se desliza sobre la *hammada* como una nave con ruedas a punto de naufragar. El trayecto desde el hospital de Smara hasta la *daira* de Bir Lehlu no es muy largo, pero a Montse se le hace eterno. Viaja en la cabina, entre el chófer y Layla. Detrás van tres muchachos, sujetando una cabra. El saharaui no ha pronunciado una sola palabra en todo el camino. Ahora, cuando está a la vista Bir Lehlu, cruza unas frases con Layla. La enfermera parece enfadada con él. El hombre, por el contrario, permanece indiferente a sus recriminaciones. Se diría más bien que disfruta al verla alterada. Montse no entiende nada, ni se atreve a preguntar.

El vehículo sube una pequeña pendiente y se detiene junto a un edificio de ladrillo y cemento, humilde, blanqueado con cal. Layla se baja del camión y ayuda a Montse. El chófer sonríe sin dejar de morder su pipa. La enfermera se despide con un portazo y una frase que suena a insulto.

—Es un cretino —le explica a Montse—. No quiere acercarnos a mi *jaima*. Dice que se le hace tarde para llegar a su casa. Es amigo de mi padre, pero no quise casarme con él cuando volví al Sáhara.

—No importa —la consuela Montse, divertida—. Este sitio es precioso.

En verdad, con la caída del sol, los barrios de Bir Lehlu parecen pintados con colores discretos sobre el ocre intenso del desierto. El pequeño montículo, sobre el que han construido un colegio de educación especial, hace las veces de modesta atalaya desde la que se puede dominar el desierto inmenso. Los techos de las *jaimas* rompen la monotonía del horizonte. Los depósitos del agua brillan intensamente con los últimos rayos de sol. Apenas se mueve un viento cálido que hace más agradable la vista de los barrios de la *daira*. De vez en cuando, el balido de una cabra rompe un silencio que parece sagrado. El verde azulado de las *jaimas* contrasta con las paupérrimas construcciones levantadas con adobe.

Montse respira hondo. Está fatigada. La belleza de un paisaje tan árido la hace estremecerse. El desierto y el cielo se funden en una línea apenas perceptible.

—Mira —dice Layla, extendiendo la mano—. Ahí abajo está mi casa.

Montse mira hacia donde ella le señala. Todas las *jaimas* le parecen iguales.

—Espera, quiero respirar este aire —dice Montse.

Layla se recoge la *melfa* y se sienta en el suelo. Montse hace lo mismo. Junto a uno de los barrios del campamento se levanta un muro de barro, cubierto casi por la arena, que rodea dos o tres hectáreas de árboles y tomateras. A Montse le sorprende encontrar aquel oasis en mitad de un desierto tan hostil.

—Ese huerto lo hicimos nosotros. Parece que está pintado, pero es de verdad. El agua es muy salada, pero da tomates y alguna lechuga.

—¿Y este colegio? —dijo, señalando al edificio de ladrillo.

—Es para niños enfermos. Bueno, retrasados.

—Y, si habéis levantado hospitales y colegios, ¿por qué seguís viviendo en esas tiendas después de veinticinco años?

Layla sonríe. Parece que tuviera la respuesta ya preparada.

—Podríamos excavar cimientos, construir edificios, trazar calles, hacer alcantarillados. Pero eso significaría que nos hemos dado por vencidos. Nosotros estamos aquí de forma provisional, porque nuestro país está ocupado por los invasores. Cuando la guerra termine, volveremos. Y todo esto se lo tragará el desierto. Ahora mismo se pueden desmontar las tiendas en dos días, y antes de una semana estaríamos con todo otra vez en nuestro país.

Montse no sabe qué decir. No había imaginado que detrás de una mujer en apariencia tan frágil pudiera surgir de repente un coraje y una decisión tan firmes. Le hace un guiño y le coge la mano. Layla adopta de nuevo su gesto habitual de dulzura.

—Anoche volviste a hablar en sueños —dice la saharaui, colocándose la *melfa* por detrás de las orejas—. No tienes que temer ya nada. Seguramente esa mujer no es más que un espejismo. Si hubiera existido, nuestros soldados habrían dado con ella. Los muertos no desaparecen tan fácil en el desierto, aunque pueda parecer lo contrario. Además, la picadura del escorpión provoca alucinaciones.

Montse mira fijamente la línea de las *jaimas* allí abajo.

—Tienes razón. Yo también quiero creer que es una alucinación. Pero no tengo ninguna respuesta para la pesadilla de Tindouf. Eso sucedió de verdad. Y ahora me siento tan estúpida...

Finalmente la extranjera había accedido a cubrirse la cabeza para salir a la calle. Pero en cuanto empezó a caminar, la mujer de la casa se fue detrás y no se separó de ella a pesar de que Montse quería estar sola para buscar un teléfono. La argelina tenía el gesto adusto y parecía molestarle que saliera de su casa sola. A veces la situación le resultaba tan absurda que le daban ganas de reír. Otras, tenía que hacer esfuerzos para no romper a llorar en mitad de la calle. También los niños caminaban detrás, a unos pocos pasos. Si Montse se detenía, la mujer hacía lo mismo. Si arrancaba a caminar deprisa, la mujer apretaba el paso. Las dos parecían contrariadas y molestas. Había decidido no dirigirle más la palabra. La argelina apenas hablaba francés, y Montse no era capaz de articular más de una docena de frases mal pronunciadas.

Después de haberse detenido en cada una de las esquinas, buscando una cabina de teléfonos o un locutorio, le pareció escuchar a alguien que maldecía en español. Se dio la vuelta. Junto a un surtidor de gasolina había un camión repostando. Era un camión viejo, con el remolque cubierto por una lona agujereada. Sin pensarlo dos veces, se encaminó hacia el surtidor. Las voces de la argelina no la intimidaron esta vez. Un hombre con restos de muchos uniformes militares hablaba con el gasolinero. Frisaba los sesenta años. Una barba canosa le cubría el pecho, y en los dos brazos no le cabían más tatuajes. Montse reconoció la gorra de la Legión y una bandera de España cosida en ambas mangas. Se acercó al hombre como la náufraga que busca una tabla a la que agarrarse en mitad del mar. «¿Es usted español?» El hombre se volvió con la expresión del que no termina de creer lo que está oyendo. Montse se quitó el pañuelo de la cabeza. Miró a la mujer de arriba abajo y colocó las dos manos sobre la hebilla del cinturón. Tardó un rato en responder. «Por el amor de Dios, ¿de dónde ha salido usted?» Montse estaba tan emocionada que sus explicaciones no tenían ningún sentido. Trataba de contarle todo a aquel desconocido y no era capaz de expresarse con coherencia. Desde el otro lado de la calle, la argelina contemplaba la escena sin dar crédito a lo que estaba viendo, ni atreverse a cruzar. «Necesito hablar por teléfono. Tendrían que haber venido a recogerme al aeropuerto ayer, pero no se presentó nadie. Tengo la maleta en la casa de aquella mujer, y no me dejan salir de allí.» El español miró hacia donde Montse le indicaba. En cuanto la argelina comprendió que estaban hablando de ella, se cubrió el rostro y se alejó a toda prisa. «No tema usted, señora, que conmigo no corre peligro. Yo soy un legionario auténtico. Ha tenido usted mucha suerte al encontrarme. Créame que ha tenido mucha suerte.» A pesar del fuerte olor que despedía aquel hombre, Montse sentía ganas de abrazarlo. «¿Me dirá dónde puedo encontrar un teléfono?» «Haré algo mejor que eso. La voy a llevar ante el cónsul de España y él se hará cargo de todo.» Montse no podía creer que después de tanta angustia las cosas pudieran resolverse así de fácil. Se pellizcó mentalmente para convencerse de que no estaba soñando. «Mi maleta está en casa de esa señora que acaba de irse —insistió Montse—. Yo sé llegar hasta allí, pero le agradecería mucho que me acompañara. No entiendo qué quieren de mí». «¿Lleva cosas de valor en la maleta?» Montse se quedó pensando antes de responder. Su instinto la hizo ser cauta. «No he traído nada de valor. Apenas traigo dinero, y el pasaporte lo llevo encima.» El hombre se quedó pensando. Le pagó al gasolinero con unos billetes sucios y arrugados y le dijo algo en francés. «Móntese en el camión, señora. Nos vamos ya.» Montse subió a la cabina y enseguida empezó a comprender que las cosas no iban a ser tan sencillas como le habían parecido.

En cuanto el anacrónico legionario puso las manos sobre el volante, subieron a la cabina otros dos hombres. Eran musulmanes, con turbante y botas militares. Por el ruido, Montse se percató de que estaban montando otros en el remolque. «Son gente buena, señora. Patriotas de verdad», dijo, refiriéndose a los argelinos. El camión arrancó, y la mujer quedó aprisionada entre el chófer y los otros dos hombres. El olor era nauseabundo. A pesar del ruido del motor, se escuchaban los gritos de los que viajaban detrás. «La casa está al final de esta calle, a la izquierda. Aquellas construcciones de bloques grises», le explicó Montse. El legionario se puso un puro apagado en la boca y lo mordisqueó sin dejar de mirar al frente. Cuando se pasaron la calle de largo, Montse se alarmó. «Es ahí detrás, en aquellas casitas.» El legionario sonrió. «No se preocupe, señora: no merece la pena entrar en ese barrio. Ahí vive gente de la peor calaña: ladrones y putas, con perdón. No hay nada más ahí dentro. Si no tiene cosas de valor en la maleta, es mejor que se olvide de ella. Hágame caso.»

Conforme iban quedando atrás las últimas casas de Tindouf, los sentimientos de Montse se iban volviendo contradictorios. Por una parte se alegraba de alejarse definitivamente de aquel infierno; por otra le parecía que tal vez no debía haberse montado en el camión sin asegurarse antes de que aquel hombre era de confianza. Mientras se sumía en un estado de sospecha, el legionario no paraba de hablar. Parecía que disfrutaba lanzando bravuconadas de soldado viejo. Los otros dos hombres permanecían callados, fumando, impasibles. Montse aprovechó un instante en que el legionario dejó de hablar, para preguntarle: «¿En qué ciudad hay consulado de España?». El legionario tardó en responder. A Montse le parecía que trataba de ganar tiempo. Luego dijo un nombre en árabe que ella no pudo entender. «¿Y está muy lejos de Tindouf?» «En el desierto, señora, nunca se puede saber lo que está lejos y lo que está cerca. Todo depende de con qué se compare. ¿Y dice usted que viene de Madrid?» «No, yo no he dicho eso.» «Ah, bueno. Me había parecido.» «Vengo de Barcelona.»

El legionario fue tratando de averiguar detalles del viaje de Montse. Poco a poco ella se puso en guardia mientras veía que las preguntas se convertían en un auténtico interrogatorio. Trató de contar la verdad sólo a medias, pero aquel hombre era muy astuto y la fue haciendo caer en contradicciones. Finalmente Montse optó por responder sólo con monosílabos o fingir que no podía escucharlo con el ruido del motor.

Resultaba difícil saber si llevaban dos o tres horas viajando. El asfalto había dado paso a una pista seca y polvorienta que a los pocos kilómetros se fue borrando. El camión avanzaba ahora sobre otras rodadas de coches, o cortaba por la tierra virgen. Cada vez parecían estar más alejados de todo. Pero cuando más agobiada estaba Montse, le pareció ver una población a lo lejos. Las manchas de color oscuro contrastaban con el ocre del desierto. La intensidad del sol del mediodía no le dejaba distinguir con claridad, pero estaba segura de que en la línea del horizonte se veían vestigios de civilización. Le pareció incluso distinguir los tejados por los destellos del sol. «¿Es allí?», preguntó Montse, más animada. «Sí, señora, allí mismo. Dentro de cinco minutos podrá usted descansar.»

Conforme se acercaban a aquel espejismo, Montse fue sintiendo que la sangre se le subía a la cara. Apenas faltaba un kilómetro, cuando comprendió que aquello no era ni ciudad, ni poblado, ni nada parecido. El color oscuro y el brillo provenían de miles de coches amontonados como chatarra en mitad del Sáhara. Había tantos que entre ellos se abrían calles con sus intersecciones, formando un monstruoso cementerio.

Montse no pudo decir nada. Su mente comenzó a adelantarse a los acontecimientos. Cruzó los brazos y los apretó, tratando de aferrarse a algo que no existía más que en su imaginación. Cuando los hombres salieron del camión ella se bajó aterrorizada, intentando no bloquearse por el miedo. Reunió fuerzas de donde pudo para decir: «Usted me aseguró que me llevaría al consulado». «Todo a su tiempo, señora, todo a su tiempo. En cuanto solucionemos un par de asuntos, la llevaré con el cónsul.» «Mi marido debe de haber llegado ya a Tindouf. Seguramente estará preguntando a la policía argelina.» Las palabras de Montse sonaban como las mentiras de una niña desesperada. Con una maniobra rápida, el legionario le metió la mano en el bolsillo a Montse y sacó unos papeles. La mujer intentó zafarse, pero dos hombres la sujetaron con fuerza por los brazos y la inmovilizaron. Trató de gritar, pero se le quebró la voz. Un tercero le metió las manos en todos los bolsillos y sacó una cartera y el pasaporte. Se lo dio al legionario como el perro que entrega la pieza cobrada. Lo ojeó y lo guardó en uno de los numerosos bolsillos del remiendo de uniforme. «Ahora no vayas a hacer ninguna tontería. Aunque te dejáramos libre, no podrías llegar andando a ninguna parte. Antes morirías de sed y de hambre.»

El legionario echó a caminar y los dos hombres arrastraron a Montse detrás de él. Entre los coches desguazados había una caseta paupérrima, con una ventana cerrada con tablones cruzados. Abrió los dos candados que cerraban la puerta y los mercenarios empujaron a Montse al interior. Cayó de bruces al suelo y se golpeó las narices. «Y ahora da igual que grites lo que quieras. Aquí nadie va a oírte.» Ahogó un grito de dolor. Estaba segura de que la resistencia física no le iba a servir de nada, pero ni siquiera era capaz de gritar. Dejó escapar un quejido lastimero y levantó la cabeza. La nariz le sangraba. «Por favor, por favor, por favor», suplicó en un tono apenas audible. Se cerró la puerta. Montse se incorporó y comenzó a pedir ayuda en susurros, con miedo a levantar la voz. Enseguida se dio cuenta de que no estaba sola. Aunque había poca luz, distinguió en la penumbra a tres mujeres sentadas en el suelo. Sin duda la miraban con la misma cara de sorpresa que ella debió de poner. De repente se sintió inexplicablemente avergonzada. Trató de mantener la dignidad, pero no podía dejar de lloriquear. Se convenció de que los gritos y las patadas contra la puerta no le iban a servir de nada. Miró a las mujeres. Poco a poco sus rostros fueron tomando forma. Vestían como las que había visto en Tindouf. También estaban asustadas, a pesar de la dureza de sus gestos. Montse trató de hacerse entender en español. Probó después con cuatro palabras en francés, pero no encontró respuesta. Una de las mujeres le hizo señales para que se sentara. Ella se dejó caer de rodillas y se cubrió el rostro con ambas manos. Pensaba si, después de todo lo que le estaba pasando, podría ocurrirle algo aún peor. Lloró desconsoladamente durante mucho tiempo hasta que se fue quedando sin lágrimas y sin fuerzas. Cuando trataba de hacerse a la idea de que la situación ya no podría enderezarse, sintió cómo una de las mujeres se sentaba a su lado y le ponía una mano en el hombro. «Toma», le dijo en castellano. Levantó la cabeza como si hubiera oído alguna revelación. La mujer le tendía un cazo lleno de agua. «Llevas casi una hora perdiendo agua. Si no bebes, te vas a deshidratar.» Montse cogió el cazo y se lo puso en los labios. Le dio un trago. El agua estaba salada y despedía un olor nauseabundo. «Bebe —insistió la mujer—; es mejor tener diarrea que deshidratarse». Lo bebió todo y trató de disimular el gesto de asco. «Gracias.» La mujer volvió a su sitio y permaneció en cuclillas. «¿Habláis español?» «Ellas no.» Enseguida Montse se dio cuenta de que las ropas de aquella mujer eran diferentes a las de las otras dos. «¿Eres argelina?» «Saharaui.» Montse se sentó a su lado tratando de disfrutar de unos breves instantes de alivio. «¿De los campamentos de refugiados?» «¿Has estado allí?» «No, no he podido. Tuve problemas al llegar a Tindouf.» Montse comenzó a contarle a aquella desconocida todo lo que le había sucedido. La saharaui escuchaba sin pestañear, haciendo chasquear la lengua en cada pausa. Cuando terminó de contar su historia, se sintió mucho mejor. La mujer no apartaba los ojos de su rostro, como si después de haber oído el relato tratara de comprender hasta el final el sentido de cada una de las palabras. «Me llamo Montse», dijo, rompiendo el silencio. «Yo soy Aza.» «¿Y cómo has llegado hasta aquí?» Aza hizo un gesto de desesperación. La saharaui llevaba dos días encerrada en aquel cementerio de chatarra, junto a las dos argelinas. Había ido a Tindouf para llamar por teléfono a España y comprar bolígrafos. De vuelta a los campamentos, el todoterreno tuvo una avería. Los dos muchachos que la acompañaban decidieron hacer a pie los veinte kilómetros hasta su *wilaya*. Ella se quedó en el vehículo, esperando a que volvieran con ayuda. Tenía agua y comida, así que no debía temer nada. Pero pasó el camión del español y se ofreció a llevarla. El resto de la historia era fácil de suponer. «¿Y qué crees que harán con nosotras?», preguntó Montse ingenuamente. Aza puso cara de preocupación y se tapó el rostro con la *melfa*. No dijo nada.

Dentro de aquella caseta el tiempo se había detenido. Los dos primeros días se hicieron tan largos que parecía que nunca fueran a terminar. Oían a los hombres hablando fuera, pero no podían ver nada por las rendijas de la ventana. Montse tuvo que salir fuera varias veces, porque la descomposición de estómago la obligaba. Ver el sol y respirar el aire limpio era el único lujo que tenían. Aza y las otras dos musulmanas llevaban el cautiverio mucho mejor que ella. Podían pasar horas enteras en silencio, sin moverse, sin beber agua, sin comer. Montse se aferró a la presencia de la saharaui para no perder los nervios. Hacía todo lo que

Aza le decía: beber el agua infecta, comer la fruta en descomposición, tratar de no moverse en las horas de mucho calor. Le parecía que el aguante de aquellas tres mujeres superaba lo estrictamente humano. Cuando sentía que se iba a venir abajo, procuraba hablar con Aza. Por eso supo que su fuerte acento caribeño se debía a los años que pasó en Cuba estudiando. Pero, cuando Montse trataba de averiguar detalles de su vida, la saharaui parecía cerrarse y cambiar de conversación. «¿Quiénes son esos hombres, Aza?» «Mala gente, mi amiga, mala gente.» «¿Y qué pueden querer?» «No lo sé, mija, y no quiero pensarlo hasta que no llegue el momento.» Luego chasqueaba la lengua y se espantaba las moscas con una extraordinaria elegancia.

Al tercer día el motor del camión volvió a rugir. Las cuatro mujeres se pusieron alerta, creyendo que los hombres iban a dejarlas solas. Pero enseguida se abrió la puerta y las condujeron hasta el remolque. A pesar de las pésimas condiciones, aquel viaje era un lujo en comparación con los días de encierro. Montse contemplaba conmovida la inmensidad del Sáhara, a través de las tablas que no cubría la lona. El viaje duró más de tres horas. Cuando se detuvo el camión, estaban junto a un pozo rodeado de unos pocos árboles. Era la única vida que habían visto en muchos kilómetros. Las piedras despedían fuego.

Layla está muy seria, concentrada en las palabras de Montse. Después de un rato en silencio chasquea la lengua y mira hacia las *jaimas* que ya apenas se ven.

—¿Por qué haces eso? —pregunta Montse.

—¿El qué?

—Ese chasquido con la lengua.

—Es una costumbre.

—Es el mismo ruido que hacía Aza con la boca. Es imposible que sea un delirio.

—No, no parece un delirio. Pero ahora vámonos, se está haciendo de noche.

Entre una *jaima* y otra hay una distancia considerable. No forman calles. Las construcciones de barro no tienen ningún rasgo que las identifique: todas son iguales. Layla se mueve en la oscuridad igual que si fuera pleno día. Caminan muy despacio. Al llegar a su *jaima,* Layla comienza a dar voces. Se asoma una mujer que a su vez comienza a gritar. Parece enfadada. Montse se sobresalta.

—Es mi tía, no temas. Me está riñendo por lo tarde que llegamos. Se cree que todavía soy una chiquilla.

Entran en la tienda y el mundo que se abre ante los ojos de Montse la deja deslumbrada. Los hombres y las mujeres están sentados o en cuclillas sobre unas alfombras de colores muy vivos. Del centro de la *jaima* cuelga un tubo fluorescente conectado a una batería de camión. Hay algunos niños. Los colores de las *melfas* de las mujeres y de los vestidos de las niñas son como manchas que se rompen contra la luz. Montse siente que el corazón se le encoge. Se quita las botas y comienza a saludar. Casi todos hablan castellano, con fuerte acento árabe. Los niños quieren tocarla y sentarla a su lado. Entretanto, Layla hace las presentaciones. La extranjera no puede retener los nombres en su memoria más que unos segundos. Trata de quedarse con la expresión de los ojos, con las sonrisas, con los gestos. Se siente fatigada. Finalmente se sienta.

Layla habla en su nombre. A Montse le gusta oírla hablar en hasanía. Alguien le ofrece un vaso de té. Lo acepta con gran placer. No paran de entrar niños de las otras *jaimas*. La tía de Layla trata de echarlos como si fueran gallinas, pero los niños se resisten. Un anciano les grita y, por fin, se van a regañadientes. Se quedan sentados en la arena, a escasos metros de la puerta. Montse no es capaz de agradecer las atenciones de tanta gente. Por momentos se siente desbordada. En cuanto Layla la mira, comprende que está muy fatigada. La enfermera se pone en pie y empieza a hacer gestos. Sin duda está pidiendo que se vayan. Montse trata de impedirlo, pero Layla está decidida. Todos se levantan sin oponer resistencia. Uno a uno, los hombres le dan la mano a la española y van saliendo. Las mujeres salen las últimas. La tía de Layla se queda rezagada. No para de darle instrucciones a su sobrina. Cuando se quedan las dos solas, Montse está abrumada.

—No debiste echarlos. Yo estoy encantada.

—Hablan mucho. Si los dejas, se quedan toda la noche aquí. No tienen prisa. A veces han estado cuatro días seguidos charlando y tomando té sólo porque había una visita de otra *daira*.

En la sonrisa de Montse se refleja el cansancio. Layla saca dos mantas de un armario. Las extiende sobre la alfombra.

—Esta noche no te va a molestar nadie.

—No, Layla, no me molesta nadie. No me irás a decir que vas a mandar a tu tía fuera.

—Ella estará bien en cualquier parte. Tú eres mi invitada.

Montse no tiene fuerzas ni ánimos para discutir. Observa impasible a Layla, que busca algo entre los trastos del armario. Al cabo le muestra unas tijeras de costurera. Se sienta al lado de la extranjera y le hace agachar la cabeza.

—¿Qué quieres hacer?

—Cortarte el pelo. ¿No es eso lo que querías?

Montse le sonríe. Trata de sentir la misma paz que Layla refleja en su rostro. Le acerca la cabeza y se deja hacer. La saharaui va cortando mechones y formando un pequeño montoncito en la alfombra. El sonido acompasado de las tijeras y las manos de Layla le producen sueño. Pero Montse no quiere perderse ni un solo instante. Lucha por mantenerse despierta.

—Layla.

—¿Qué?

—Te mentí —Layla no dice nada—. Bueno, no te mentí, aunque tampoco te dije la verdad.

Aunque Montse se queda callada, la enfermera no quiere parecer curiosa.

—Es verdad que tengo una hija. Pero murió en agosto del año pasado.

Es la primera vez que Montse habla de su hija desde su muerte. Se siente aliviada. Layla chasquea la lengua y sigue en silencio.

—Fue en un accidente de moto. Tenía diecinueve años y se llamaba Teresa, como mi hermana.

Después sólo se escucha el sonido de las tijeras y el viento golpeando contra la lona de la *jaima*. Lo último que oye Montse antes de quedarse dormida es la voz de Layla:

—Gracias.

Muchos soldados que jamás habían leído un periódico hacían ahora largas colas para leer la prensa, o formaban corrillos mientras el más instruido leía en voz alta las noticias que llegaban de la Península. En El Aaiún se supo demasiado tarde que el Gobierno español había vendido a Marruecos la mayor parte de la empresa de extracción de fosfatos Fos Bu Craa. Cuando la noticia se extendió entre los funcionarios, el deterioro de la vida pública era ya patente. En los cuarteles los oficiales apenas hablaban con la tropa sobre los graves acontecimientos y las revueltas independentistas que se producían en las calles. El robo en la iglesia y el asesinato del sacristán no hicieron más que romper la frágil estabilidad en que la comunidad saharaui se mantenía con los peninsulares.

A Santiago San Román, excepto la presencia del sargento Baquedano, había pocas cosas que le quitaran el sueño o lo inquietasen. De alguna manera aquella excitación que se vivía en los cuarteles contribuía a que se sintiera más eufórico. Con frecuencia las conversaciones sobre política le resultaban tediosas y difíciles de comprender. Los meses de abril y mayo se convirtieron en un ir y venir de tropas, carreras, órdenes de los mandos, contraórdenes, maniobras, salidas nocturnas. Muchas voces públicas culpaban al Polisario de los desmanes que se estaban produciendo; la profanación de la iglesia había sido la gota que colmó el vaso. En la prensa se definía como un acto terrorista. Pero el simple recuerdo de aquella noche le producía tanto miedo a San Román que procuraba con empeño no pensar en su participación. Trataba de lavar su conciencia no sumándose a las voces que gritaban proclamas en contra del Frente Polisario y de sus simpatizantes.

Guillermo vivía la situación de otra manera. Las obras del zoológico se interrumpieron, y la mayor parte de su compañía fue destinada a minar la frontera con Marruecos. Cuando las minas se acabaron, empezaron a colocar falsas minas de plástico tan reales que a veces provocaban errores mortales para quienes las manejaban.

Mientras tanto San Román conducía los Land-Rover, los coches oficiales, los camiones, las máquinas excavadoras y todo lo que tuviera motor y un volante. Cada día se cruzaba en las carreteras con batallones que salían de maniobras o que regresaban agotados a la capital. Al menos tres veces a la semana tenía que transportar tropas de vigilancia al yacimiento de fosfatos de Bu Craa. El miedo a los sabotajes había cundido no sólo entre los trabajadores de la explotación, sino entre los funcionarios de la empresa estatal que vivían en la ciudad. Apenas medio año antes, la cinta transportadora que daba salida a los fosfatos hacia el mar había sido incendiada por unos jóvenes trabajadores saharauis que ahora cumplían prisión en Canarias. Los soldados regulares y los legionarios pasaban horas sin fin bajo el sol plomizo del Sáhara, tratando de que no se acercara ni un zorro a la cinta o a las instalaciones del yacimiento. También en las oficinas y en la residencia los funcionarios vivían en situación de alerta.

En las calles se respiraba una tensión que a Santiago San Román le parecía absurda. Los soldados vigilaban el Instituto de Enseñanza Media a la hora de entrada y salida de clase, el Parador Nacional, el Gobierno General del Sáhara, el edificio del Estado Mayor. Con frecuencia tenían que patrullar con los Cetme o con metralletas cortas, mezclándose con la población y sospechando de todo lo que se saliera de lo ordinario. Pero para Santiago en El Aaiún todo se salía de lo ordinario. Cuando tenía que pedir la identificación a algún saharaui o detener un vehículo, miraba los papeles sin prestar atención, intercambiaba unos saludos en hasanía y dejaba irse a la gente entre sorprendida y molesta. Le incomodaban los cacheos y los controles en las intersecciones de las avenidas. Por el contrario, se sentía dichoso cuando le ordenaban dirigir una patrulla en el mercado callejero o en el zoco. Siempre iba pendiente por si se tropezaba con Andía, con su madre, con sus primas, con alguna de las mujeres de su familia.

No conseguía que Lazaar lo tomara en serio. El saharaui se echaba a reír en cuanto San Román le hablaba de su hermana. A Santiago le molestaba la frivolidad con la que su amigo trataba el asunto de Andía.

—¿Tú estás enamorado de Andía? Pero si es una niña.

—Tiene diecisiete años.

—¿Eso te ha dicho ella? —preguntaba sin parar de reír—. Tú te licenciarás, te irás a tu ciudad y no volverás nunca. Eso si no te has dejado ya una novia en Barcelona.

—Qué va, qué va. Tú estás loco, chaval.

Sin embargo, con la familia era otra cosa. Avergonzado, Santiago comprobó cómo la madre de Andía, las tías y las hermanas pequeñas hacían todo lo posible por agradarlo. La casa fue experimentando una transformación de la que San Román tardó en darse cuenta. Las paredes, que al principio carecían de adornos, empezaron a cubrirse de fotografías y láminas que el legionario no terminaba de entender. A veces eran recortes de periódicos de personajes célebres, o mapas de la Península; fotografías de Franco, de Carmen Sevilla en su visita durante la Navidad de 1957, de Fraga Iribarne inaugurando el Parador Nacional, almanaques de Julio Romero de Torres, de toreros, de futbolistas. Al principio no les dio mucha importancia, hasta que comprendió que todo aquello lo hacían para agradarlo. También empezaron a cambiar la música saharaui por pasodobles, o boleros de Antonio Machín. Santiago correspondía a su manera.

La red familiar era tan tupida y compleja que nunca estaba seguro de quiénes eran primos, cuñados, parientes lejanos o hermanos. A todos trataba de agradar en alguna medida. A los hombres de la familia les enseñaba a desmontar y limpiar el carburador de los coches, a reponer los manguitos, a reconocer las averías del motor por el sonido. Los hermanos pequeños de Andía iban detrás de él a todas partes. Pero el verdadero hombre de la casa, desde la muerte del padre, era Lazaar. No sólo la familia, sino también los vecinos sentían veneración por él. Todo lo que Lazaar decía era aceptado sin más. Por eso San Román sabía que, mientras el saharaui no lo tomara en serio, tenía poco que hacer con su hermana.

Andía, por su parte, se comportaba unas veces como mujer y otras como niña, pero a Santiago no le desagradaba la ambigüedad de la muchacha. En cuanto arañaba unas horas libres, subía al barrio de Zemla y se sentaba a tomar té con quien hubiera en la casa en aquel momento. La chica lo recibía con la mayor naturalidad, como si estuviera habituada a su presencia, pero rehuía sus miradas clandestinas, sus intentos de acercamiento o los piropos encubiertos que le dedicaba. Pasaba más tiempo hablando con la familia que con ella. A veces la chica se iba a otra habitación de la casa y ni siquiera acudía para despedirlo. Aquellas costumbres enfurecían a Santiago, que siempre juraba no volver más a aquella casa. Sin embargo, los regalos que Andía le daba de forma furtiva, las miradas escurridizas que le sorprendía, los detalles que tenía con él, o los nervios que mostraba cada vez que le hablaba el legionario lo hacían ilusionarse de nuevo y volver en cuanto tenía una oportunidad.

Cuando le contó a Guillermo lo que le estaba sucediendo con Andía, su amigo no supo si alegrarse o tratar de quitársela de la cabeza. Al menos ya no hablaba de Montse, ni le pedía que la llamara o que le escribiera cartas. Estaba convencido de que aquella relación con una saharaui no iba a llegar a ninguna parte, pero veía tan ilusionado a su amigo, que se sentía incapaz de ser sincero con él. A Guillermo, al contrario que a San Román, le preocupaba la situación que se estaba viviendo en la provincia del Sáhara. Incapaz de tener criterio propio, se dejaba llevar por los comentarios de cantina, por rumores, por lo que veía en la calle. El trabajo de colocar minas le resultaba terrible. Tampoco los oficiales parecían saber muy bien lo que estaba sucediendo. En cuanto preguntaba sobre el futuro a algún sargento o a un simple cabo, le hacían callar o lo amonestaban. Pero la preocupación en los rostros de los mandos era evidente.

A San Román lo único que le preocupaba era su conciencia y el sargento Baquedano. Por eso se alegraba cuando tenía que participar en salidas de varios días, o cuando lo mandaban patrullar por las calles, o cuando lo destinaban con los reclutas al batallón de instrucción, a veinte kilómetros de la ciudad, junto al mar. Pero antes o después era inevitable cruzarse con él y cuadrarse y responder a su saludo. Y eso fue lo que ocurrió la mañana en que el sargento Baquedano entraba en el Alejandro Farnesio sobre el pescante de un camión. En cuanto vio a San Román dio un salto y se dirigió a paso ligero hacia él. El soldado lo saludó con marcialidad y se puso a sus órdenes.

—San Román, tengo algo para ti.

Santiago empezó a sudar, tratando de disimular el temblor de las piernas.

—A sus órdenes, señor.

—Quiero que te presentes a las pruebas de cabo.

—¿De cabo, señor?

—Sí, de cabo. ¿No sabes lo que es eso?

—Claro que sí, señor. Pero para eso hay que estudiar y saber hacer cuentas.

—¿Acaso vas a decirme que no sabes leer y escribir?

—No, señor. Digo, sí, señor. Leer y escribir sí, pero a mi manera. Y las cuentas es que no se me dan bien.

—No quiero oír excusas de marica. Tú eres un legionario, ¿me oyes? A ti no te hace falta ni leer ni escribir. Sólo necesitas dos cojones. Como éstos. ¿Acaso me vas a decir que no los tienes?

—No, señor. Quiero decir, sí, señor. Claro que los tengo.

—Entonces preséntate a esas pruebas, me cago en tu sombra. ¡Es una orden! Las pruebas son el sábado. No quiero que el viernes te emborraches, ni te vayas de putas. El sábado a las ocho te quiero en el pabellón de oficiales. La Legión necesita patriotas como tú.

Al lunes siguiente, Santiago San Román era ya cabo de la Legión. Los compañeros, incluso Guillermo, comenzaron a tratarlo de otra manera. Cuando se presentó en el pabellón de Tropas Nómadas, pretendía impresionar a Lazaar, pero el saharaui le miró los galones, lo miró a los ojos y sólo dijo, con ironía:

—Ahora sí que te van a salir novias de verdad.

Aquella frase le dolió como un golpe a traición. Tanto, que aquel día se negó a jugar de portero con los saharauis.

Pero todo había empezado a cambiar muy deprisa. A los pocos días, al volver de una misión de vigilancia, Lazaar lo estaba esperando en el campo de fútbol. Lo encontró serio, muy serio. Santiago se preocupó en cuanto le oyó la primera frase.

—Mira, San Román, no sé cómo decirte esto para que no te ofendas.

El cabo no sabía qué pensar. Por su cabeza pasaron los peores presagios, pero ninguno tan malo como la misma realidad.

—Vamos, Lazaar, habla, soy tu amigo. Di lo que sea.

—¿Eres mi amigo?

—Claro, soy tu amigo. Tú lo sabes. ¿Por qué preguntas eso ahora?

—Entonces sabrás que los amigos a veces tienen que hacer cosas que no les gustan, si son buenas para el otro.

—Pídeme lo que quieras: no voy a asustarme.

Lazaar miró a Santiago tratando de llegar hasta lo más profundo de los ojos. Le mantenía una mano cogida y la otra sobre el hombro.

—No quiero que vuelvas a mi casa. Al menos por ahora.

El cabo San Román tragó saliva. Le parecía que la sangre se le iba bajando a los pies.

—Claro, claro —dijo sin soltar la mano de Lazaar—. Es por tu hermana, ¿verdad?

—No, no es por Andía. Sé que ella te aprecia, aunque es una niña: sólo tiene quince años. Es por mí.

—¿Te he ofendido?

—Al contrario. Me siento orgulloso de ser tu amigo. Las cosas no son tan sencillas como parecen. Algún día lo vas a entender, pero yo no puedo explicártelo ahora.

Las palabras del saharaui desconcertaron a San Román. No podía creer que hubiera otra razón que Andía para que su presencia en casa de Lazaar no fuera grata. Nunca creyó que aquel joven pudiera provocarle tanto desasosiego. Tampoco pensó en ese instante que alguna vez comprendería el sentido de todo lo que ahora le estaba pasando. Simplemente se dejó llevar por la desolación.

En las dos semanas siguientes no volvió a la casa de Lazaar. Cuando patrullaba por la ciudad, levantaba la cabeza hacia las casas de piedra e imaginaba qué estaría haciendo Andía en aquel momento. Dejó de dormir bien; dejó de comer. De nuevo una mujer trastornaba su vida y terminaba por convertirse en una obsesión. Sus ratos libres los pasaba con los amigos de Tropas Nómadas, pero su relación con Lazaar no volvió a ser igual. Sentía una mezcla de admiración y celos por aquel saharaui. Mientras lo veía moviéndose entre los dromedarios le parecía un ser especial. Lazaar conocía los secretos del desierto, el lenguaje de los dromedarios; sabía tanto de la climatología y del terreno del Sáhara que parecía un anciano de veinte años. Y así en dos semanas su relación con él se enfrió hasta tal punto que apenas se quedó en un saludo de cortesía y algunas palabras de compromiso.

A principios del mes de mayo, sin embargo, ocurrió algo que salvó a San Román del bache por el que estaba pasando. Cruzaba el barrio de la Colomina en un camión que transportaba víveres. En el asiento del copiloto viajaba un soldado armado, y otro en el remolque. Santiago escuchaba la verborrea del soldado, cuando le pareció reconocer a Andía entre la gente que caminaba por la acera. Frenó y estuvo a punto de llamarla a gritos, pero la prudencia lo contuvo. Sabía que no podía abandonar el camión, ni salirse de la ruta que le habían marcado. El otro legionario se asustó cuando detuvo el vehículo.

—¿Qué pasa, cabo, qué has visto?

Santiago sacaba el cuello por la ventanilla, tratando de asegurarse de que era Andía. Era la primera vez que encontraba a la muchacha fuera de su barrio.

—No os mováis del camión. Creo que ahí delante pasa algo. No me fío.

El soldado raso se había puesto pálido. Miraba a todos lados, agarrado al Cetme y tratando de descubrir el peligro. El cabo San Román saltó del camión.

—Voy a asegurarme —le gritó con fingida autoridad—. No os mováis del camión a no ser que os disparen.

Santiago corrió por la acera, tratando de alcanzar a la muchacha. En cuanto la vio doblar la esquina, la abordó. Sintió un gran alivio al comprobar que no se había confundido. Andía iba con otra chica saharaui. Cuando vio al legionario, se tapó instintivamente el rostro con la *melfa* y comenzó a hablar en hasanía atropelladamente. Santiago no entendía nada. En realidad, las palabras iban destinadas a la amiga, que no paraba de reír mientras se tapaba también la cara. Después de un buen rato, la muchacha se puso seria y se quedó en silencio.

—¿Qué haces aquí, Andía? ¿Adónde vas? ¿Es una amiga tuya?

—Mi hermano me dijo que te habías ido a la Península, que te habían licenciado.

—No es verdad, Andía, yo no me iría nunca sin despedirme. Además, eres mi novia; no me iría sin ti.

La sonrisa volvió al rostro de la saharaui, y al de su amiga también. Santiago estaba tan nervioso que daba pequeños saltitos y no paraba de meterse y sacarse las manos de los bolsillos.

—No te voy a engañar: fue Lazaar quien me pidió que no volviera a tu casa. Dice que no es por ti, pero no me ha dado más explicaciones.

A Andía le costaba trabajo entender los motivos que habían llevado a Lazaar a hacer aquello. Arrugó la frente y se cogió a la mano de su amiga.

—Mi hermano es un entrometido. Me trata como a una niña; como si fuera estúpida.

Inmediatamente tiró de Santiago y lo hizo caminar a su lado. La amiga se puso en la otra parte. Cruzaron la calle y Andía le pidió que entrara con ella en un bazar saharaui. Era una tienda muy parecida a las del Hata-Rambla: el mismo olor, el mismo caos.

—¿Te gustan los dátiles? —preguntó la saharaui—. No, mejor las pasas. ¿Te gustan las pasas? No, no, eso no.

Le pidió una pipa con su funda al comerciante y luego se la puso entre las manos a Santiago.

—¿Te gusta esto?

—Mucho, Andía, me gusta mucho. Pero yo...

—Quiero que tengas un regalo mío.

La amiga le pidió las pulseras al comerciante y se las probó a Santiago. Eligió una que le entraba bien en la muñeca.

—Haibbila también quiere hacerte un regalo. Es mi mejor amiga.

Santiago no sabía cómo agradecer semejantes atenciones. Se sentía abrumado y confuso. Le sorprendía que aquellas dos chiquillas pudieran tener tanta iniciativa. Se despidió jurándole que iría a verla a su casa en cuanto Lazaar se marchara de maniobras. Aquella noche durmió con la pulsera y la pipa entre las manos.

Las maniobras a las que se refería Santiago San Román eran en realidad una misión especial en Amgala de una patrulla de Tropas Nómadas. Pero eso no se supo hasta algunos días después. Como casi todo en aquellos meses, los movimientos del Ejército se llevaban en un secreto que no era estricto aunque pretendía serlo. El lunes 5 de mayo, un día antes de partir, Lazaar fue a buscar al cabo San Román a la cantina del cuartel. Era la primera vez que lo veía pisar aquel lugar; por eso se sorprendió. Por eso y por las palabras que el saharaui parecía traer preparadas.

—Ya sabes que me voy mañana con mi patrulla —Santiago asintió con la cabeza, tratando de anticiparse al pensamiento de Lazaar—. No sé cuándo volveré. Quiero pedirte un favor.

—Pídeme lo que quieras.

El saharaui se tomó su tiempo antes de hacerlo.

—Quiero que cuides de mi hermana y de mi familia —hizo una pausa y estudió la reacción de Santiago—. Yo sé que no les va a pasar nada, y si tú los vigilas yo me quedo más tranquilo. Mis hermanos son jóvenes y tienen la cabeza en otras cosas. A veces no entienden bien lo que está pasando en el Sáhara.

—Hablas como si no fueras a volver.

—Claro que voy a volver. Pero la situación ahí fuera está peor de lo que nos cuentan. Marruecos va a saltar sobre nosotros como una hiena.

—Eso no pasará. Nosotros estamos aquí para impedirlo. Sois un pedazo de España.

—Eres el único optimista. Eso está bien. Aunque yo me quedo más tranquilo si sé que tú te harás cargo de mi familia, pase lo que pase.

—No tienes ni que pedirlo. Lo haré con mucho gusto. Pero sólo hasta que tú regreses.

—Claro, sólo hasta que regrese —dijo, sonriendo.

Se abrazaron y se dieron la mano en un apretón largo, sin dejar de mirarse a los ojos.

Las palabras de Lazaar habían desconcertado al cabo San Román. Su sentido más profundo no pudo entenderlo hasta una semana después, cuando llegó la noticia a El Aaiún. Al principio los datos eran confusos, incluso contradictorios. Ni siquiera la prensa se hacía eco de los acontecimientos. Finalmente, los ofi-

ciales reconocieron delante de la tropa lo que había
sucedido. El sábado 10 de mayo de 1975 una patrulla de Tropas Nómadas, con el nombre clave de «Pe-
dro», se pasó al bando del Frente Polisario. Se llevaron además como rehenes a dos tenientes españoles,
un sargento y cinco soldados. Los hechos ocurrieron
en Amgala. Al día siguiente, ocurrió lo mismo con
otra patrulla en Mahbes; pero en este caso hubo resistencia de los españoles y murieron un soldado y un
sargento. Otros siete soldados fueron apresados y los
llevaron al otro lado de la frontera argelina.

Como consecuencia de las escaramuzas y de-
serciones, la situación en El Aaiún se volvió más tensa. Los funcionarios tenían la sensación de que sus
días en África estaban contados. Los más optimistas
confiaban en los políticos de la Península y trataban
de mantener sus hábitos y sus costumbres en la ciudad. Sin embargo, cada día aparecían nuevas pintadas
en las calles a favor del Polisario, pidiendo la independencia o lanzando proclamas contra el Rey de Marruecos, que reivindicaba con fuerza en los foros internacio-
nales la provincia española de África. A veces las
revueltas se sofocaban por la fuerza. Tanto españoles
como saharauis se encontraban divididos según los in-
tereses de cada uno.

Santiago escuchaba las discusiones sin terminar de entender nada. Cada vez que Guillermo lo pre-
venía del peligro de subir al Hata-Rambla, terminaban discutiendo. En cuanto tenía una oportunidad se
encaminaba a la casa de Andía. Pero tardó algún tiempo en comprender que todos en aquella familia eran
simpatizantes del Polisario. Cuando uno de los tíos de
Lazaar le preguntó a Santiago, delante de toda la fa-

milia, qué pensaba de lo que estaba pasando, el legionario se rascó la cabeza y trató de aclarar sus ideas en voz alta:

—Los españoles no nos metemos en política. Yo sólo quiero lo mejor para vosotros. Lo demás se lo dejo a los que saben más que yo.

Luego San Román demostró de muchas otras formas que sus palabras eran sinceras. Cuando se cerraban los barrios con alambradas para sofocar las revueltas, él se servía de su uniforme y sus galones para entrar y salir del barrio, traer noticias de fuera, buscar provisiones cuando escaseaban o pasar cartas de los soldados saharauis que permanecían encerrados en el cuartel en estado de alerta.

Muy de vez en cuando, sin poder evitarlo, le venía a la memoria la imagen de Montse. Era un fantasma que se le aparecía en los momentos más inoportunos. Una canción, el rostro de una chica bastaban para traerla a su memoria. Los recuerdos le hacían daño. A veces trataba de calcular el tiempo que le faltaba para dar a luz. Aquella idea lo torturaba durante unas horas y sólo conseguía arrancarla de su cabeza al encontrarse con Andía. La saharaui seguía tratándolo con indiferencia delante de su familia. Ella sabía bien que, si mostraba interés en público por un hombre, sus hermanos y su madre seguirían tratándola como a una niña. No conocía a ninguna mujer que exhibiera sus sentimientos delante de la gente. Un día le dijo a Santiago:

—¿Cuándo te irás a tu país?

—Éste es mi país, Andía.

Pero la muchacha sabía bien lo que estaba preguntándole.

—Al final te irás, ¿verdad?

—No, no me iré. ¿Acaso quieres que me vaya?

—La gente dice que los españoles nos queréis vender a Marruecos.

Santiago era incapaz de responder a aquello. Cuanto más escuchaba los comentarios de los oficiales, más confuso se sentía.

—Yo no me iré. Sólo si tú vienes conmigo. *Jaif?*

—No, no tengo miedo. Pero sé que tienes otra novia en tu país. Te lo noto cuando me miras.

—*Nibguk igbala.* Sólo te quiero a ti.

Andía fingió estar ofendida. Sin embargo, debajo de su gesto serio se dibujaba una sonrisa reprimida y un brillo muy especial en los ojos.

Aquella noche las pastillas no le habían hecho efecto. Estaba intranquila, como si tuviera una preocupación que no podía recordar. Además, el té en casa de Ayach terminó de desvelarla. Pero era una excitación distinta a la que padecía en los últimos meses. Estuvo dando vueltas en la cama hasta las dos de la noche. Luego se levantó y se puso frente a la pantalla del ordenador. Los recuerdos del último día se mezclaban confusos, conectándose con imágenes y detalles que en su momento le habían pasado desapercibidos.

A las ocho de la mañana del día de Reyes, la ciudad estaba aún dormida o a punto de echarse a dormir. Bajó caminando por el Paralelo hacia el puerto. Se deleitó con el placer de las calles vacías y en silencio. El cielo estaba cerrado y había mucha humedad. Por primera vez en su vida cruzó la Plaça del Portal de la Pau por el centro. Y finalmente se detuvo en el muelle. Desde el muelle de enfrente, al otro lado de la pasarela que los unía, llegaban los ecos de la música de los bares. Se podía distinguir a la gente que salía en retirada, agotados, tambaleándose algunos. Más allá, la niebla se pegaba al mar como si fuera trozos de algodón que cayesen del cielo. Le pareció hermoso el paisaje de aquel amanecer. Había pasado horas sentada frente al ordenador, buscando información sobre los campamentos saharauis de Tindouf. Ante sus ojos se sucedieron innumerables fotografías del desierto, de

los campamentos de refugiados, de El Aaiún, de Smara. Tanta información bullía ahora en su mente y contrastaba con la mancha azulada del mar y la luz plomi-
za de las primeras horas del día que tenía ante los ojos.

Para Montse, Santiago San Román llevaba muerto casi veinticinco años. Ésa era la realidad. Desde el
momento en que alguien le había dado la noticia.
Ahora se preguntaba por qué creyó entonces lo que le
decían unos desconocidos. ¿Habrían cambiado las cosas si se hubiera molestado en averiguar más? Estaba convencida de que no. Ahora trataba de recordar
cuánto tiempo había tardado en olvidarlo. Poco: quizá unos meses. Las tensiones en su familia, en aquellos
días, la obligaban a mirar hacia delante y no pararse en
la nostalgia que a veces la invadía. Las cartas de Santiago que ella no había leído en su momento le parecían,
con el paso del tiempo, una jugarreta del destino. Pero
su brillante Alberto había tapado todos los huecos que
Santiago hubiera podido dejar. O quizá no había ningún hueco que cubrir. No podía asegurar que su amor
por Santiago habría durado mucho si el muchacho hubiese vuelto a Barcelona. De repente empezó a atormentarla la idea de que Santiago creyese que tenía un
hijo en España. Mencionaba al niño en cada una de las
cartas que le mandó desde El Aaiún. Tal vez aquello
era lo único que le interesaba de ella. Sin embargo,
Santiago no le parecía el modelo de padre que Montse
tenía en su mente. ¿Lo era acaso su magnífico Alberto?

El griterío de la gente que salía de los bares la
devolvió a la realidad. Le pareció muy temprano para
presentarse en casa de Ayach. Caminó por el muelle
hacia la Barceloneta. La noche sin dormir le comenzaba a pasar factura. Le temblaban las piernas y notaba

el estómago removido. Sin pensarlo demasiado se introdujo en las calles de aquel barrio que en otro tiempo fue un descubrimiento en su propia ciudad. Ahora las ventanas estaban cerradas y no se oía la música en el interior de las casas. Podía recordar incluso el olor de los guisos que inundaba las calles al mediodía. Se detuvo frente a un estanco. Estaba muy cambiado. Entró. Los estantes viejos de madera habían sido sustituidos por cristaleras amplias. El mostrador era más bajo y más corto. Además, vendían periódicos y chucherías para los niños. Compró un paquete de Chesterfield. No había vuelto a fumar aquel tabaco desde que tenía dieciocho años. Sintió un escalofrío al pensarlo. El dueño era un hombre joven. Estuvo a punto de preguntar por la mujer que llevaba el estanco en el 76 o en el 77, pero se arrepintió. Era como excavar en una fosa de cadáveres. Encontró un cartel en la pared donde aparecía la farmacia de guardia más cercana: en la Plaça de la Font. Le preguntó al dueño si estaba cerca, y él le indicó el camino.

En cuanto llegó a la plaza le pareció que aquel lugar la había estado esperando durante los últimos años. Ahora estaba llena de coches, pero había cambiado poco. Se estremeció. Una anciana caminaba con su perro, envuelta en una bata rosa, por la acera. Probablemente aquella mujer viviera allí veintiséis años antes. Y, si no ella, alguno de los vecinos que pronto empezarían a salir a la plaza. Era probable que aquella mujer hubiera estado en aquel mismo lugar una noche de finales de agosto del año 74, en una verbena muy humilde a la que acudió todo el vecindario. Recordaba el lugar donde estaba el escenario. Incluso le vino a la cabeza el nombre del grupo musical: Rusadir. Siguió caminando en dirección a la mujer del perro. Pasó por su lado. La saludó. La mujer respondió a su saludo.

—¿Hay una farmacia por aquí? —preguntó Montse, tratando de escuchar la voz de aquella mujer.

—Ahí mismo, enfrente.

Montse le dio las gracias. La mujer se alejó, quejándose en voz alta de la basura que habían dejado los jóvenes en la plaza.

—Todos los días de fiesta pasa lo mismo. No les importa que nos coma la mierda. Claro, luego se van a sus barrios, que estarán tan limpios.

Tal vez aquella mujer no pudiera recordar que veintiséis años atrás ella también estuvo en una verbena, en aquella plaza; y que, cuando acabó el baile y los músicos recogieron, la plaza quedó hecha un asco, seguramente igual que estaba ahora.

Había sido en los últimos días de agosto. Santiago San Román le preguntó a Montse: «¿Quieres bailar?». Y ella le respondió: «Claro. ¿Vas a llevarme a una discoteca?». «El sábado hay una verbena en mi barrio. No es gran cosa, pero como me dijiste que me avergonzaba...» Fue la primera vez que Montse se puso unos zapatos de tacón y salió a la calle con los labios pintados. En su cuarto, cuando no había nadie en casa, lo había hecho muchas veces. Pensaba que nunca llegaría el momento de demostrar todo lo que había aprendido delante del espejo. Se puso un vestido que su madre llevaba en algunas fotos de juventud. Era un vestido color crema, con escote de barco, ajustado a la cintura. La falda de raso le caía hasta las rodillas, abriéndose en pliegues que mostraban el estampado de flores. Parecía que se lo hubieran cortado a medida. Se echó por los hombros una rebeca de punto amarilla. En el cuello se puso un collar de perlas con dos vueltas, a juego con los pendientes. Le cogió también a su madre el bolso de charol blanco y los zapatos de charol cerrados con una tira en el talón. Se recogió el pelo en una cola con un pasador. Con los labios rojos la transformación era total. Ella misma se quedó parada cuando comprobó ante el espejo el resultado. Dudó. No se atrevía a empolvarse la cara. A pesar de haberlo soñado durante mucho tiempo, finalmente le daba mucha vergüenza salir así a la calle.

Cuando Santiago San Román la vio, no supo qué decir. De repente se sintió como un niño. La chica parecía ahora mayor que él. Santiago se había puesto la camisa blanca del primer día, pantalones de campana beiges y zapatos marrones de piel con la punta muy fina. Ella se dejó besar en la mejilla para no mancharlo de carmín. En el último momento se había echado un poco de rímel y sombra de ojos. «Pareces una novia», le dijo Santiago. Y aquel detalle le entusiasmó a la chica. «¿Te apetece que vayamos andando? Es que quiero que todo el mundo vea lo guapa que vas.» Montse sabía que Santiago no tenía dinero para el autobús ni para el metro, por eso se resignó a aceptar la invitación como un cumplido.

Aquella noche no hubo otra pareja más elegante que Montse y Santiago. La muchacha no podía apartar los ojos de él. Estaba más moreno que nunca, con el pelo peinado hacia atrás, fijado con brillantina. Nunca había visto a un chico tan guapo como aquél. Sabía que otras chicas la observaban con envidia, y aquello le agradaba. En cuanto Santiago miraba para otra parte, ella le cogía la mano con suavidad, y el muchacho sonreía. «Tú también estás muy guapo. El más guapo del baile.» Montse tuvo que imponerse para que Santiago la dejara invitar a unas cervezas. Se notaba que bebía incómodo, avergonzado quizá. Cada vez que alguien saludaba a Santiago, a Montse le parecía que la repasaban con la mirada. En otras circunstancias aquella actitud le hubiera molestado, pero esa noche se sentía halagada. «Dime una cosa, Santi, ¿tú me quieres?» «Claro, claro; si no te quisiera, no estaría contigo.» A Montse le desconcertaba que el chico lo viera todo tan sencillo. Pero era aquella sencillez lo que más la atraía de él. «¿Y si me quieres por qué no me lo dices nunca?»

El grupo Rusadir tocaba las canciones del verano. Ninguno de los dos le prestaba atención a la música. Montse siempre había sentido empalago por aquellas chicas que tenían cogida siempre a su pareja, que le limpiaban la comisura de los labios con la punta del dedo, que apoyaban las dos muñecas en los hombros de él, rodeándole la nuca con las manos. Y ahora estaba haciendo aquello de lo que tantas veces se había burlado. «¿Quieres bailar, Santi?» «Pues es que soy muy patoso.» A Montse le gustaba que fuera patoso. Los chicos bailongos le parecían poco masculinos. Era ella la que pedía la cerveza. Le había dado su monedero a Santiago para que pagara, y cada vez que el chico tenía que abrirlo sentía como si las monedas le quemaran en la mano. El grupo comenzó a tocar el pasodoble *Las Corsarias*. A San Román le corrió un gusanillo por el estómago. *Allá por la tierra mora, / allá por tierra africana, / un soldadito español / de esta manera cantaba.*

Los más jóvenes se retiraron, y empezaron a bailar, agarradas, las parejas de más edad. *Como el vino de Jerez / y el vinillo de Rioja / son los colores que tiene / la banderita española.* «Ahora sí quiero bailar», dijo Santiago en un impulso. «¿Quieres bailar esto? Pero si es *La Banderita.*» «¿Y qué? Es un pasodoble. Es lo único que sé bailar. A mi madre le gusta mucho.» Montse se dejó llevar hasta el centro de la plaza. *Y el día que yo me muera, / si estoy lejos de mi patria, / sólo quiero que me cubran / con la bandera de España.* Ella se sentía el centro de las miradas; sin embargo Santiago parecía ajeno a todo, canturreando la letra. *Cuando estoy en tierra extraña / y contemplo tus colores / y recuerdo tus hazañas / mira si yo te querré.* «¿Cómo has dicho?», le había preguntado ella con los ojos clavados en los suyos. «Mira si yo te querré —le susurró Santiago al oído, y ella le había rozado los labios con un beso—. Mira si yo te querré, mira si yo te querré, mira si yo te querré. Ahora no puedes decir que nunca te lo digo». «Otra vez.» «Mira si yo te querré.» «Otra.» «Mira si yo te querré.» Cuando acabó la canción y los jóvenes volvieron a copar el baile, Santiago y Montse se besaban en el centro, ajenos a la música, al ruido, a las miradas. Al abrir los ojos, el suelo se les dejó de mover.

Poco a poco la plaza se fue quedando vacía. La suciedad había terminado de adueñarse de todos los rincones. Montse no quería separarse de Santiago. «Quiero que vengas a dormir a casa esta noche.» El chico se puso tenso. Montse lo captó enseguida. «¿Qué pasa? ¿No quieres venir a mi casa?» «Qué va, qué va; no es eso. Bueno, sí.» «Explícate, Santi, hace un momento estabas diciendo que me querías y ahora...» «Es por la criada.» «Entraremos sin hacer ruido. Duerme muy le-

jos de mi cuarto. Cuando salga mañana a misa, te vas.»
«Me conoce —le confesó, azorado—. Conoce a mi
madre. No quiero que te metas en un lío por mi culpa.
Si tu padre se entera... Tú me dijiste que si tu padre...».
Montse le selló los labios con un beso. «Eso te lo dije
hace un siglo. No me importa que se entere mi padre.
Además, no tiene por qué enterarse. Mari Cruz sabe
que no puede irse de la boca. Conmigo, no.» Santiago
aceptó con un gesto.

Caminaron por la Barceloneta buscando el Paseo de Colón. Montse estaba muy cansada. Le dolían
terriblemente los pies. Se sentaron en un portal. «Estos zapatos me están matando. No tengo costumbre.»
«Descansa hasta que quieras.» «No, mejor vamos a buscar un taxi.» La calle estaba mal iluminada. Los depósitos del puerto, detrás de los edificios, le daban un aspecto tétrico a la noche. «Aquí no vamos a encontrar
un taxi —le advirtió Santiago—. Si no salimos a buscarlo a la avenida, no hay nada que hacer». «No puedo
dar un paso más, Santi.» «Entonces iré yo, pero no tengo ni un duro.» «Yo no me quedo aquí sola.» Santiago
San Román tuvo una idea. Había visto una bicicleta
encadenada a una farola. «Déjame el pasador del pelo.»
Montse se lo dio, sin comprender lo que pretendía. Santiago abrió el candado de la bicicleta y se la llevó. Montse empezó a pellizcarle para que la devolviera. «¿No dices que te duelen los pies?» «Estás loco. ¿Quieres que
nos metamos en un lío?» «Qué va, qué va. Mañana la
traigo y la dejo ahí mismo. Verás qué alegría le da al
dueño cuando la vea otra vez.» Montse montó detrás,
resignada. Por un instante trató de imaginar el aspecto
que tendría allí sentada, con su vestido y su collar de
perlas, y no pudo hacer otra cosa que reír.

La doctora Montserrat Cambra entró en aquel piso de la Barceloneta mucho más decidida que el día anterior. Había estado haciendo tiempo hasta las once de la mañana. En la casa sólo estaban las dos mujeres saharauis.

—Ayach salió esta mañana para llamar por teléfono desde la Delegación —explicó Fatma mientras la invitaba a entrar.

—No importa, en realidad he venido a ver al niño. ¿Cómo ha pasado la noche?

Fatma le sonrió.

—Llorando, pero ha dormido algo.

Montse entró en la habitación de las mujeres. El niño estaba lloriqueando. Sacó del bolso todo lo que había comprado en la farmacia y lo dejó encima de una mesita.

—Vamos a calentar un biberón y le pondremos estos anises. Tiene que beber mucho líquido —le quitó el pañal—. Y le vamos a poner esta pomada para curar esa irritación.

Las saharauis asentían a todo sin titubear. Montse estuvo con el niño casi una hora, hasta que se quedó callado y, finalmente, se durmió. Cuando dijo que se iba, no se lo permitieron. La llevaron al salón y comenzaron a preparar té. Aquello la revivió. No la dejaron marcharse antes de que volviera Ayach Bachir.

—Ayach dice que va a tratar de saber más cosas del hombre de la foto. Bachir Baiba conoce a todo el mundo.

—¿Quién es Bachir Baiba?

—El padre de Ayach. Trabaja en los ministerios, en Rabuni. Conoce a todo el mundo. Fue soldado español.

Cuando llegó, el saharaui se alegró de verla. Había hablado con los campamentos de Argelia. Lo llevaba todo apuntado en un papel.

—Ese hombre se llama Santiago San Román, aunque ahora le dicen Yusuf. Mi padre está seguro de lo que dice; no se equivoca.

—¿Y por qué me aseguraron que había muerto?

—No lo sé. Es la distancia de cuatro dedos.

Montse no entendía lo que quería decirle. El saharaui sonrió.

—Eso es lo que decimos en mi país. Entre lo que sale por la boca y lo que entra por el oído sólo hay cuatro dedos, pero a veces esa distancia parece más grande que el desierto del Sáhara.

Montse escuchaba expectante las explicaciones de aquel hombre. Las dos saharauis no perdían detalle.

—Ese Santiago San Román se casó con la tía de mi esposa. Mi padre la conoció. Se llamaba Andía. Dice mi padre que era una muchacha muy hermosa. Murió hace tres o cuatro años.

—¿Santiago?

—No, su esposa. Él está vivo. Mi padre lo vio hace un año en Ausserd. No está muy bien de salud, por lo que cuenta. Ese hombre es especial. Según mi padre, a Santiago estuvieron a punto de fusilarlo en El Aaiún por sacar explosivos de un cuartel. Me contó una historia que parece una película. Mi padre le está muy agradecido por su complicidad. Se portó bien con los saharauis.

Montse se quedó en silencio. Le costaba imaginar que Santiago pudiera tener la misma edad que ella, que hubiera envejecido también. Hacía demasiados años que lo había desterrado de su mente. Pensó en aquella Andía de la que sólo conocía el nombre. Una sensación de celos de adolescente se apoderó de ella. Le dio risa sentirse así. Fatma no le quitaba los ojos de encima.

—¿Fue tu novio ese hombre?

—Ese muchacho. Para mí sigue siendo un muchacho. Sí, fue mi novio. Bueno, para mí era algo más que un novio.

—Eso se recuerda siempre —dijo Fatma muy convencida.

—No, no. Hace muchos años que no pienso en él. Es curioso: estuve a punto de tener un hijo de él, y sin embargo a veces me cuesta recordar su cara. Cometimos muchas estupideces los dos, pero ninguna tan grande como las que cometí luego yo sola. Me pregunto qué estaría haciendo él mientras yo dejaba pasar la vida como si fuera a comenzar de nuevo cuando yo quisiera.

Montserrat Cambra se puso el vaso de té en los labios. Fatma la miraba en silencio, sin atreverse a estorbar en sus pensamientos. Montse se fijó en los ojos oscuros de la saharaui. Era muy hermosa. ¿Sería tan hermosa Andía? De nuevo los celos, inexplicablemente, la hicieron sentirse bien y sonreír.

Mucho antes del amanecer se escuchan ruidos de vehículos que circulan entre las tiendas del campamento. La extranjera sabe que es un día especial: el de la Pascua musulmana. En el extremo de la *jaima,* sobre un aparador de madera que parece salvado de un naufragio, están cuidadosamente ordenados los vestidos de los niños de la familia de Layla. Son tantos chiquillos que no ha sido capaz de aprender sus nombres. Tampoco distingue bien a los hermanos ni a las hermanas de la enfermera. Los reconoce por un cierto parecido. Las mujeres apenas hablan castellano, aunque lo entienden.

La noche anterior, la *jaima* estuvo llena de gente hasta muy tarde. La mayor parte eran soldados de la familia que venían con permiso de una semana para celebrar la Pascua. Algunos llevaban diez meses sin ver a sus hijos y a sus esposas. Montse tuvo que convencer a Layla, como una niña, para que la dejara acostarse más tarde. Le divierte el maternalismo con que la trata la enfermera.

Cuando se despierta, Layla ya está fuera, organizando la casa y dirigiendo a los sobrinos. A pesar de haber dormido poco, Montse se siente muy descansada. La luz que se cuela por la cortina le llega hasta los pies. Se despereza como no lo ha hecho desde hace años.

Cuando se asoma al pequeño corral, Layla la reprende por haberse levantado tan pronto.

—Hace un día muy hermoso para estar acostada —se justifica Montse—. Además, quiero ir contigo a ver la celebración.

—No, yo no iré. Te llevarán Brahim y mi hermana. Yo tengo que preparar la comida y ayudar en una circuncisión.

Montse asiente con un gesto y trata de poner paz entre los niños que se pelean por cogerse de su mano.

Brahim tiene los dientes manchados por el té y los ojos colorados por el viento del Sáhara. Se expresa muy mal en español, pero no para de hablar durante todo el trayecto. Conduce con las dos manos muy pegadas en lo alto del volante y lleva colgada de los labios una pipa como la de la mayoría de los saharauis. Sonríe sin parar. Montse apenas entiende lo que dice, pero le hace gracia la verborrea de aquel joven. No sabe si es hermano o cuñado de Layla. La hermana va sentada entre los dos, sin decir nada. Montse le pregunta a Brahim si ella es su esposa, y el saharaui sonríe desconcertado, como si no entendiera la pregunta. En la parte descubierta de la furgoneta viaja una docena de niños de la casa y de la vecindad. Mantienen el equilibrio con maestría y no paran de saludar a todos los vehículos a los que adelantan. En diez minutos están en el lugar de la celebración. Un kilómetro antes, el desierto se convierte en una mancha metálica de coches y camiones. Miles de personas se reúnen en un círculo enorme. El color azul y negro de los turbantes destaca sobre el ocre del desierto.

Montse va vestida con ropas de Layla. También le prestó una *melfa* azul, que le sirve para no llamar la atención. Los hombres se amontonan, rezan, charlan en voz baja. Las mujeres se quedan a un lado, en silencio. Brahim y la hermana de Layla se separan. Montse se coloca con las mujeres. Imita todo lo que ve. Se sienta en el suelo y hace visera con la mano para no perder detalle de lo que está ocurriendo allí. Enterrado entre la multitud, alguien recita el Corán ayudándose de un megáfono que lanza los versículos de la sura hacia el cielo intensamente azul de la *hammada*. Montse trata de no destacar entre las mujeres, pero las saharauis la miran con cierta curiosidad. Nadie, sin embargo, le pregunta nada. A pesar de que la ceremonia está ya comenzada, no paran de llegar vehículos.

Al cabo de media hora el megáfono queda en silencio y la gente empieza a hablar en voz alta. Montse aguarda para hacer lo mismo que la hermana de Layla. En ese instante, cuando está incorporándose, ve entre la multitud un rostro de mujer que la deja helada. Son apenas unos segundos, porque la mujer le da enseguida la espalda y camina entre la muchedumbre. A Montse le parece que es Aza. Ha sido una idea fugaz que pasa por su mente y le acelera el corazón. Va a llamarla, pero ahoga el grito en el último momento. No quiere ponerse en evidencia, ni parecer una histérica.

—Vuelvo enseguida —le dice a la hermana de Layla, ayudándose de gestos, y echa a caminar deprisa.

Ahora no ve a la mujer, pero tiene guardada en la memoria el color de la *melfa* y el punto exacto en donde la vio. Los hombres, en corros o cogidos de la mano, le impiden avanzar más deprisa. Montse sigue en línea recta. El sol la deslumbra. La muchedumbre se abre a su paso y se la traga como una nave en el mar. Se detiene. Gira sobre sus pasos. Da vueltas. Todas las mujeres se parecen a Aza. Tiene miedo de que su mente le esté jugando una mala pasada. Busca un hueco para respirar. Sin darse cuenta se adentra entre los vehículos que están aparcados. Trata de serenarse. Está segura de que aquella mujer se parecía a Aza. Durante mucho tiempo ha visto aquel rostro en sueños. De pronto, sin saber cómo, piensa que es martes y que ella está en mitad del Sáhara. Aquello la hace sentirse bien. Ya está dispuesta a olvidarse de Aza, cuando ve un camión aparcado entre los todoterreno. De nuevo su corazón sufre un vuelco. Instintivamente se agazapa entre los coches. El infierno de Tindouf vuelve a reproducirse en su interior. Aquel camión le parece el del legionario español, Le Monsieur, como le decían las argelinas. Tiene tanto miedo que ni siquiera respira con normalidad, para no hacer ruido. Ve grupos de gente entre los coches, y eso la tranquiliza. Tiene miedo de que Le Monsieur se encuentre cerca.

Cuando Montse, Aza y las dos argelinas bajaron del camión, las piedras despedían fuego. La idea que Montse tenía del desierto no se parecía a lo que se extendía ante sus ojos. Más que arena, el desierto era piedra dura y muchas rocas. Era la primera vez que veían vegetación: alguna palmera, acacias y arbustos muy poco poblados. Aquello podía considerarse un oasis, aunque parecía más bien un estercolero. En el centro se abría un pozo muy profundo. Los hombres del legionario ocupaban la escasa sombra del mediodía. Tres horas sobre el camión habían sido suficientes para acabar con las pocas fuerzas que le quedaban a Montse. Trató de suplicar que la llevaran a Tindouf, pero apenas le salía la voz del cuerpo. Aza la sujetó de la mano para que se callara. Las llevaron a una caseta de bloques y ladrillo desnudo con un tejado de uralita que absorbía todos los rayos del sol. Abrieron la puerta y las empujaron adentro. El espacio era mayor que el último lugar en donde habían estado encerradas, pero allí había otras diecisiete mujeres que habían corrido la misma suerte que ellas. El olor era nauseabundo. No había más que una ventana, cegada con el capó de un coche sujeto con alambres. La cara de miedo de las mujeres que estaban allí encerradas se tornó en sorpresa al ver a una mujer occidental a la que trataban igual que a ellas. Ninguna dijo nada. Dejaron un hueco para que pudieran sentarse en el suelo. Aza se quedó en cuclillas, cubriéndose el rostro con las dos manos para ocultar su desesperación.

Estuvieron encerradas más de una semana, sin salir más que para hacer sus necesidades. Al segundo día, Montse ya no sintió el olor de aquel lugar. Les entraban dátiles por la mañana y por la tarde. Los probó con mucho asco. Rezumaban un líquido blanco que le hizo temer una infección de botulismo. Aza la animaba a comer. El barreño de agua infecta lo rellenaban sin vaciar los posos que iban quedando. Los hombres, fuera, charlaban y se peleaban a todas horas. A veces se oían disparos, como si alguno hubiera perdido el juicio. Por la mañana el legionario salía con un grupo en el camión y dejaba a dos o tres de sus mercenarios vigilando a las mujeres. Eran argelinas y sólo hablaban árabe y un francés muy primitivo. Mostraban un respeto hacia Montse que ella confundió con desconfianza. Una de ellas le ofreció su albornoz algunas noches después, cuando las temperaturas bajaron en extremo durante la madrugada.

Aza trataba de averiguar cualquier cosa sobre aquellos mercenarios, pero las mujeres no se ponían de acuerdo. Cada una contaba una versión diferente de lo que les estaba sucediendo. Montse preguntaba, pero no obtenía respuesta a tantas preguntas. «A ese hombre le dicen Le Monsieur. Es lo único cierto —le explicó Aza—. Unas dicen que vende y compra prisioneros a Mauritania y Marruecos. Otras creen que busca mujeres para la prostitución». «Tenemos que salir de aquí, Aza. Como sea. Mejor muertas que estar así.» Aza no decía nada. Parecía que sus pensamientos estaban en otra parte. Cuando los mercenarios se quedaban dormidos, Montse hablaba con Aza sin parar. La aliviaba contarle todo lo que pasaba por su cabeza. Aza la escuchaba como si estuviera leyéndole un libro. Poco a poco le fue revelando a la saharaui secretos que no había confesado a sus amigas más íntimas. Cuando Aza supo el motivo por el que aquella mujer había viajado hasta Argelia, se quedó mirándola como si fuera el personaje de una película. Tenía mucha curiosidad por conocer detalles. Sin embargo, su discreción le impedía hacer preguntas. Montse le habló de su marido, de su juventud, de su trabajo, de Santiago San Román. A veces se callaba por miedo a resultar pesada, pero Aza mantenía la atención, apremiándola con la mirada.

El día se hacía muy largo, y había tiempo para pensar en todo. Poco a poco Montse se fue acostumbrando a reconocer cada uno de los ruidos que se producían en el oasis. Sabía cuándo sacaban los hombres agua del pozo, cuándo trasteaban en el motor de los vehículos, cuándo se alejaban para disparar a las rocas, cuándo dormían o cuándo estaban rondando la caseta. Al décimo día se dio cuenta de que el silencio era absoluto en el oasis. Aunque se podía ver un vehículo a través de las rendijas de la parte más baja de la puerta, no se oía a ningún hombre. Al mediodía estuvo segura de que las habían dejado solas. Se lo dijo a Aza: «Voy a tratar de escapar. Mira esas tablas de la puerta. Se pueden romper de una patada». Aza puso cara de angustia. Hizo su gesto característico de taparse el rostro con las manos. «No podrás. Aunque estuvieras huyendo tres días, te encontrarían en menos de una hora.» «Me iré en ese coche. Si nos vamos varias, tendremos más posibilidades de escapar.» «No, así no se puede.» «Díselo a ellas.» Aza les habló a las argelinas. Enseguida pusieron un gesto de horror. Todas hablaban al mismo tiempo, tratando de decirle a Montse que estaba loca si creía que iba a escapar de allí. «¿Y tú no vendrías conmigo?» Aza le respondió sin titubear: «No, yo no. Y si estás en tu sano juicio no debes ni siquiera intentarlo». «Si me quedo aquí mucho tiempo es cuando voy a perder el juicio de verdad. No tenía que haber salido de mi casa. Maldita sea.» «Has tenido mala suerte», dijo Aza con una serenidad incomprensible.

Ahora las imágenes se le agolpan a Montse en la mente. Aquel camión aparcado entre los vehículos le ha despertado recuerdos amargos. Cuando la gente comienza a montar en los todoterreno y en las furgonetas, se da cuenta de que no está en peligro. El camión sigue allí clavado como una nave encallada. De repente alguien le toca por detrás; Montse da un salto. Está a punto de gritar, pero logra controlarse. A Brahim se le apaga la sonrisa de los labios. Ahora parece tan asustado como ella. La hermana de Layla viene detrás del saharaui. Tampoco parece entender lo que está ocurriendo. Montse la abraza en un impulso de alivio. Trata de justificarse, pero ellos no entienden nada. Entonces mira al camión, desafiante, y ni siquiera le parece estar segura de que sea el de Le Monsieur.

Para los musulmanes la Pascua es también el día del perdón. Durante toda la fiesta los saharauis visitan a los parientes, especialmente a los ancianos. Es el momento de pedir perdón por aquellas faltas que hayan podido ofender a los demás. Montse escucha con atención las explicaciones que le da Layla sobre esta costumbre. Mientras la enfermera prepara el banquete del mediodía con la ayuda de las mujeres de la casa y los hombres recogen los despojos del animal sacrificado, Montse aprovecha para pasear con las sobrinas de la saharaui. Brahim las vigila desde lejos, como si aquél fuera su trabajo. Las chicas llevan los mejores vestidos ese día. Algunas se ponen zapatos por primera vez en muchos meses. Caminan con dificultad, enfundadas en el cuero o el charol. Los chicos las miran con envidia, porque la española se deja llevar por ellas. La llevan a los corrales de los camellos, a ver las cabras. Se sientan en lo alto de una pequeña elevación, sobre unas piedras en círculo. A pocos metros, un niño tuerto contempla la escena. Está clavado sobre la tierra como si fuera un árbol. Montse lo llama para que se acerque, pero el chico no responde. Ni siquiera sabe si es de la familia de Layla.

Después del cuscús y del postre, Montse se siente llena. No recuerda un banquete como aquél. Ha comido hasta su límite. No es capaz de negarse a probar todo lo que le ofrecen. A veces sonríe con la boca llena, porque no puede comer más. Todos están pendientes de ella; especialmente Brahim. Le llena el

vaso de agua o de refresco, le acerca los platos, le ofrece pan, servilleta, más carne. Layla sonríe sin parar.
Entonces Montse le pregunta sin levantar la voz:

—Dime, Layla, ¿Brahim es tu hermano o tu
cuñado?

La enfermera abre mucho los ojos y se aguanta
la respiración. Parece turbada por la pregunta. Cla-
va la vista en la comida, tratando de que no se le note.
Montse no entiende nada. Vuelve a repetir la pregunta, creyendo que no ha entendido.

—No, no; no es nada de eso.

—¿Entonces?

—Es mi prometido. Nos casaremos después
del verano.

A Montse se le hace un nudo en la garganta. Está a punto de reír, pero la seriedad de Layla la disuade.

Después del banquete, los hombres salen a la
arena y se sientan sobre esterillas, alrededor de un infiernillo de butano. A Montse le parece que las mujeres de la casa andan nerviosas. Lo hacen todo deprisa,
se dicen las cosas cuchicheando. Se diría que les molesta que los hombres tarden tanto en salir de la *jaima*.
Enseguida entiende lo que está ocurriendo. La tía de
Layla abre la cómoda y saca un televisor pequeño. Lo
coloca al fondo y lo conecta con un trozo de cable que
sin duda está unido a una antena. Enchufa el televisor
a la batería de un camión. Cuando descubre el misterio, Montse no puede evitar sonreír. Llegan algunas
vecinas que no tienen televisor. Hay más de veinte
mujeres sentadas frente a la pantalla.

—Es una telenovela —le explica Layla—. Es
mexicana, pero aquí se coge por la televisión argelina.
Si quieres salimos fuera.

Montse no quiere perderse el espectáculo.

—Espera; antes quiero ver un poco.

La telenovela mexicana doblada al árabe es un espectáculo que deja perpleja a Montse. Las mujeres guardan el más sagrado de los silencios. Cuando sale el galán lo jalean como si fuera un héroe, y lo llaman por su nombre. A Montse le cuesta trabajo creer lo que está viendo. Cada vez que intenta decirle algo a Layla, las mujeres la recriminan con la mirada. Finalmente la enfermera y ella salen fuera. Enseguida las niñas se le agarran a las manos y se pelean entre ellas. Montse ya conoce los nombres de algunas. Es un placer pasear muy despacio entre las *jaimas,* sintiendo cómo se levanta un viento cálido. En todas las viviendas hay más movimiento de lo normal. Entran y salen familiares que vienen de visita. Las *derrahas* de los hombres están limpias y parecen almidonadas. Las mujeres se han puesto sus mejores *melfas.* Layla y Montse se alejan de las *jaimas* paseando.

—Es increíble que entre el dolor del destierro de tu pueblo pueda surgir tanta belleza —dice Montse. Layla sonríe. Sabe que el desierto suele cautivar al forastero—. Tengo la sensación de haber estado encerrada durante los últimos años.

—Es la misma sensación que tiene aquí mi familia. Yo he tenido la suerte de pasar fuera mucho tiempo. Pero algunos llevan aquí veintiséis años, encerrados en un lugar que no tiene muros ni puertas.

Se detienen. Montse se ha quedado retrasada.

—¿Qué te pasa?

—Dime, Layla, ¿conoces a ese niño?

La enfermera mira al lugar adonde le señala su amiga. A cierta distancia, casi paralelo a ellas, camina un niño al que le falta un ojo. Tiene la cabeza afeitada, llena de pequeñas heridas. Layla lo mira, haciéndose visera con la mano.

—No. No lo conozco. Seguramente habrá perdido el ojo de una pedrada. Aquí es muy frecuente.

—No, no es eso lo que me llama la atención. Esta mañana lo vi también en los corrales de los camellos. Me sigue a todas partes, pero no se acerca.

Layla sonríe:

—No sé de qué te extrañas; eres una mujer muy guapa. A Brahim le has gustado mucho.

Montse se siente azorada. No termina de entender el comportamiento de los saharauis con las mujeres. No quiere hacer preguntas. Todo le resulta extremadamente curioso.

—Esta noche estamos invitadas a una fiesta —le dice Layla—. Una compañera del hospital quiere invitarnos a todas.

—¿A mí también?

—Claro. Me insistió en que fueras.

La tarde se hace larga. Brahim lleva a la familia de Layla, en su vehículo, a las dunas. El atardecer es un espectáculo inigualable. Desde la cresta de la duna más alta el sol se ve a ras del desierto. Al otro lado parece que se ha hecho de noche. Montse se deja caer por la catarata de arena como una niña. Los chiquillos la imitan. Mientras tanto, los hombres preparan el té y unos bocadillos.

De vuelta a la *jaima,* Montse se siente cansada, pero en estado de euforia. Le gustaría acostarse y escuchar el viento golpeando contra la lona, aunque no quiere perderse ni un instante de todo lo que está viviendo. A solas en un pequeño cuarto de adobe, Montse y Layla se lavan, se asean y se cambian de ropa. Se perfuman y se ponen otra *melfa* más oscura. Cuando ya es noche cerrada, se despiden de la familia y se alejan entre las calles del campamento.

La casa de la compañera de Layla está en otro barrio de la misma *daira*. A Montse le resulta asombroso cómo pueden diferenciarse los barrios, las calles, las *jaimas*. Todo le parece igual. Camina con torpeza en la oscuridad mientras Layla le va indicando el camino. La saharaui se ha puesto unas botas negras y lleva un bolso colgado del hombro. Camina con tanta elegancia como si lo hiciera sobre una pasarela.

Cuando están cerca de la casa, Montse se lleva un sobresalto. Layla no ha tenido tiempo de avisarla. Muy cerca de la vivienda, un hombre en cuclillas hace sus necesidades. Al ver a las dos mujeres echa a correr, con sus vergüenzas al aire y la *derraha* recogida en la cintura.

—No te asustes. Es un anciano. El pobre está mal de la cabeza. Hace sus necesidades en cualquier sitio, como si fuera un niño.

Montse camina con cuidado para no pisar los excrementos.

La casa de la enfermera no es una *jaima,* sino que está construida con adobe. En cuanto asoman por la puerta, la compañera de Layla se levanta para recibirlas. Montse la reconoce enseguida del hospital, aunque no recuerda su nombre.

—¿Te acuerdas de Fastrana?

—Claro. Ahora sí que me acuerdo.

La mayoría de las mujeres son enfermeras. Apenas hay hombres. Montse pasea la mirada sobre la gente y enseguida descubre a Brahim sentado en un rincón, sonriéndoles. Aquello la divierte y la desconcierta al mismo tiempo.

—No me dijiste que tu prometido iba a venir —dice Montse con ironía.

—Con los hombres nunca se sabe —se disculpa Layla, apurada.

Suena música de Bob Marley en un radiocasete. Montse se acomoda entre las enfermeras. Cree reconocer a la mayoría. Las mujeres hablan en un español cubano, y los hombres en hasanía. De repente irrumpe un hombre en la habitación, gritando. Es el mismo que la había asustado en la oscuridad. Se coloca delante de Montse y le habla como si ella pudiera entenderlo:

—*Musso mussano? Musso mussano?*

Montse se tranquiliza cuando ve a Fastrana sonreír.

—No te asustes. El pobre viejo está loco.

—¿Y qué es lo que grita?

—Pregunta si todo va bien —le aclara Layla.

—Dile que sí, que todo va bien —le pide Montse—. Pregúntale cómo se llama.

—Le decimos El Demonio —explica Fastrana—. Se lo pusieron los niños. El hombre no tiene adónde ir. Mi madre lo recoge por las noches y lo deja dormir en la cocina, cuando se queda vacía.

El Demonio coge el plátano que le tiende Fastrana. Luego la enfermera le hace gestos para que salga de la habitación. Se va dando saltos como un bufón.

A cada momento entra y sale gente de la casa. Montse es incapaz de saber quién es cada uno. Se deja pintar las manos con *henna*. La labor dura horas.

Cuando se despiden finalmente, es muy tarde. Brahim se queda tomando té y charlando con las enfermeras. Layla y Montse están cansadas. Un cielo salpicado de estrellas ilumina todo el campamento. La noche es muy fría.

—¿Cuánto tiempo hace que conoces a Brahim?

—Cinco meses. Pero me quiere. Le gusta ponerme celosa. Piensa que así voy a quererlo más.

—¿Y tú lo quieres? —pregunta Montse, y enseguida se arrepiente de sus palabras.

Layla sonríe. Los dientes resaltan sobre su tez morena. Realmente es una mujer muy hermosa.

—Mira —dice Montse, deteniéndose—. ¿No es ése el niño al que le falta un ojo?

—Sí. Es él. Parece que le has gustado.

—¿Cómo está levantado a estas horas? ¿No tiene que ir al colegio mañana?

—Tienen diez días de vacaciones.

—Llámalo. Pregúntale cómo se llama.

Layla le hace un gesto con las manos, tratando de no gritar.

—*Esmak? Esmak?*

El niño las observa a distancia, pero no dice su nombre.

—*Eskifak?*

Cuando Layla trata de acercarse, el chiquillo echa a correr y desaparece entre las *jaimas*. Montse está muy cansada. Nota el corazón acelerado por efecto de tanto té.

—Ese niño no es de esta *daira*. De lo contrario lo habría visto antes —afirma Layla con mucha seguridad.

El cabo San Román se pasó la noche en blanco, mirando las sombras del techo y la luz que llegaba del aeródromo. En la última semana apenas había dormido una hora o dos cada día. El ambiente del barracón que hacía las veces de improvisado calabozo le oprimía el pecho y deformaba su percepción de la realidad. De una pared a otra apenas había seis pasos. La letrina despedía un olor nauseabundo. Cuando finalmente estaba a punto de caer rendido por el cansancio, se le metía en la cabeza el goteo machacón del grifo en el silencio de la noche; se obsesionaba y ya no podía dormir. Más de una semana oyendo aquella gota sobre el cemento, interminable gota que le crispaba los nervios y lo desesperaba.

Tras la visita inesperada de Guillermo, se sintió más inquieto. Sabía que jamás volvería a ver a su amigo. Ahora se arrepentía del trato que le había dado en los últimos tiempos. Sin duda, Guillermo no se merecía tantos desprecios. Pero ya era tarde para casi todo.

Trataba de quitarse de la cabeza el recuerdo de Andía. La imagen de la saharaui era una tortura peor que la gota del grifo. Se sentía traicionado, y aquella sensación le resultaba amargamente familiar. Incluso con los ojos cerrados seguía viendo el rostro de la chica, su sonrisa; escuchaba su voz de niña, su risa de adolescente. Sólo conseguía apartarla de sus pensamientos cuando pensaba en Montse. Su recuerdo lo tranquilizaba. Había intentado escribirle una carta, pero era incapaz de hilar dos frases. Las palabras no fluían de su mente. Jamás creyó que fuera tan difícil expresar los sentimientos. Luego trataba de imaginar a Montse con el niño recién nacido, su hijo, y de nuevo el desconcierto y la angustia se apoderaban de él. Los recuerdos que ya había conseguido dominar se volvían entonces caprichosos y se instalaban en su memoria como una llama que no lograba apagar del todo.

De repente se acordó de su madre. Muy pocas veces pensaba en ella. Ahora, sin embargo, le obsesionaba la idea de que Montse se hubiera enterado de su muerte. Le parecía improbable. Pero a veces quería creer que tal vez la muchacha, movida por el arrepentimiento, había llevado al bebé al estanco para que lo conociera su abuela. Si hubiera sido así, sin duda ya sabría que ella había muerto. Por un instante imaginó a su madre con el vestido negro, sobre la cama, con las manos cruzadas sobre el pecho y la cara muy pálida, color de cera. Se sintió culpable: culpable de estar lejos, culpable de no haber ido al entierro, culpable de haber creído que viviría siempre, a pesar de su enfermedad.

Había sido Guillermo quien le comunicó la noticia de su muerte. Fue a finales de mayo. Lo llevaba buscando toda la mañana, hasta que dio con Santiago en el pabellón de Tropas Nómadas. Se lo dijo sin rodeos, como la cosa más natural del mundo. Santiago lo miró sin entender muy bien el fondo de sus palabras. El pasado, incluida su madre, estaba muy dormido en su memoria. Sólo la había llamado dos veces desde que llegó a El Aaiún. Ahora era ya demasiado tarde para hacerse reproches.

La situación crítica que se vivía en la provincia del Sáhara impedía que las noticias que llegaban de la Península parecieran reales. Cuando el comandante Panta llamó al cabo San Román a su despacho, él ya conocía la noticia que iba a darle: la muerte de su madre. Lo escuchó sin parpadear, muy serio. El comandante creyó que aquel muchacho no podía reaccionar por el impacto de la noticia, pero Santiago en realidad tenía la cabeza en otra parte. «Los acontecimientos aquí son muy graves, cabo. Usted lo sabe tan bien como yo —le explicó el comandante, tratando de aliviar el peso del soldado—. Pero el Ejército se hace cargo de que el dolor por la muerte de su madre supera todos los problemas que pueda tener aquí». Santiago asentía con gestos, sin moverse apenas. El comandante sacó unos papeles y finalmente se los tendió a San Román. «Por eso y, aunque en estas condiciones están suspendidos todos los permisos, vamos a hacer una excepción con usted. Tiene quince días para ir a Barcelona y estar con su padre, con sus hermanos, en fin, con su familia. La pérdida de una madre es irreparable, pero sin duda las penas compartidas son más llevaderas.» A Santiago no se le pasó por la cabeza ni por un instante confesarle al comandante que no tenía padre, ni hermanos, ni familia. Sacó el pecho y se cuadró en señal de agradecimiento. «Mañana sale un avión hacia Gran Canaria —le explicó el comandante, interpretando los papeles que acababa de darle—. Allí cogerá un enlace con la Península. Tiene usted quince días para estar con su familia. El 15 de junio debe estar aquí de vuelta. Puede retirarse». «A sus órdenes, mi comandante.»

Santiago San Román salió a la luz cegadora, aturdido y confuso. No conocía a ningún soldado que no hubiera pagado todo lo que tuviera por conseguir un permiso como aquél. Sin embargo, la idea de montar en un avión y volver a Barcelona medio año después de su marcha le resultaba angustiosa. El 24 de mayo, el Gobernador de la colonia, el general Gómez Salazar, había puesto en marcha la Operación Golondrina, para evacuar a la población española del Sáhara. Las clases en algunas escuelas y en el instituto se habían suspendido un mes antes del final del curso. Aunque muchos funcionarios se iban llorando de aquella ciudad que consideraban su patria, eran muchos los que salían sin mirar atrás, conscientes de lo que se avecinaba.

Las manifestaciones de saharauis a favor de la independencia del Sáhara eran cada vez más frecuentes. Se aprovechaba cualquier ocasión para sacar las banderas y lanzar proclamas a favor del Frente Polisario. Las patrullas de la Policía Territorial y los legionarios cerraban con alambradas los barrios más conflictivos en cuanto se producían los primeros altercados. Pero las noticias que llegaban de las otras ciudades no eran alentadoras para los peninsulares. La cárcel civil de El Aaiún empezaba a quedarse sin espacio para tanto detenido.

Santiago hizo el petate al día siguiente y se encaminó hacia el parque móvil donde le habían dicho que un vehículo se disponía a salir hacia el aeródromo. Iba absorto en sus pensamientos, repasando mentalmente todo lo que había planeado. Por eso no vio a Guillermo, que trataba de darle alcance, hasta que lo tuvo encima. «¿Te vas sin despedirte?» Santiago lo miró como a un extraño. «Pensé que estarías de patrulla —mintió—. Pregunté por ti y me dijeron...». Guillermo lo abrazó y apretó con fuerza sin dejarlo terminar. «Déjame, anda, que van a pensar que somos maricones.» Guillermo le sonrió. Después de la noticia de la muerte de su madre, no le pareció extraño el comportamiento de su amigo. Le deseó suerte y se quedó mirando mientras Santiago se alejaba. El cabo San Román se palpó el bolsillo en donde había guardado el dinero y el permiso. La idea de abandonar el Sáhara ahora le resultaba angustiosa; pero sus planes eran otros. Poco a poco fue cambiando el rumbo y en vez de dirigirse hacia el parque móvil encaminó sus pasos hacia la puerta de salida. Mostró el permiso y salió del cuartel muy decidido. Una hora más tarde, entraba en la tienda de Sid-Ahmed, vestido de saharaui, tratando de ocultar el bulto del petate con su uniforme dentro.

Santiago pasó en la casa de Andía los quince días de permiso. La muchacha no podía disimular su emoción. El legionario no salió del barrio en dos semanas. A veces se paseaba por las calles del Hata-Rambla, o pasaba las veladas con Sid-Ahmed en su tienda, fumando y bebiendo té. Nadie se extrañaba de su presencia; los vecinos lo trataban como a un pariente de Lazaar. Pero cuando los hombres se reunían en casa, Santiago se sentía marginado. Él no podía gozar de la familiaridad que había entre ellos. Permanecía en silencio, ofreciendo té, escuchándolos discutir. No podía entender casi nada. Hablaban en hasanía, y cuando se dirigían a él en castellano era para decir cosas intrascendentes, más bien de compromiso. Santiago estaba seguro de que entre ellos hablaban de política. No le cabía duda de que simpatizaban con el Polisario, pero a pesar de todo lo que había hecho por algunos de ellos se veía muy lejos de conseguir su confianza. Cuando se quedaba a solas con Sid-Ahmed, el saharaui le contaba algunas cosas, pero San Román seguía teniendo la sensación de que no se lo decía todo.

Dos días antes de que se cumpliera el plazo de su permiso, Santiago le confesó a Andía que no pensaba volver al cuartel. La muchacha lo miró entusiasmada y corrió a contárselo a su madre. La madre se lo dijo a las tías de la muchacha y antes de una hora se presentó Sid-Ahmed, alterado, en la casa. Por primera vez parecía haber perdido la amabilidad con la que siempre trataba al legionario. «¿Qué es eso de que vas a desertar?» «No voy a desertar, es sólo que no pienso volver.» «Eso es desertar, amigo.» «¿Y qué?» «¿Tú sabes lo que puede pasarte cuando te encuentren?» «No van a encontrarme. Nadie sabe que estoy aquí.» Sid-Ahmed sonrió con un sarcasmo que desarmó al legionario. «Todo el mundo sabe que estás aquí. Todo el mundo, menos tus amigos —las palabras del saharaui fueron tan rotundas que Santiago no dudó ni un instante que fueran verdad—. Nuestra gente sabe todo lo que ocurre dentro y fuera de los cuarteles. ¿Acaso piensas que somos unos estúpidos?». San Román se sintió desvalido. En ese momento se arrepintió de no haber aprovechado la ocasión para viajar a Barcelona. «Si de verdad quieres a esa niña —dijo, refiriéndose a Andía—, mañana te presentarás en el cuartel. De lo contrario la acusarán a ella y a su familia de dar co-

bijo a un desertor. ¿Sabes lo que podría pasarles?».
Santiago no tenía argumentos contra aquello. Las
palabras de Sid-Ahmed habían tenido un efecto de-
moledor en su ánimo. Agachó la cabeza y se sintió
avergonzado. Aquel hombre le estaba dando una lec-
ción sin proponérselo. Asintió con un gesto. El saharaui cambió entonces su tono amenazador y volvió a
ser el de siempre. «Andía está encaprichada contigo.
Tú te has portado como uno de los nuestros. No lo
estropees ahora.» Aquel hombre había sabido con-
quistar su corazón. Era la primera vez que alguien se
tomaba en serio los sentimientos que él tenía hacia
Andía. Se dieron la mano y tomaron té en silencio, sin
volver a tratar el asunto. Aquella noche la casa se llenó
de hombres. Estuvieron charlando y tomando té hasta el amanecer. Cuando se fueron, San Román le dijo
a Sid-Ahmed: «A pesar de todo, los saharauis parecéis
siempre felices». «No siempre, amigo, no siempre. Pero
esta noche teníamos razones para estarlo. Nuestros
hermanos han triunfado en Guelta.»
    Santiago no comprendió el sentido de las pala-
bras de Sid-Ahmed hasta el día siguiente, cuando se
acabó su permiso y tuvo que incorporarse a su puesto.
La situación dentro del cuartel era de caos contenido.
Entre tanto descontrol, nadie se percató de que Santiago no había utilizado su permiso para viajar a la Península. Las noticias sobre el Polisario iban de boca en
boca, acrecentadas por los rumores y el silencio de los
oficiales. La retirada del Ejército en Guelta se vivió
como un paso más hacia la retirada definitiva del Sáhara. Durante las dos primeras semanas de junio, la
cárcel se había llenado de saharauis detenidos en las
manifestaciones y alborotos callejeros. El destino de

Santiago en su primer día fue de vigilancia en la cárcel civil. El edificio, apenas utilizado hasta unos meses antes, estaba ahora saturado por hombres que se hacinaban sin espacio apenas para dormir por la noche. Se encontraba al final de una gran recta en la salida de Edchera. Desde lejos se podía ver ya el enorme despliegue de vigilancia que había organizado el Ejército español. La mayor parte de los detenidos tenía que permanecer día y noche en el patio. Se sucedían órdenes y contraórdenes de sargentos que no sabían bien cómo abordar una situación tan crítica como la que se les presentaba día a día. Los teléfonos no paraban de sonar. Los soldados iban de un sitio a otro, cumplían órdenes que minutos después eran dictadas en sentido contrario. Entre tanto caos, Santiago no tardó en ver rostros conocidos de los saharauis. Habló con algunos, tratando de que ningún soldado lo viera. En una mañana se había comprometido a hablar con una veintena de personas para dar noticias de los familiares detenidos.

Aunque todos los permisos se habían suspendido definitivamente, a Santiago no le resultaba difícil llegar al Hata-Rambla. En cuanto los vecinos supieron que muchos de sus familiares seguían detenidos en El Aaiún, comenzaron a enviarles mensajes por medio de San Román. Aquel ir y venir de noticias se convirtió en algo cotidiano. Mientras se seguía repatriando a los funcionarios, aquel verano se convirtió en el más triste de los últimos años. En julio muchos de los bares cerraron por vacaciones. La población sospechaba, como luego se confirmó, que aquellas vacaciones serían de muchos años. Cerró El Oasis. No se abrió el cine de verano. Cada vez se veían menos niños por la ciudad. En el mes de agosto no quedaba más que la mitad de la población. Se notaba en los barrios: muchas casas estaban cerradas a cal y canto. Se cerraron tiendas, negocios. La gente caminaba con prisas por unas avenidas con poco tráfico. El mercado semanal era un reflejo de la desconfianza y desolación que estaba apoderándose de la ciudad. Aunque la evacuación era más ordenada que en primavera, todos tenían prisa por arreglar sus asuntos: vender los automóviles, los televisores, cobrar las deudas, solucionar los problemas de alquiler.

Las noticias sobre la enfermedad del Caudillo no hacían más que aumentar la incertidumbre. Aunque muchos se negaban a creer que Franco fuera a morir, incluso los oficiales de alto rango trataban de tener noticias de primera mano por medio de telegramas y conferencias a la Península. Pero la suma de todas las informaciones no era más que una continua contradicción que acrecentaba el número de los escépticos.

Fue a mediados de octubre cuando un rumor que venía circulando entre los más informados se convirtió en noticia. Por el televisor de la cantina, una hora antes de la cena, apareció la imagen del Rey de Marruecos dirigiéndose a su pueblo. Su voz sonó clara. Casi nadie le prestaba atención, pero Santiago se quedó hipnotizado por la gravedad del rostro de Hasan II. No podía entender nada, sólo palabras sueltas que no tenían demasiado sentido. Antes de que terminara aquel discurso, le dijo a Guillermo: «Está ocurriendo algo grave, Guillermo, mira». El amigo miró a la pantalla del televisor sin ningún interés. No entendía los problemas de Marruecos ni del Sáhara. «No sé lo que es, pero algo está pasando», dijo el cabo San Román. Se levantó y caminó a buen paso hacia el pabellón de Tropas Nómadas. La vigilancia dentro y fuera del cuartel se había doblado. En cuanto entró, supo que su sospecha no era infundada. Los saharauis tenían el televisor encendido, pero ahora nadie le prestaba atención a la publicidad marroquí. En vez de eso, hacían corro alrededor de un aparato de radio muy antiguo. Ninguno se percató de la presencia del legionario hasta que preguntó lo que estaba sucediendo. «Nada, cabo, nada.» «No me trates como a un gilipollas. Sé que está pasando algo.» Los soldados lo conocían bien. Muchos de ellos mandaban mensajes a sus familias por medio del cabo legionario. Hacía muchos meses que jugaba al fútbol con ellos. Conocía a las futuras esposas de algunos, a sus padres; había estado en la casa de muchos de ellos. Por eso se mantuvo firme. «¿Qué ha dicho Hasan por la televisión?», insistió el cabo, ahora molesto. «Dice que quiere recuperar el Sáhara para Marruecos invadiéndolo.» San Román no entendía del todo el significado de aquello. «No puede: nuestro Ejército es superior al suyo», dijo el cabo ingenuamente. «Está pidiendo voluntarios civiles para entrar en el Sáhara. Dice que va a ser una invasión pacífica. Está loco.»

San Román se quedó junto a los saharauis hasta el toque de retreta. Cuando se acostó en su litera, no podía pensar en otra cosa. Estuvo despierto, sin moverse sobre el colchón, hasta el toque de diana. Aquel día el cuartel parecía un polvorín. Los camiones no paraban de entrar y salir. Las órdenes eran confusas y a veces se contradecían. Los rumores se extendieron más deprisa que nunca. A veces daba la sensación de que se estaban preparando para marchar a la frontera del norte. Otras, parecía que los iban a evacuar de África ese mismo día. Entre tanto desorden, Santiago San Román se las arregló para salir del cuartel el último viernes del mes de octubre. Lo tenía todo planeado para entrar en el barrio de Zemla. Pero llegó con mucha dificultad.

La situación en el barrio era tan confusa como en el resto de la ciudad. La gente hacía acopio de comida en las casas. Las tiendas estaban casi desabastecidas. Lo primero que hizo fue visitar a Sid-Ahmed. El saharaui trató de calmarlo, pero también mostraba un nerviosismo que no era normal en él. Fueron juntos a la casa de Andía. La muchacha no parecía consciente de todo lo que estaba ocurriendo. Se mostró esquiva y enfadada con el legionario por no haber ido a verla en casi tres semanas. Tomaron té durante más de una hora. Cuando llegó el momento de despedirse, San Román notó que la familia trataba de dejarlo solo con Andía. Era la primera vez que se mostraban tan complacientes; por eso no se percató de lo que en realidad estaba ocurriendo. La muchacha se sentó frente a él y se dejó coger las manos. «Cuando pueda irme de aquí, voy a llevarte conmigo a Barcelona. Te va a gustar mucho. Mucho.» Andía sonrió. No era la primera vez que Santiago le hacía promesas. «¿Y qué harás con la novia que tienes allí?» Santiago fingió enfadarse. Sabía que aquello era un juego que solía practicar Andía. «No hay ninguna novia esperándome. Te lo juro.» Finalmente, como siempre, ella sonrió satisfecha. «Quiero pedirte algo, Santi. Es un favor para mí, sólo para mí.» «Claro, claro; lo que quieras.» Ella metió la mano bajo la *melfa* y sacó un sobre. «Esto es para Bachir Baiba. Le dices que es de su hermana Haibbila. Puedes leerlo si quieres.» San Román le sonrió. Conocía bien a Bachir. Había estado en su casa, conocía a su familia. Su hermana Haibbila era muy amiga de Andía; en una ocasión le regaló una pulsera a Santiago. No quiso sacar la carta del sobre, aunque estaba abierto. Le pareció una grosería. Además, tenía la seguridad de que estaría escrita en hasanía. Ésa fue la última vez que había visto a Andía, a pesar de prometerle que iba a volver al día siguiente.

La carta llegó a Bachir Baiba. Fue lo primero que hizo el cabo San Román en cuanto entró en el cuartel. El saharaui la leyó delante de él. Santiago no sospechó del gesto serio del soldado. Se despidió, pero Bachir le dijo que esperara un rato. Estuvieron tomando té y fumando. Bachir Baiba se mostró amable, pero distante. Cuando finalmente Santiago tuvo que irse, el saharaui le preguntó: «¿Cuándo volverás a casa?». San Román sabía bien lo que quería decir. «Quiero subir mañana, pero lo de los pases está muy crudo.» «Ya —dijo, tratando de encontrar una solución—. Nosotros no tenemos manera de salir de aquí. Nos han retirado el armamento y no hay permisos». «Lo sé.» «¿Harás algo por un amigo?» «Dime.» «Cuando consigas salir, vienes a verme. Tengo algo para mi madre: ropa sucia y cosas así.» Santiago sabía bien lo que trataba de decir con aquellas palabras. No puso objeciones.

El viernes 31 de octubre, al llegar a la barrera de salida, Santiago llevaba un petate que pesaba más de quince kilos. Su ingenuidad le hizo pensar que nadie iba a reparar en un cabo que salía a pie del cuartel, como tantas otras veces. Por eso no se dio cuenta de que, desde el momento en que se acercó al registro de salida, un teniente y dos sargentos no hacían más que mirarse y mover la cabeza nerviosos. «¿Qué lleva ahí, cabo?» La pregunta le cogió desprevenido. Se puso rojo y le tembló la voz. «Tengo permiso para salir», se justificó el legionario. El teniente ni siquiera miró el papel que le tendía. «No le estoy preguntando eso. Le estoy preguntando qué lleva en ese petate.» «Ropa sucia y cosas así.» En cuanto lo dijo, comprendió que se estaba metiendo en un lío. Aquel petate pesaba demasiado. Al dejarlo en el suelo produjo un ruido sospechoso. Antes de conseguir abrirlo, se sintió encañonado por uno de los sargentos. Cuando mostró el contenido, el teniente se puso pálido y estuvo a punto de tirarse cuerpo a tierra. Entre la ropa sucia aparecieron granadas, detonadores y explosivos que pasaban de los quince kilos. En menos de una hora, la noticia había corrido por todo el cuartel como el más oscuro de los presagios.

El insomnio y las pulgas hacían que aquel calabozo pareciera más bien una mazmorra. Además, la falta de noticias del exterior le provocaba un terrible desasosiego al cabo San Román. Se sintió solo, muy solo; una sensación que nunca antes había tenido. Podía imaginar el alboroto que se respiraría en los cuarteles desde que se conociera la muerte del Caudillo. Pero a él lo único que le preocupaba era su situación. Aquel día comió con normalidad, a la hora en que era habitual. Pero nadie quiso darle explicaciones de lo que estaba ocurriendo. Cada ruido, cada movimiento en el exterior lo ponían alerta. Esperaba que de un momento a otro vinieran a recogerlo y llevarlo a Canarias o a la Península. Aunque lo peor de todo era el cansancio. Le escocían los ojos y le dolía todo el cuerpo como si tuviera fiebre.

A media tarde se abrió la puerta y apareció Guillermo con el uniforme de servicio y el Cetme. Sólo dijo:

—Hora del paseo, cabo.

Y le franqueó el paso. Santiago salió, conmovido. Caminó en dirección al extremo del aeródromo, igual que había hecho otras tardes. Guillermo iba unos metros más atrás, sujetando el Cetme con las dos manos.

—Guillermo, quiero pedirte perdón. Necesito saber que me perdonas por todo —dijo sin volverse a mirar a su amigo.

—No quiero oírte hablar, cabo; ni una palabra.

San Román estaba llorando. Las lágrimas le escurrían por las mejillas. Era una sensación agradable.

—Siento mucho no haber sido un buen amigo, siento...

—Si te oigo otra palabra más, te pego un tiro.

Santiago sabía que no hablaba en serio. No volvió a decir nada más. Cuando llegaron al final de la pista, Guillermo se alejó unos metros. Se quedó de espaldas, mirando a las dunas, ajeno a todo. Santiago echó a correr en dirección a los Land-Rover. Sentía que iba ganando la libertad a cada paso que daba. Montó en uno de los Land-Rover, buscó la llave bajo el asiento del copiloto y arrancó a toda prisa. Guillermo comenzó a disparar al aire. Nadie reaccionó, nadie se dio cuenta de lo que estaba pasando. En pocos minutos, el vehículo se alejaba por la carretera del aeródromo dejando a su paso una estela de humo negro.

Nunca creyó que llegaría a ver tanta desolación en aquella ciudad. Las calles estaban casi desiertas. No había tiendas abiertas. Algunos barrios habían sido desalojados casi por completo. En otros, por el contrario, las alambradas impedían la salida. El uniforme y el coche militar no llamaron la atención en medio de tanto despliegue de fuerzas. No le costó trabajo entrar en el barrio de Zemla. Llegó hasta la casa de Andía y se bajó del coche sin parar siquiera el motor. Sólo estaban las mujeres en el interior de la casa. Lo primero que hizo Santiago fue preguntar por Andía. Alguien salió a llamarla. La muchacha llegó sofocada. Al ver al legionario rompió a llorar. Se tiró al suelo de rodillas y comenzó a mesarse los cabellos. San Román estaba asustado. No esperaba aquella reacción. Las mujeres trataron de calmarla.

—Creí que estabas muerto, Santi —decía la saharaui entre sollozos—. Me dijeron que iban a fusilarte.

Santiago nunca había oído a nadie llorar de aquella manera. Se le olvidaron todos los reproches que traía preparados. Acudieron los vecinos a los gritos. El legionario salió a la calle, desconcertado. No sabía qué hacer. Trataba de no ablandarse por el comportamiento de Andía. Alguien había ido a avisar a Sid-Ahmed. El comerciante llegó corriendo. Cuando vio a Santiago trató de abrazarlo, pero él lo rechazó.

—La culpa es mía, no de la muchacha. Ella es una niña, no puedes culparla.

—Yo creí que eras mi amigo.

—Lo soy. Soy tu amigo. Por eso confié en ti. Tú tienes la *baraka,* amigo, tienes la *baraka.* Ahora eres de los nuestros.

Santiago trataba de no dejarse embaucar, pero las palabras del saharaui quebrantaban su firmeza. Finalmente se dejó abrazar.

—Nos están invadiendo, amigo. ¿No lo sabes? No tenemos tiempo de discutir entre nosotros.

—Sólo tenías que habérmelo pedido. Sólo eso. Yo hubiera hecho por vosotros lo que fuera. Lo que fuera. No necesitabas engañarme.

Sid-Ahmed lo cogió del brazo y tiró de él hacia la casa. Andía reía y lloraba al mismo tiempo. Se abrazó como una niña al legionario y empezó a decirle cosas en hasanía. Santiago no podía fingir más su rabia. Bebió el primer vaso de té, aceptó un cigarro y se acomodó contra la pared. Andía no se apartaba de su lado. Los ojos del legionario se fueron cerrando. De repente el cansancio de los últimos días se manifestó en todo su cuerpo. Le pesaban los párpados, le pesaban los brazos. No tenía fuerzas para hablar. Y poco a poco fue cayendo en un sueño pesado.

La doctora Belén Carnero entró en la cafetería del hospital y enseguida vio a Montse sentada al fondo, junto a una ventana. La venía buscando. Se acercó, salvando los obstáculos, y se sentó a su lado.

—¿Por qué has tardado tanto? Ya me iba, Belén.

—Ha sido una operación larga. Y lo peor de todo es que ese pobre hombre casi se queda en el quirófano por tu culpa.

La doctora Cambra levantó las cejas e hizo un gesto de incredulidad.

—¿Cómo dices eso? ¿Por mi culpa?

—Sí, Montse, me dejaste tan intrigada con esa historia que se me fue la mano con la anestesia...

Montse estaba a punto de gritarle cuando vio la sonrisa socarrona de la doctora Carnero. No era la primera vez que le hacía algo parecido.

—Pero ¿qué te pasa? Has perdido el sentido del humor, mujer.

Montse se tapó la cara con las dos manos.

—No sé si he tenido sentido del humor alguna vez, chica.

—Claro que lo tienes. ¿Ya no te acuerdas de lo que nos reíamos?

—Tienes razón. Pero ha pasado tanto tiempo que ya casi no lo recuerdo.

Permanecieron un instante mirándose a los ojos, como si trataran de adivinarse el pensamiento.

—Mira, vamos a hacer una cosa —dijo, al rato, la doctora Carnero—. Te vienes a casa y me sigues contando por donde te habías quedado.

—No me da tiempo. Tengo que ir a casa, ducharme y...

Belén aguardaba con el ceño fruncido.

—¿Es lo que estoy imaginando? —preguntó la anestesista.

—Pues sí, para qué te voy a decir otra cosa. He quedado con Pere para cenar.

—El soltero de oro. Bueno, eso no es de mi incumbencia, de manera que termina de contarme lo de ese Santiago San Romo.

—San Román.

—Pues eso. Me estabas diciendo lo del embarazo. Tú tenías... diecinueve años.

—Dieciocho. Dieciocho flamantes años. No tiene más misterio. Además, eran otros tiempos, y tú ya sabes cómo ha sido siempre mi familia.

—Pues sí. Por eso me tienes intrigada. No te imagino delante de tu madre, contándole que te habías quedado embarazada de un chico del que apenas sabías nada.

—En realidad sabía todo lo que tenía que saber.

—Me estabas contando que lo viste con una rubia.

La doctora Cambra rebuscó en el bolso y sacó un paquete de Chesterfield. Encendió un cigarrillo. Belén la observaba sin decir nada.

—¿Por qué me miras así?

—No sabía que fumaras. ¿Eso es una novedad?

—Una estupidez más, diría yo. No había vuelto a probarlo desde que tenía dieciocho años.

—Chica, eres una caja de sorpresas. No me extraña que Pere pierda el sentido por ti.

Montse le echó el humo a la cara. Belén empezó a toser y a reír.

Montse recordaba aquel mes de octubre como uno de los más amargos de su vida. La ilusión con que su padre vivió el ingreso de su hija mayor en la universidad contrastaba con el desánimo y la apatía que se habían apoderado de la muchacha. El recuerdo del verano le resultaba ahora un sueño de princesa. La vuelta a los horarios de la familia, al control de su madre, las separaciones prolongadas de Santiago se le hacían inaguantables. Su hermana Teresa vivía en otro mundo. Con frecuencia Montse se sentía inferior a su lado. La hermana pequeña tenía su vida propia. Parecía la mayor. Teresa soportaba mejor las exigencias del padre, los reproches de la madre, el control agobiante de los dos. Le resultaba imposible entenderse con ella. Unas veces la veía como a una niña, otras le parecía demasiado avanzada para su edad. En realidad tenía miedo de averiguar qué pensaría su hermana si supiera todo lo que ella estaba viviendo en el más estricto de los secretos.

Cuanto más tiempo pasaba sin ver a Santiago, más trabajo le costaba quitárselo de la cabeza. Ahora se veían sólo los sábados por la tarde y los domingos. Montse no podía volver a casa después de las diez, y Santiago no tenía nada que hacer más que estar con ella. Cuando le contó que a final de año tenía que irse a Zaragoza para cumplir el servicio militar, la chica trató de mostrar indiferencia, como si aquello fuera la cosa más natural del mundo. Pero en su casa veía pasar los días en una cuenta atrás angustiosa. Sin embargo, Montse estaba muy equivocada al pensar que su situación no podría ya empeorar.

El mayor revés lo sufrió una desapacible tarde de otoño. Acompañaba a su madre, igual que en otras ocasiones, a casa de sus tías. Era una obligación ineludible. Nada le aburría a Montse más que pasar dos horas sentada en una mesa camilla, oyendo a su madre y a las tías hablar de cosas insustanciales, de gente que ya había muerto, de personas a las que no conocía, de anécdotas que le resultaban de lo más anodino. Pero aquella tarde algo la hizo salir de la rutina. Al pasar ante una cafetería, Montse miró a la cristalera, con un gesto coqueto, para arreglarse el pelo. Se quedó helada. Junto a la puerta, sentado ante una mesa, vio a Santiago fumando con la mayor naturalidad. A su lado había una muchacha rubia que reía como si acabaran de contarle algo muy gracioso. Fueron apenas dos o tres segundos, pero los suficientes para estar segura de que se trataba de Santiago. El corazón le dio un vuelco a Montse. Se apretó al brazo de su madre e intentó adaptarse a su paso. Se había puesto colorada. Le quemaban las mejillas. Temió que su madre se diera cuenta. No quería mirar atrás, pero aquella imagen se le había quedado grabada. Las ideas se atropellaban en su mente. Sin tiempo para pensarlo bien, se excusó con su madre y le dijo que siguiera a la casa de las tías. Ella había olvidado algo en casa. La madre continuó el camino sin dejar de refunfuñar.

Montse no podía controlar sus actos. Se aseguró de que fuera Santiago el chico a quien había visto y luego se apostó al otro lado de la calle, sin apartar la mirada de la puerta de la cafetería. Estaba temblando. A veces se veía a sí misma y le resultaba ridículo lo que estaba haciendo. Cruzó para entrar en la cafetería, pero se arrepintió en el último momento. Por primera vez en su vida no le preocupó no tener ninguna excusa convincente para justificar ante su madre su extraño comportamiento. El tiempo pasaba demasiado despacio.

Santiago San Román salió de la cafetería acompañado de aquella muchacha rubia. Quizá ella tuviera diecinueve o veinte años, pero por la forma de vestir parecía mayor. A Montse, a pesar de la distancia, no le cabía duda de que era teñida. Hablaban como dos amigos de siempre. Santiago la hacía reír sin parar. Aquello irritó más a Montse. Los fue siguiendo a distancia, desde la otra acera. Tal vez lo que realmente quería Montse fuese que Santiago la descubriera al otro lado de la calle, pero el chico sólo miraba a la rubia. Montse no apartaba la vista de ellos por si se cogían de la mano o él le echaba el brazo por encima del hombro. Pero no hicieron nada sospechoso. Pasearon hasta la parada del autobús. Se quedaron de pie durante diez minutos, la chica sin parar de reír. Era imposible que Santiago fuera tan gracioso de repente. Montse estuvo a punto de marcharse en más de una ocasión, o de acercarse, pero algo se lo impedía. Finalmente llegó el autobús y la chica esperó a que subiera todo el mundo. En ese instante los vio cogidos de la mano. Era más bien un cogerse y soltarse, como nervioso, hasta que la chica le puso las manos en el cuello a Santiago y lo atrajo hacia ella. Se besaron. Aquello no parecía un beso de despedida. Santiago no hizo ningún amago de apartarse de la muchacha. Se separaron cuando el autobús estaba a punto de salir. San Román se quedó clavado en la parada mirando a la chica, que buscaba un hueco en el autobús. Siguió parado allí, mirando al infinito, cuando el vehículo había desaparecido ya de su vista.

Montse no acudió a su cita del siguiente sábado. Cuando Santiago la llamó, haciéndose pasar por un compañero de la universidad, ella no quiso ponerse. Tardó tres días en decidirse a coger el teléfono y, cuando lo hizo, fue para decirle: «Mira, Santi, no quiero volver a saber nada de ti. ¿Me entiendes? Absolutamente nada. Hazte a la idea de que estoy muerta». Y colgó. Santiago no obtuvo explicación hasta el tercer día, cuando abordó a Montse en la acera de su casa. Montse iba con los libros bajo el brazo, con el tiempo justo para coger el autobús. Santiago se puso delante y le cortó el paso. Estaba enfadado, pero cuando vio la cara de Montse se puso pálido. «Ahora vas a contarme lo que te pasa.» Su voz era insegura. Montse cambió de dirección y siguió andando. El chico fue detrás, tratando de arrancarle alguna palabra, pero ella no le daba ninguna oportunidad. Por fin, harta de aquella farsa, Montse se detuvo. «Escúchame, guapito. Yo no sé a qué estás jugando, pero te aseguro que conmigo no lo vas a hacer.» «Primero tendré que saber de qué me hablas. Si no te explicas mejor...» «¿Quieres que me explique? Tú eres quien tiene que explicarse. Por ejemplo, explícame quién es esa rubia de bote con la que te besabas el otro día en la parada del autobús.» Montse no despegó los ojos del chico hasta que vio que se ponía muy serio y empezaba a ruborizarse. Sin embargo, Santiago no se amedrentó. «Si son celos lo que tienes, no padezcas más. No es nadie importante.» La muchacha se puso roja de rabia. «¿Nadie importante? ¿Y yo soy alguien importante?» «Claro, lo más importante de mi vida.» «Pues te has quedado sin lo más importante de tu vida. Ahora que te consuele esa rubia, o lo que sea.» Echó a andar muy decidida, mientras Santiago trataba de darle alcance. «Mira, guapita, esa rubia no es nadie. No sé a qué vienen esos celos. ¿Acaso tú no has tenido algún novio antes?» «Sí, muchos —mintió—. ¿Y qué?». «Pues entonces lo entenderás, porque no es más que eso, una novia de hace tiempo.» «Vaya, ¿y te vas besando así con todas las novias de hace tiempo?» «Pues no, la verdad. Pero nos encontramos por casualidad, tomamos un café...» «¿Te invitó ella?» Santiago se quedó con la palabra en la boca. Montse le había dado donde más le dolía. Guardó silencio y se fue quedando retrasado. Por fin Montse se detuvo, se dio la vuelta y le soltó: «Estoy embarazada. Sí, embarazada. No me preguntes si estoy segura porque te mando a la... Así que ya lo sabes. No quiero volver a oírte, no quiero volver a verte, no quiero saber ya nada de ti. Bastante tengo con lo que tengo». Santiago se había quedado con el gesto descompuesto, clavado sobre la acera, sin apartar los ojos de Montse mientras la veía alejarse sin mirar atrás. Entonces se dio cuenta de que la gente se había parado a escuchar la discusión como si fuera un espectáculo callejero.

A la doctora Cambra hacía mucho tiempo que le dejaron de impresionar los restaurantes de lujo y las atenciones masculinas. La sofisticación le aburría, aunque se sentía cómoda. Dejó que Pere Fenoll, el traumatólogo, eligiera el restaurante, el vino y la ubicación de la mesa. Había algo en aquel hombre que la conmovía, y otras cosas que le rechinaban. En realidad, no era capaz de hacer balance entre lo bueno y lo malo. Se sabía hermosa, pasados los cuarenta, capaz de seducir a un hombre, pero sentía mucha pereza cuando debía utilizar sus armas. Además, Pere no jugaba muy bien. Hablaba del trabajo, de su especialidad, de los problemas de la sanidad. Cuando Montse conseguía desviarlo del tema, él se volvía demasiado trascendente, como si el hecho de llevarse una cuchara a la boca fuera el resultado de innumerables procesos de una importancia difícil de comprender. Era un hombre atractivo, con buen gusto, de modales exquisitos. Aquello le gustaba a Montse tanto como le molestaba. De vez en cuando jugueteaba con él: dosificaba la seducción en los momentos en que veía a Pere más receptivo.

La doctora Cambra suponía que esa noche iba a terminar en la cama de aquel hombre que ahora tenía enfrente y cuya imagen le llegaba filtrada a través del vino de la copa. Se sentía agradablemente mareada por la bebida. Dejó a propósito las pastillas en su casa y se puso el mejor vestido. Le parecía que cuando Pere estaba callado ganaba mucho. No era un buen amante, pero tampoco era eso lo que ella necesitaba. Lo recordó en calzoncillos y no pudo evitar una sonrisa delatora.

—¿Te hace gracia lo que te estoy diciendo?

En realidad hacía rato que Montse no escuchaba nada de lo que le contaba el traumatólogo. Tenía mucha facilidad para desconectar de las conversaciones sin que se le notara la falta de interés.

—La verdad es que no. Es más bien la forma que tienes de contarlo —trató de justificarse.

Pere se sonrojó. Montse le mantuvo la mirada hasta que él la desvió hacia la copa.

—Perdóname —se excusó el traumatólogo—. Estoy toda la noche hablando y casi no te he dejado decir una palabra.

—Es muy interesante todo lo que dices. No quiero interrumpirte. Además...

Pere Fenoll levantó la cabeza y buscó, expectante, el final de la frase en los ojos de Montse.

—¿Además?

—Además, creo que el vino se me ha subido a la cabeza y no quiero decir tonterías.

—Vaya, pues no lo hubiera pensado. Parece que acabas de levantarte de la cama.

Montse sonrió y se quedó pensativa. Habían acabado de cenar y sabía que antes o después Pere preguntaría si deseaba tomar algo en su casa. Ella tenía ganas de hablar. Se le hacía dura la idea de volver a casa y encontrarse con el silencio de las paredes y los recuerdos.

—¿Nunca has pensado dejar el trabajo por un tiempo? —le preguntó Montse—. Pongamos tres meses, seis meses, un año.

—¿Una excedencia?

—Sí, algo así.

—No, no lo he pensado. Quizás más adelante, cuando sea más...

—¿Viejo? ¿Ibas a decir viejo?

—Cuando esté más cansado: eso es lo que iba a decir.

Montse se apartó el pelo de la cara. Realmente el vino le estaba provocando una euforia que ya creía olvidada.

—Pues a mí sí me gustaría. Tres meses, medio año. No sé. Quizá la pida.

—¿Y qué harías en ese tiempo?

—Un millón de cosas. Leer, pasear, viajar. Viajar fuera de temporada es fantástico.

—¿Sola?

—¿Vendrías conmigo? —preguntó enseguida ella, como si hubiera estado esperando precisamente aquello.

Pere le sonrió. Volvió a ponerse colorado.

—Depende. Si me lo pidieras... ¿Vas a pedírmelo?

—No, no voy a hacerlo. Tranquilo. Por ahora no es más que algo muy lejano que pasa por mi cabeza.

Pere Fenoll aprovechó la sinceridad de la mujer para enlazar la pregunta que traía preparada.

—¿Quieres venir a mi casa a tomar una copa?

Montse le sonrió, tratando de que su gesto pareciera espontáneo. Afirmó con la cabeza, pero no fue capaz de mostrar sorpresa ante la pregunta.

Después de pagar la cuenta apenas cruzaron palabra. Salieron algo tensos y montaron en el coche del traumatólogo. Hacía frío. Montse se subió el cuello de su abrigo y se escurrió en la tapicería de cuero. Deseaba que el trayecto fuera largo, para entrar en calor mientras escuchaba a Wagner.

—¿Estás cansada?

—No. Es el vino, Pere, de verdad. Estoy muy bien.

Había mucho tráfico a esas horas. Montse iba mirando distraída a la gente que caminaba por las aceras mientras Pere hablaba una vez más del trabajo. De repente le pareció ver a Fatma. Caminaba sola, con el cabello cubierto por una *melfa* roja.

—Para un momento, Pere, por favor. He visto a una amiga.

—Pero ¿aquí?

—Es un momento. No hace falta que aparques.

Pere se apartó a un lado. Estaba molesto. Aquella reacción repentina de Montse le pareció un capricho fastidioso. Ella bajó del coche y se cruzó en el camino de Fatma. La saharaui se sorprendió al verla. En realidad habían estado juntas tres días antes. Se besaron y se quedaron cogidas de la mano. Se preguntaron por sus cosas, como si hiciera tiempo que no se veían.

—¿El niño sigue bien?

—Bien, muy bien. Es un niño muy bueno.

Las dos mujeres no parecían tener prisa. Entonces Pere Fenoll, impaciente, comenzó a tocar el claxon. Cuando Fatma se dio cuenta de que alguien esperaba a Montse, se sintió violenta. Pensó que estaba entreteniéndola. Se despidió. Quedaron en verse pronto.

Pere estaba serio cuando Montse montó en el coche. La doctora Cambra parecía contrariada. Se contuvo para no recriminarlo por su comportamiento.

—Vaya, Montse —dijo en tono irónico—, no sabía que tuvieras amigas tan exóticas.

Montse se mordió el labio.

—¿Exóticas? ¿Te molesta que tenga amigas exóticas?

—No, no. Al contrario. Me parece que uno debe relacionarse con gente de todas las clases.

A Montse no le gustó el tono con que lo había dicho. Antes de que el coche iniciara la marcha, abrió la puerta. Se bajó y dijo:

—Mira, Pere, nunca pensé que le diría esto a alguien, pero tampoco pensé nunca que me acostaría con alguien como tú. Vete a la mierda.

Pere Fenoll se quedó con la palabra en la boca. Sabía que lo había echado todo por tierra, pero ya era demasiado tarde para rectificar. Permaneció en el coche, escuchando a Wagner, mientras Montse se alejaba por la acera, a paso ligero, probablemente maldiciéndolo.

Cuando la extranjera se despierta, no queda nadie en la *jaima*. Una vez más siente vergüenza por levantarse la última. La tía de Layla está cociendo algo en la cocina. Se saludan en árabe. Cada día aprende más deprisa. Desayuna leche de cabra con café, pan con mermelada y una naranja. Toda aquella comida la revive. La saharaui trata de explicarle a Montse que Layla está en los corrales que hay en las afueras de Bir Lehlu. Lo entiende sin dificultad. Los niños corren por todas partes, aprovechando sus vacaciones. En cuanto ven a la mujer, acuden a saludarla. El sol comienza a calentar con fuerza esa mañana.

Montse tiene ganas de caminar. Se cubre la cabeza con un pañuelo para protegerse del sol. Los chiquillos juegan al fútbol. Algunos se pelean por montar en la única bicicleta. De repente llama su atención un niño que está sentado solo, a cierta distancia de los demás. Al principio no le da demasiada importancia, hasta que reconoce al chico tuerto del día anterior. El muchacho está mirándola. No se mueve del sitio. Ella se acerca despacio, como si fuera el camino de su paseo. Cuando está cerca lo saluda. El niño no responde. Tiene la cabeza marcada por las pedradas. No quiere que el niño salga huyendo; por eso se queda a cierta distancia. Las sobrinas de Layla se alejan corriendo. Parecen asustadas por la cercanía del niño. Montse le pregunta su nombre, pero no obtiene respuesta. Finalmente decide dejarlo tranquilo. Sin embargo, cuando se ha alejado unos pasos, lo oye decir algo:

—¿Española? ¿Española?

Se vuelve y se queda en el sitio mirándolo.

—Española, sí. ¿Tú, saharaui?

El niño se pone en pie y se acerca a la mujer. Viéndolo de cerca y contemplando la cuenca vacía de su ojo, Montse comprende por qué han salido corriendo las niñas. El chiquillo se mete una mano en el bolsillo y le tiende un papel. Ella lo coge y, en ese momento, el saharaui echa a correr y desaparece de la vista. Montse está tan intrigada que casi rompe el papel al desdoblarlo. Es una hoja de libreta cuadriculada: sin duda, de un cuaderno escolar. La caligrafía es barroca y muy cuidada.

> *Estimada amiga:*
> *Doy gracias a Dios por haberte conservado la vida. La noticia me colma de alegría. He viajado hasta aquí sólo para verte. Tengo noticias que pueden ser de mucho interés para ti. Creo que tu español sigue entre nosotros. Mohamed te dirá dónde encontrarme. Es hijo de mi hermana. No le hables a nadie de mí, te lo ruego.*
> *Aza*

A Montse le tiemblan las manos. Apenas puede terminar de leer aquella nota. Cuando levanta la vista del papel, no ve al niño. Lo llama por su nombre. Camina en dirección al lugar por donde lo ha visto desaparecer. Hay niños por todas partes, pero ninguno es Mohamed. Va errante entre todas las *jaimas* hasta que se da por vencida. Se guarda el papel después de leerlo varias veces. Lo mantiene en el bolsillo sin soltarlo de la mano. Se dirige, sin dudar, hacia los corrales, en busca de Layla.

La enfermera se percata del nerviosismo de Montse en cuanto la ve. Le enseña el papel y lo lee muy despacio. Mira a la extranjera, luego vuelve a mirar la nota y la lee de nuevo. Se pasa la mano por la frente y al cabo hace un chasquido característico con la lengua.

—No era ningún sueño, Layla. Te dije que Aza existía de verdad.

La enfermera no dice nada. Mira alrededor para comprobar si alguien las está observando. Están solas. Montse parece ahora más tranquila.

—Pero el sobrino ha desaparecido. No sé si voy a encontrarlo, Layla.

La enfermera sonríe. La normalidad de su rostro contrasta con los gestos de Montse.

—Yo no estaría tan segura. O mucho me equivoco, o es aquel que se esconde tras esas piedras.

Montse mira hacia donde le señala, pero no ve nada. Layla comienza a llamar a Mohamed y a gritarle frases en hasanía. El niño aparece al rato. Estaba justo en el sitio donde había dicho la saharaui. Mohamed se acerca avergonzado. Layla le enseña el papel y cruza unas palabras con él. Parece contrariada. Montse le pide que le traduzca rápidamente.

—Sí, es verdad. Su tía es Aza. Está en Edchedeiría.

—¿Dónde está eso?

—No está lejos. Es una *daira* de Smara —le señala un punto hacia el horizonte, donde no se ven más que piedras y arena—. Hay un largo camino a buen paso.

—Acompáñame, por favor.

—¿A pie? Ni lo sueñes. Llegarías deshidratada.

Brahim conduce con las dos manos en lo alto del volante. Lleva la pipa colgada de los labios. Montse viaja en el centro y Layla junto a la puerta. Mohamed va en la parte de atrás de la cabina. Se ha negado a ir entre las mujeres. Brahim intercambia frases con Layla. Parece enfadado. Montse le pregunta a la enfermera si está molesto por el compromiso de llevarlas, pero ella lo niega.

—No, nada de eso. Está encantado de llevarnos, pero le gusta renegar. Si los hombres no reniegan por todo, no son hombres de verdad.

Montse ríe con todas sus ganas. Brahim la mira ahora con una sonrisa; no entiende nada.

No hay diferencia entre Edchedeiría y Bir Lehlu. El paisaje de las *jaimas* y de las casas de adobe es idéntico. Mohamed salta de la camioneta y echa a correr. Brahim lo sigue sin replicar. Debe tener cuidado con los niños que salen de todas partes corriendo detrás de un balón de plástico. Finalmente se detiene delante de una vivienda de adobe. Las dos mujeres entran y se descalzan. Layla va delante, saludando a todas las mujeres que hay en la casa. Aza se levanta, se cubre la cara con las dos manos, se golpea la frente, se lleva una mano al corazón y se abraza a Montse. Parece que está rezando. Sus palabras suenan a una letanía lastimera, como el rezo por la muerte de alguien.

—Amiga, amiga —dice en castellano—. Tienes la *baraka*, amiga. No tengo ninguna duda.

Las presentaciones ocupan casi una hora. Aza le presenta a toda la familia de Edchedeiría. Montse le presenta a Layla. Las dos mujeres hablan largamente en hasanía. Brahim se queda fuera. Enseguida se enreda en una charla con los vecinos. Parece que conoce a todo el mundo. Las mujeres de la casa le ofrecen té a Montse. Le dan perfume para que se refresque las manos y la cara. Las chicas le regalan collares, pulseras, anillos de madera decorados bellamente. Ella se deja agasajar. Layla habla ya con todo el mundo como si los conociera desde hace años.

—No me contaste que habías tenido un novio legionario —dice Layla después de haber escuchado con mucha atención.

—No me lo preguntaste —bromea Montse y rompe a reír—. Eso no es importante, la verdad.

Aza y Layla sonríen. Montse siente que ha llegado el momento de hablar de Santiago San Román. En realidad, ahora se siente avergonzada de que todo el mundo conozca su historia. Después de tantos avatares, todo lo que se refiere a Santiago le parece muy lejano.

—Creo que he encontrado al hombre del que me hablaste —le explica Aza, y espera la reacción de la extranjera—. Aquí vinieron otros españoles como él, pero la mayoría ha muerto ya, o se ha pasado a Mauritania.

—Me parece que esa historia te ha calado. Después de tanto sufrimiento, veo que no se te olvidó nada de lo que te conté.

—Absolutamente nada. Mi madre me ha ayudado. Es muy mayor, pero tiene una memoria buena. Ella fue quien me dio la pista.

—No estoy segura de que quiera verlo ahora.

Layla y Aza se miran decepcionadas por aquella reacción de la española.

—Tú has perdido el juicio —la recrimina la enfermera—. Ahora tienes que saber si se ha acordado de ti en todo este tiempo.

Montse sonríe. Tiene la sensación de que las dos saharauis están viviendo aquello como una telenovela.

—De acuerdo —asiente finalmente Montse—. Cuéntame lo que sepas.

—En Ausserd hay un español que escapó con los refugiados. Era un soldado. Vive en La Güera, como yo.

—¿Sabes su nombre?

—Su nombre verdadero no lo sé. Pero ahora creo que se llama Yusuf o Abderrahmán, no estoy segura.

—¿Lo has visto?

—Yo lo conozco, pero no sabía que era español. Parece uno de los nuestros. Hace mucho tiempo que no lo veo. Sus hijos fueron a mi escuela.

—¿Eres maestra?

—Sí.

—¿Cuántas sorpresas más me tienes preparadas?

Aza se queda en silencio y sonríe. Layla chasquea la lengua.

Mientras viajan por una *hammada* sin caminos ni pistas, Montse trata de averiguar qué puede mover a un hombre que no ha nacido en el desierto a quedarse tantos años anclado en aquel rincón de la Tierra. Le parece que la belleza del paisaje y el carácter generoso y hospitalario de los saharauis no son motivos suficientes. Ni siquiera el amor.

Brahim conduce en silencio, con las manos en lo alto del volante. Las tres mujeres se han apretado en la cabina de la camioneta. El viaje se hace largo por la dureza del terreno. La Güera no es diferente al resto de los campamentos. En el centro de las *dairas* se ven los edificios blancos de las escuelas. Parecen naves varadas en el fondo de un mar sin agua. Aza le indica a Brahim cómo llegar a su casa. El recibimiento es muy parecido al que tuvieron en Edchedeiría. La madre de Aza es una anciana casi ciega. Habla español como si lo rescatara de su memoria. Al momento lo dispone todo para agasajar a los recién llegados. Brahim se enzarza enseguida en una charla con los hombres. Montse sabe que tendrá que esperar a que se cumpla el rito de la hospitalidad para preguntar por el español de La Güera. Por eso no dice nada.

Comen con toda la familia. A Brahim lo han invitado en la *jaima* de los vecinos. A lo largo del banquete, Montse conoce algo más de Aza y de su familia. Su padre había sido alcalde de la antigua Villa Cisneros. Fue diputado en las Cortes Españolas. Cuando la invasión marroquí y mauritana, fue hecho preso por los mauritanos. Aza era muy pequeña. Allí pasaron más de diez años. Finalmente los dejaron ir junto al resto del pueblo saharaui a la *hammada* argelina. La madre de Aza recuerda con emoción contenida a su esposo muerto. Le vuelve a explicar a su hija cómo encontrar al hombre al que buscan.

Montse está muy alterada. Tiene la comida aún en la garganta. A ratos siente que todo aquello es un sueño. Ha imaginado un posible encuentro con Santiago San Román de muchas formas. Sin embargo, ahora sabe que aquello no se parece a ninguno de sus sueños. De repente, entre un grupo de hombres que hablan con Aza, un saharaui le tiende la mano a Montse y la saluda en un español con fuerte acento árabe. Viste turbante negro y *derraha* azul. Su piel es tan oscura como la de cualquier saharaui. Tiene los ojos enrojecidos como ellos, los dientes manchados por el té. Su mirada es tan penetrante como la de los hombres del desierto. Su edad es indefinida, como la de la mayoría de los hombres que han pasado de los treinta. Montse siente que aquella mano que ahora aprieta la suya le quema. Aza le habla en español, y él contesta unas veces en hasanía y otras en castellano.

—Sí, he sido legionario —le dice a Montse—. Pero hace muchos años de eso.

Montse está casi segura de que aquel hombre no puede ser Santiago San Román, pero cuando lo mira fijamente a los ojos duda durante algunos segundos.

—Me llamo Montse. Me hablaron de usted y no quería irme sin saludarlo.

El hombre se siente muy halagado. Sonríe sin parar. Se extraña del capricho de aquella mujer. Invita a las tres a su casa, a tomar té. Layla se disculpa. Le explica que tienen que regresar a Smara. El hombre insiste. Ahora Montse está convencida de que no es él. Pero no puede aguantarse una pregunta.

—¿Conoció usted a un chico que se llamaba Santiago San Román? Era también militar, como usted.

El español se queda pensando. Se echa el turbante ligeramente hacia atrás. Entre la tela aparecen unos cabellos canos.

—Puede que sí. Allí había miles de soldados como yo. Seguramente regresaría a su casa cuando se licenció. Yo me quedé.

—Él también se quedó.

—Algunos murieron o fueron hechos prisioneros —explicó el hombre sin dejar de sonreír.

Montse sabe que sus pesquisas van a ser infructuosas. En el fondo se siente aliviada al saber que no está frente a Santiago San Román. Es una sensación contradictoria.

De regreso, Brahim conduce más despacio. Aza se ha quedado en La Güera. Montse ha prometido visitarla en su escuela al cabo de unos días. Las dos mujeres van calladas. Tienen el sol a la espalda. Poco a poco el cielo se va tiñendo de un rojo intenso que hace que Montse se quede boquiabierta. Cuando se están acercando a Smara, le pide a Brahim que reduzca la velocidad. Trata de retener en sus pupilas la belleza de aquel atardecer. Layla mira el paisaje con indiferencia. De repente le señala algo a Montse. A poca distancia de las rodadas de los vehículos hay un dromedario muerto. Es un espectáculo que impresiona a la extranjera. Le pide a Brahim que se detenga. El saharaui lo hace sin replicar. Entiende lo que aquella imagen puede provocar en una europea. Muy a lo lejos se ven las *jaimas* de Bir Lehlu.

El cuerpo de un dromedario muerto en el desierto es como una pincelada roja sobre un lienzo blanco. Montse no puede apartar la vista del animal. No hay moscas, no hay aves carroñeras. Brahim fuma apoyado en la camioneta mientras las dos mujeres se quedan paradas a unos metros del cadáver. Ni siquiera el viento profana el silencio de aquel atardecer. Layla trata de adivinar qué es lo que llama tanto la atención de su amiga. Montse levanta los ojos hacia el horizonte. A lo lejos, sobre una modesta elevación, sobresale el perfil de algunas piedras.

—¿Qué es aquello, Layla?

—El cementerio. Allí enterramos a los nuestros.

Montse siente que la muerte en el desierto forma parte de la naturaleza, como el viento, como el sol. Se acercan dando un paseo hasta el perímetro de los enterramientos. Las tumbas no son más que piedras colocadas a los pies y a la cabeza de los muertos. No hay marcas que las diferencien. La luz es muy pobre. Pronto comenzará a anochecer. Montse siente un escalofrío. Va a volverse hacia la camioneta cuando ve, de repente, un bulto a cierta distancia. Se sobresalta. Al principio piensa que es un perro, pero el gesto de horror de Layla la aterroriza. La enfermera da un grito y se aprieta contra Montse. De la tierra, a medio enterrar, se levanta un saharaui. A pesar de que hay poca luz, se dan cuenta de que está casi desnudo. Coge su ropa y, con el turbante puesto, echa a correr. Brahim ha llegado corriendo, alarmado por el grito de Layla. Cuando ve lo que está pasando, comienza a tirarle piedras a aquel loco.

—¿Qué hacía ahí ese hombre? —le grita Montse a Layla.

—No lo sé. Yo tampoco lo había visto.

Brahim le dice algo a su prometida. Layla se lo traduce a Montse.

—Dice que es el pobre viejo que vimos anoche. El Demonio. El hombre no está en sus cabales.

—Vámonos —le pide Montse, nerviosa—. Está empezando a oscurecer.

Desde los tejados del barrio saharaui de Zemla, la ciudad parecía un barco a punto de hundirse en un mar de arena. De la zona moderna de El Aaiún llegaban hasta allí los ecos de la confusión. Muy poca gente sabía bien lo que estaba ocurriendo; por eso todos se movían con desconfianza, tratando de sortear los obstáculos de una evacuación que estaba resultando caótica.

El sentimiento que había en el Hata-Rambla era de consternación. Nadie podía siquiera imaginar lo que iba a suceder con la gente que se quedaba en la ciudad. Sin asumirlo del todo, la población sospechaba que una gran catástrofe los sacudiría antes o después. Los saharauis de los barrios de la periferia buscaban vehículos para salir de la ciudad con urgencia. Los más derrotistas, viendo el peligro de invasión, se lanzaban al desierto con un carro tirado por un borrico, en el que apenas cargaban el avituallamiento imprescindible para sobrevivir unos días. Quien tenía un vehículo era un privilegiado. La Policía Territorial patrullaba en las entradas y salidas de la ciudad, especialmente en la carretera de Smara, y obligaba a volverse a todo el que trataba de escapar. No obstante, el desierto era difícil de vigilar y, en mitad de la noche, la desbandada alcanzaba límites dramáticos.

Santiago San Román pasaba las mañanas sobre el tejado de la casa de Lazaar. Se sentía como el pájaro que se posa sobre su jaula. El barrio era una auténtica prisión adonde costaba mucho trabajo entrar y salir. Aunque no había ningún hombre saharaui que no se las ingeniara para moverse por la ciudad o burlar los controles, los del barrio de Zemla no querían irse de allí dejando a su suerte a las mujeres y a los niños pequeños. Las noticias que llegaban por la televisión marroquí eran inquietantes. Aunque la invasión del Sáhara por los marroquíes se había anunciado como pacífica, quienes venían del norte traían noticias desconcertantes. Más de diez mil soldados estaban ya dentro de la provincia española, extendiéndose como una mancha en dirección a la capital.

Sid-Ahmed encontró a Santiago sentado en lo alto de la casa, con las piernas descolgadas sobre la fachada y fumando un cigarrillo. Desde su regreso, el legionario no había vuelto a comportarse como antes. Mostraba poco interés por las cosas y parecía no entender del todo lo que estaba ocurriendo. Pasaba los días sobre el tejado, oyendo lo que ocurría en la calle. El comerciante se sentó a su lado y encendió la pipa.

—Te necesito, amigo —le dijo Sid-Ahmed—. Tú eres la única persona que puede ayudarme.

San Román sonrió al recordar la última vez que había necesitado su ayuda. Sin embargo, no le dijo lo que pensaba; siguió callado, mirando hacia el desierto.

—Quiero que nos saques en tu coche a mi padre y a mí esta noche.

—Puedes cogerlo cuando quieras. Ya sabes dónde están las llaves.

El saharaui buscaba las palabras adecuadas, pero no sabía cómo comenzar.

—Lo sé, amigo, pero no quiero tu coche. Quiero que nos lleves tú. Luego podrás volver.

—¿Tú no vas a volver?

—No, no; claro que no voy a volver. Me voy para siempre.

—Entonces puedes quedarte el Land-Rover para siempre —le respondió, lacónico, Santiago—. No creo que al Ejército le importe mucho.

—No, no me has entendido. Quiero que regreses después a la ciudad con el coche. Mis hijos y mi mujer se van a quedar aquí. Necesito que cuides de ellos. No puedo explicarte más por ahora.

Santiago salió de su ensimismamiento. Las palabras de Sid-Ahmed le parecieron sinceras. De repente volvió a la realidad. El saharaui estaba serio, muy serio. Pocas veces lo había visto así. Por primera vez no se sintió en desventaja ante él.

—¿Adónde quieres ir?

—Todavía no lo sé. Sólo quiero que nos saques de El Aaiún. Luego te diré dónde vas a dejarnos. Por la mañana estarás otra vez aquí. Lo he hablado con mi familia y con la de Andía. Ellos están de acuerdo. Aquí no puedo hacer nada, y mi pueblo me necesita.

—¿Tu pueblo?

—Sí, amigo, mi pueblo. A mí no me dejarán salir, pero si voy con un legionario no habrá problemas. ¿Comprendes?

Santiago San Román lo comprendía. Aquella misma noche rellenó el agua del radiador, comprobó que aún quedaba gasoil en el depósito y se dispuso a sacar a Sid-Ahmed y a su padre de la ciudad. Esperaron a que fuera noche cerrada y se despidieron de toda la familia. La esposa del saharaui lloraba, tratando de no hacer ningún ruido. Andía se abrazó a Santiago, y el legionario tuvo que hacer un esfuerzo para separarla. A pesar de la seriedad de su gesto, se sentía feliz al ver a la muchacha tan emocionada. Fue una despedida breve y contenida.

Al cabo San Román no le costó mucho trabajo salir del barrio. Los soldados que custodiaban las alambradas tenían la mente puesta en otras cosas. A pesar de las órdenes, su celo en la vigilancia no era muy estricto. En cuanto vieron los galones del cabo, no pusieron muchas trabas al paso del vehículo. En lugar de dirigirse a la carretera de Smara, Santiago siguió las instrucciones de Sid-Ahmed. A pesar de lo que le había dicho en un primer momento, parecía que el saharaui sabía bien adónde ir. Buscaron el cauce de la Saguía y lo siguieron en dirección contraria a la corriente. El río apenas traía agua. Con la luz de la luna se podía distinguir el color rojizo de las charcas. El saharaui conocía todos los senderos, los vados, las pistas.

—Si vamos a ir muy lejos, nos quedaremos sin gasoil —le advirtió Santiago.

Sid-Ahmed no se preocupó por aquella advertencia. Santiago siguió conduciendo durante dos horas sin saber bien por dónde iba. No había carretera ni pista. El Land-Rover avanzaba por mitad del desierto, unas veces siguiendo viejas rodadas, otras abriendo surcos entre los pedregales. Santiago, que siempre había admirado la forma de orientarse de los saharauis en la oscuridad de la noche, estaba dejándose llevar ahora por esos mismos caminos, sin diferenciar el norte del sur. Pero la seguridad con que lo guiaba Sid-Ahmed le daba confianza.

A unos treinta kilómetros de El Aaiún, el vehículo se quedó sin combustible.

—¡Te lo advertí, hostias, te lo advertí! Se acabó el viaje.

Sid-Ahmed seguía impasible, sentado a su lado, sin parar de mirar hacia una imprecisa línea en el horizonte.

—Tranquilo, amigo, no te va a pasar nada. Dios nos ayudará.

San Román había oído muchas veces aquella frase, pero nunca le sonó tan vacía como en aquella ocasión. Trataba de no mostrar el desconcierto. El silencio era aterrador. No se levantaba ni una sola ráfaga de viento. El saharaui ayudó a bajar del coche a su padre. Lo sentó junto a una acacia y fue a buscar algo en el coche. Volvió con una tetera, vasos, azúcar y agua. Ante aquello, el legionario tuvo que rendirse una vez más al carácter de los hombres del desierto. Viendo el modo en que Sid-Ahmed preparaba los utensilios para hacer té, comprendió que nada malo iba a ocurrirles en aquel lugar tan inhóspito. Empezaba a hacer mucho frío. El saharaui se alejó unos metros y arrancó las ramas secas de unos arganes. Cortó después las espinas blancas de la acacia. Hizo un agujero en el suelo y encendió fuego. Mientras el agua hervía y el anciano trataba de entrar en calor, Sid-Ahmed comenzó a hablar de fútbol. Santiago no sabía si reír o empezar a gritar.

Bebieron tres tés, y habrían seguido bebiendo si una luz no hubiera brillado en lo alto de una loma. El legionario se puso en pie, alterado, y alertó a los dos saharauis.

—No te levantes. Quédate ahí, amigo, no pasa nada.

San Román obedeció. No podía hacer otra cosa. Las luces se duplicaron. Al cabo de un rato empezaron a distinguirse bien los faros de dos vehículos. Sin duda habían visto el fuego. Se acercaron muy despacio, deslumbrando con la luz larga. Sid-Ahmed no se movía ni decía nada. Los vehículos se detuvieron junto al Land-Rover de Tropas Nómadas. Bajaron tres o cuatro hombres y caminaron muy despacio hacia la acacia. Conforme avanzaban iban recitando la retahíla del saludo, y Sid-Ahmed les respondía con naturalidad.

—*Yak-labéss.*

—*Yak-labéss.*

—*Yak-biher. Baracalá.*

—*Baracalá.*

—*Al jamdu lih-llah.*

De repente, cuando estuvieron cerca del fuego, Santiago sintió que el corazón le daba un vuelco. El que iba delante de todos era Lazaar. Vestía de militar, pero no era el uniforme de Tropas Nómadas. El saharaui sonreía generosamente. El cabo San Román no fue capaz de ponerse en pie. Lazaar saludó con mucho respeto al anciano, le puso la mano en la cabeza y después ayudó a Santiago a incorporarse. Le dio un abrazo largo.

—Amigo. Sabía que volvería a verte. Gracias.

—¿Por qué gracias?

—Por cuidar de mi familia. Me lo han contado todo.

—¿Contado? ¿Qué te han contado?

—Sé que estuviste preso por colaborar con nosotros. Andía está muy orgullosa de ti.

—¿Andía? ¿Cómo sabes tú lo que piensa Andía?

—Me escribe. Ella me lo cuenta todo. Además, Sid-Ahmed nos tiene muy bien informados.

Santiago desistió de seguir preguntando ante el temor de parecer más estúpido. Sid-Ahmed seguía tranquilo, como si aquel encuentro fuera la cosa más natural. Empezó a preparar de nuevo el té. Nadie tenía prisa aquella noche, excepto Santiago, que se desesperaba al ver la parsimonia de aquellos hombres. Durante horas estuvieron hablando del frío, del viento, de los zorros, de los pozos, de las cabras, de los camellos. Y por primera vez Santiago se sintió reconocido al comprobar que no lo hacían en hasanía sino en español. El padre de Sid-Ahmed dormía mientras tanto, ajeno a la conversación. El frío empezó a ser muy intenso, pero nadie se quejaba. Cuando parecía que ya todas las conversaciones estaban agotadas, Lazaar se dirigió a Santiago San Román.

—Si has venido hasta aquí, no es sólo para traer a Sid-Ahmed y a su padre. Yo fui quien le pedí que vinieras con él.

Santiago, a esas alturas, sabía que hacer cualquier pregunta significaba retrasar cualquier respuesta. Por eso no lo interrumpió, a pesar de la curiosidad que sentía por todo.

—Tengo que pedirte una cosa, San Román: quiero que saques a mi familia de El Aaiún y los lleves a Tifariti. Estamos reuniendo allí a toda la gente que podemos —el legionario siguió aguantándose las preguntas que le surgían—. Nos están invadiendo por el norte y, si nuestras noticias son ciertas, los mauritanos también quieren entrar en el territorio.

—¿Quieres que los lleve a Tifariti? ¿A todos?

—Sí, amigo, a todos. A mi madre, a mi tía y a mis hermanos. También a la esposa de Sid-Ahmed. Sus hijos ya están con nosotros.

A Santiago le venía grande aquella misión. Por primera vez le pareció que lo de la guerra iba en serio. Las ideas se apelotonaron en su cabeza y sintió como si estuvieran descargando sobre sus hombros un peso demasiado grande.

—Ni siquiera sé si voy a ser capaz de volver. El tanque del gasoil está vacío —dijo con ingenuidad.

Lazaar no dejó de sonreír ni un instante.

—Eso lo vamos a solucionar.

—¿Y sabré llegar a Tifariti?

—Dios te ayudará.

—¿Estás seguro?

—Claro. Si no lo estuviera, no te pediría nada.

Al amanecer el legionario no había conseguido pegar ojo. Tenía el frío metido en los huesos. Mientras aquellos saharauis lo recogían todo con la mayor tranquilidad, él tenía los nervios agarrados al estómago. Le llenaron el depósito del Land-Rover, pasando el gasoil con una goma desde el tanque de los otros vehículos. Cuando llegó el momento de la despedida, Santiago procuró ser franco, a pesar del miedo a parecer un ser inútil.

—Creo que no voy a encontrar el camino de vuelta. Todos los arbustos me parecen iguales. Además, anoche no se veía nada.

—Olvídate de anoche —le dijo Sid-Ahmed—. Hemos venido por un atajo, pero tú puedes regresar por el río.

—¿Qué río? Aquí no hay río.

—Mira, ve hacia aquella loma. ¿La ves? Pasa al otro lado y ve en dirección al sol. Verás un cauce seco. ¿No sabes reconocer un cauce seco?

—Claro, claro.

—Síguelo hacia el norte. No te salgas de él. A los diez kilómetros encontrarás un poco de agua. Luego va a parar a la Saguía. Sigue la corriente y no tienes pérdida.

—¿Y Tifariti? ¿No me perderé en el camino?

Lazaar cortó una rama de la acacia y colocó dos piedras en el suelo. Le trazó una línea y le indicó la dirección.

—No cojas ninguna carretera. Siempre a través del desierto. Si vas hacia el este, no te perderás. Busca siempre la dirección de Smara, y en cuanto tropieces con rodadas que se desvían al sudeste las sigues. Siempre detrás de las rodadas. El desierto está marcado por la gente que huye a Tifariti. Todo el mundo huye hacia allá. Dentro de tres días nos veremos allí. Y no cruces por ninguna población, aunque te parezca pequeña: podría estar ocupada ya y sería muy peligroso.

Santiago se alejó en el Land-Rover sin apartar la mirada del espejo retrovisor. En cuanto perdió de vista los otros vehículos, se concentró en la loma. Ni siquiera cuando lo sorprendieron con los explosivos estuvo tan asustado como en aquel momento. Siguió sin convencimiento las indicaciones de Sid-Ahmed, tratando de conducir con la misma seguridad con que lo hacían los saharauis. Le parecía excesiva la confianza que aquellos hombres habían depositado en él. Pero al ver a lo lejos, después de dos horas de viaje, las casas blancas de El Aaiún y los tejados de medio huevo pensó que ya nada le impediría llegar a Tifariti con la familia de Lazaar.

Lo recibieron como si hiciera meses que no lo veían. Santiago contó con detalle el encuentro con el hermano mayor. La madre de Lazaar y su tía lo escucharon sin parpadear. Cuando supieron que debían marcharse, empezaron a preparar la huida. En la habitación principal se acumulaban cajas con alimentos, ropas, utensilios que San Román no sabía para qué podían servir. La esposa de Sid-Ahmed se trasladó a la casa. El legionario trató de organizar la marcha como si fueran maniobras militares. Primero hizo un repaso de la tropa. Tres mujeres adultas, cuatro niñas y seis muchachos. La niña más pequeña tenía unos tres años, y el mayor de los hermanos pasaba de los dieciocho. Catorce personas eran muchas para viajar en un solo vehículo. Se lo dijo a Andía, tratando de no dramatizar, pero la muchacha no le dio demasiada importancia a un detalle tan pequeño.

Santiago decidió bajar a la ciudad para robar un coche. Lo acompañó el mayor de los hermanos. Sin embargo, no le resultó tan fácil moverse por las calles. Había legionarios formados en las aceras, como si esperasen para desfilar. La Policía Territorial detenía los vehículos en los que viajaban más de dos personas o iban excesivamente cargados. Circulaban pocos automóviles por las avenidas y ni siquiera había coches aparcados en las aceras. Algunos tenían los parabrisas rotos, o las cerraduras forzadas. Otros habían sido despojados de repuestos y enseñaban sus motores moribundos bajo el capó abierto. En un cruce de dos avenidas Santiago se detuvo en seco y obligó al saharaui a retroceder contra la pared. A unos metros de allí, en un control, estaban cacheando a unos saharauis a los que habían hecho bajar de su vehículo. Los soldados españoles, con los Cetme en bandolera, los tenían contra la pared, abiertos de brazos y piernas. Pero lo que le hizo detenerse fue la voz de un sargento

que le resultó dolorosamente familiar. Era Baquedano. En un segundo se le removió la conciencia y
sintió miedo. El sargento estaba fuera de sí. Les gritaba a los saharauis como si fueran animales peligrosos.
De repente le dio una bofetada al más joven de los detenidos y lo tiró al suelo. El muchacho trató de huir,
pero Baquedano le puso un pie sobre la cara y comenzó a patearlo. Santiago San Román deseó con todas
sus fuerzas tener un arma cargada. Del miedo pasó a
la rabia.

—Voy a matarlo —le dijo al hermano de Andía, pero el saharaui lo detuvo.

—Tienes que llevarnos a Tifariti. Nosotros so-
los no podemos salir de aquí.

Volvieron al barrio de Zemla, dispuestos a partir al día siguiente en cuanto anocheciera. El equipaje
de toda la familia superaba en volumen al vehículo.

—No podemos llevar todo eso. No cabe en el
Land-Rover. ¿Dónde vamos a meternos nosotros?

—En el techo —le dijo Andía con la mayor
naturalidad—. Nos apretaremos.

Santiago sabía que aquello era imposible, pero
temía desilusionarlos. No dijo nada, aunque pasó
aquella noche sumido en una terrible pesadilla en
donde las personas, el equipaje y los animales entraban y salían por la ventanilla del coche en un juego
que no acababa nunca. La mañana siguiente la pasó
tratando de conseguir gasoil. Le costó trabajo, pero
pudo llenar tres bidones a cambio de una cabra. Sin
embargo, los problemas no habían hecho más que empezar. Al principio fueron rumores confusos que llegaban de la parte nueva de la ciudad. Después, los vecinos lo confirmaron. Una vez más El Aaiún había

sido cerrado a cal y canto. Aquel primero de diciembre se descubrió una carga explosiva en el Parador Nacional. Aunque en el primer momento se pensó que el Polisario estaba detrás de todo aquello, finalmente se supo que el atentado fallido era cosa de un comandante español y un sargento artificiero. La carga explosiva, en realidad, apareció junto a unas botellas de butano en un patio del Parador. De ahí trascendió la noticia de que los mandatarios de Marruecos y Mauritania estaban hospedados allí, dispuestos a tomar el relevo de la administración del territorio. Se extremaron las medidas de seguridad. Las detenciones eran indiscriminadas una vez más. Aquel día de diciembre resultaba imposible circular por El Aaiún sin ser detenido y cacheado por una patrulla. Santiago reconoció delante de toda la familia que no era posible salir de la ciudad.

El plan del legionario era escapar a pie, durante la madrugada, cruzando el río. Con un poco de suerte podrían pasar todos, incluso los niños pequeños. Luego él regresaría para tratar de salir de la ciudad en el Land-Rover, con el uniforme de cabo. Procuró hacerles comprender que, si lo veían cargado con todas aquellas cajas y con gente sobre el techo del vehículo, no le iban a dejar salir. Pero la madre de Lazaar tenía tanta fe en el soldado, que no dudó que pudiera conseguirlo. Después de la noticia del atentado, sin embargo, la huida se hizo imposible. San Román no tuvo otro remedio que esperar un momento más oportuno para salir. Sabía que si lo intentaba entonces no iba a conseguirlo de ninguna manera. De cualquier forma ya era imposible cumplir el plazo para llegar a Tifariti.

Los días se sucedieron en una incertidumbre angustiosa. Todos preguntaban al legionario qué esperaba para marchar, y a pesar de que sus precauciones estaban justificadas no terminaban de entender por qué Santiago no cumplía su palabra. El 10 de diciembre, uno de los rumores que corrían por todo el barrio se convirtió en realidad. Desde la radio mauritana se escuchó con claridad la noticia: el Ejército de Mauritania estaba invadiendo la provincia española del Sáhara por el sur. El Aaiún, finalmente, se convirtió en una ratonera. En cuanto se lo contaron a Santiago, abrió el capó del Land-Rover y comenzó a hablarle al motor como si se tratara de una persona. Revisó una y otra vez los manguitos. Limpió los bornes de la batería. Comprobó el nivel de los líquidos del aceite y del radiador. Le quitó presión a las ruedas. Luego salió a dar un paseo por la ciudad. Regresó antes de la medianoche. Entró alterado en la casa y les dijo a todos que era el momento de partir. Nadie estaba durmiendo. Parecía que los saharauis hubieran adivinado lo que iba a suceder.

—Tiene que ser muy deprisa. Todos al coche. Vamos a salir en el Land-Rover.

—¿Y la vigilancia?

—No hay vigilancia. La ciudad está abierta. Algo grave está pasando.

Cuando Santiago vio el modo en que el equipaje y los viajeros se habían encajado en el vehículo, no terminó de creérselo. En la cabina montaron las tres mujeres mayores y dos niñas pequeñas. Detrás iban Andía y sus tres hermanas. Los bultos ocupaban el resto del espacio. Las niñas iban inmovilizadas contra los cristales. Los seis chicos subieron al techo y se agarraron con fuerza a los hierros de la baca y al resto del equipaje. El mayor hacía tope por delante para que no salieran disparados sus hermanos en los frenazos, y el segundo cumplía la misma función en la parte de atrás. El legionario no dijo nada, a pesar de que le parecía una locura viajar en aquellas condiciones. Se montó y, cuando fue a girar la llave del contacto, sintió que algo se movía en sus pies. Estuvo a punto de gritar. Eran dos gallinas. A los pies de las mujeres vio un bulto que parecía un perro. Enseguida reconoció la cabra. La madre de Lazaar le sonrió al legionario con una tranquilidad impropia de las circunstancias.

—Sin comida no podemos salir de la ciudad.

No puso más objeciones Santiago. El coche comenzó a moverse con mucho trabajo. El legionario estaba seguro de que se pararía antes de llegar al final de la calle. No fue así. Luego salieron por un camino desierto, lleno de piedras, y fueron rodeando el barrio. En efecto, no había ni rastro de los soldados españoles. El Land-Rover renqueaba echando un humo muy negro. Buscó la carretera de Smara para salir de la ciudad con los faros apagados. Avanzaban tan despacio que casi se podía caminar al mismo paso que el vehículo.

San Román recordó la advertencia que le hizo Lazaar de no seguir nunca la carretera. En cuanto el terreno se hizo llano se alejó hacia el desierto. Los neumáticos pasaban sobre las piedras como sobre cuchillas afiladas, pero el vehículo no se detenía. Conocía bien aquel camino, al menos hasta el cruce que continuaba en dirección a las minas de fosfatos de Bu Craa. Aunque la carretera se perdiera de vista, Santiago se guiaba por las crestas de las lomas. Había recorrido muchas veces aquel trayecto, e incluso le resultaban familiares los escasos árboles y el perfil del horizonte. Tardó más de tres horas en llegar hasta el cruce en donde se separaba la carretera de Smara. Era, no obstante, una distancia que en otras condiciones se podía recorrer en poco más de media hora. El vehículo avanzaba muy despacio. Por las rodadas abiertas resultaba evidente que muchos saharauis habían decidido antes alejarse también de la carretera. A pesar de la lentitud de la marcha, Santiago no podía apartar ni un instante la vista del terreno. Cualquier vado de arena podía ser una trampa insalvable. Si por evitar las piedras cortantes rodaba sobre la arena, el vehículo comenzaba a hundirse y los neumáticos patinaban. Entonces los muchachos saltaban del vehículo y comenzaban a empujar o a quitar arena con las manos delante de los neumáticos. Nadie decía una sola palabra. Todos miraban al horizonte como si con la mirada pudieran avanzar más deprisa. En el cruce de Edchera hacia Gaada, Santiago decidió tomar la carretera y dejar los pedregales. De otra manera consideraba que era muy fácil perderse. Tenía la sensación de que por el desierto avanzaba en un angustioso zigzag. Si seguía así, no tendrían suficiente gasoil para cubrir los casi cuatrocientos kilómetros hasta Tifariti. El Land-Rover, inexplicablemente, seguía su marcha a pesar de la sobrecarga.

La carretera parecía un cementerio de vehículos. Cada pocos kilómetros encontraban un coche o un camión abandonado, todos en dirección a Smara. Santiago, sabiendo el valor de los repuestos, se detenía siempre. Sin embargo, los coches habían sido desguazados por sus propietarios o por otros conductores que tuvieron antes la misma idea. Si les quedaba alguna rueda era porque estaba reventada. Los depósitos no tenían combustible. Les habían quitado las baterías, los carburadores, los faros, incluso el volante. Los que se quedaban sin vehículo, lo despojaban y seguían a pie. A lo largo del camino se veían pequeños grupos acampados a cierta distancia de la carretera, reponiendo fuerzas para seguir caminando. A veces los adelantaba algún camión o una furgoneta, pero ninguno circulaba por la carretera. Se veían familias con sus pertenencias cargadas en un borrico, la cabra detrás. San Román, sin embargo, no se atrevía a salirse de la carretera. Cada hora detenía el vehículo y dejaba el capó abierto para que se enfriase el motor.

En diez horas no habían avanzado más de cincuenta kilómetros. Antes del mediodía, Santiago se convenció de que no podrían llegar así a Tifariti.

—Tenemos que dejar cosas en el camino. El Land-Rover está a punto de reventar.

La esposa de Sid-Ahmed negó con la cabeza. A Santiago le exasperaba la sordera de toda la familia, incluida Andía. Trató de rellenar el radiador del vehículo con agua, pero uno de los chicos le aconsejó que no lo hiciera.

—Si echas agua al coche, moriremos de sed. Es mejor que muera el coche.

—Pero si el coche muere, nosotros también moriremos.

Tuvo que discutir con todos para que le permitieran echar apenas medio litro. Finalmente decidió que aquella mañana no se podía avanzar más. Hacía demasiado calor. La chapa del coche despedía fuego y las ruedas se estaban empezando a reblandecer, a pesar de que estaban en diciembre. La visión de los coches abandonados en la cuneta terminó de convencerlos. Se alejaron un kilómetro de la carretera y se instalaron detrás de una loma. Mientras Santiago revisaba los neumáticos, la familia improvisó un toldo. Parecía que cada uno sabía bien lo que debía hacer. Santiago sudaba más que ninguno. Cuando vio la forma en que el agua escapaba de su cuerpo, decidió que no volvería a rellenar el motor sin asegurarse antes de que hubiera un pozo cerca.

Enseguida comprendió que la cabra era un seguro de vida. Con la leche del animal y los dátiles que traían, comió todo el grupo. Luego se tumbaron en la sombra, tratando de no moverse ni desgastar sus energías. Ni siquiera el sonido del viento perturbaba la paz del descanso. Santiago se quedó profundamente dormido.

Se levantó un viento muy ligero que alivió el calor y trajo un sonido desconcertante. Los saharauis alertaron a Santiago de aquel ruido. Prestó atención.

—Son camiones —dijo San Román.

Subió a la cresta de la loma y se quedó cuerpo a tierra, tratando de averiguar de qué se trataba.

Desde Gaada bajaba una columna de vehículos militares. En cuanto los vio supo lo que estaba ocurriendo.

—Van hacia El Aaiún. Vienen del norte. No pueden ser más que marroquíes.

—¿Qué vamos a hacer ahora? —preguntó Andía, que se había tumbado a su lado.

—No podemos movernos. En cuanto nos vean, nos hacen volver. Eso si no nos cogen prisioneros.

Esperaron sin moverse hasta bien avanzada la noche. De madrugada desmontaron el campamento y reemprendieron el camino. Ahora no había más remedio que ir por el desierto. La carretera era demasiado peligrosa.

Tardaron seis días en recorrer los doscientos veintidós kilómetros hasta la ciudad sagrada de Smara. Milagrosamente, el vehículo no pinchó más que una vez. Cuando la ciudad estaba a la vista, Santiago respiró aliviado. Ahora su preocupación era otra. Debía continuar hacia el sudeste, en dirección a la frontera mauritana. Su temor era encontrarse con los vecinos invasores del este, los mauritanos. De vez en cuando algún vehículo los adelantaba, o se tropezaban con familias que huían a pie. Algunos hacía más de un mes que habían salido de El Aaiún. Cada vez que se producía un encuentro, se detenían, improvisaban los toldos, preparaban té y se ponían al corriente sobre los rumores que iban de un lugar a otro del Sáhara. Mientras tanto Santiago paseaba nervioso, indeciso, preocupado. En su mente crecía el remordimiento por no haber cumplido su palabra. Le había prometido llevar a su familia a Tifariti en tres días, y a ese paso ya no iba a quedar nadie en la plaza militar cuando llegasen.

Pero lo peor estaba aún por llegar. En mitad de la noche, luchando contra una tormenta de viento, Santiago perdió de vista el rastro de las rodadas. De repente se encontró ante una colina imposible de bordear. Volvió por el mismo camino y se perdió otra vez. Ya no encontraba ni sus propias huellas para seguirlas. Además, el terreno se empezó a volver más escarpado. Cuando comprendió que debían parar, ya era demasiado tarde. El corazón se le sobrecogió al escuchar un sonido muy peculiar en el motor del vehículo. Lo oyó a pesar del viento. El radiador se estaba quedando sin agua. Bajó, pero la arena lo cegaba. No podía abrir el capó, y cuando lo hizo la arena cubrió todas las piezas del motor. Cayó de rodillas al suelo y empezó a repetir una plegaria árabe que había aprendido de memoria de tanto escucharla.

La tormenta no cesó hasta media mañana. Al menos no hacía demasiado calor. El Land-Rover estaba casi sepultado por la arena. Las mujeres se dispusieron una vez más a montar el improvisado campamento, y los muchachos hicieron acopio de ramas secas para el té. Llevaban más de dos semanas alimentándose de la leche de cabra y de dátiles. El hermano mayor de Lazaar se quedó junto al legionario para ayudarlo con el vehículo.

—No podemos rellenar el radiador.

—¿Por qué?

—Hay una fisura en alguna parte. Aunque echáramos toda el agua que nos queda, volvería a perderla.

—Sin coche, sin agua. No, no podemos, amigo.

Santiago desistió, derrotado, y se dejó caer al suelo. Andía, a su lado, le limpiaba el sudor de la frente. La muchacha estaba segura de que el legionario los sacaría de aquel lugar. A juzgar por su sonrisa, no le cabía ninguna duda.

Lo primero que hizo, cuando se recuperó del cansancio, fue tratar de orientarse. Los muchachos echaron a caminar y él trataba de seguirlos. Les costó trabajo, pero finalmente encontraron las rodadas de otros vehículos. Se habían alejado cuatro o cinco kilómetros. San Román trató de no perder la calma. Aún les faltaban varios días para llegar a Tifariti. Decidió que descansarían y se pondrían en marcha, abandonando el equipaje. A esas alturas estaba convencido de que la cabra era su única posibilidad de supervivencia. Caminando podrían llegar tal vez en una semana. Demasiado tiempo para los niños pequeños. Mientras pensaba en la forma de proponérselo a la familia, le vino una idea a la cabeza. Llegó al campamento, buscó una de las garrafas de gasoil que ya estaban vacías y empezó a orinar en ella. La madre de Lazaar se puso muy seria, pero los chiquillos no paraban de reír, como si el legionario se hubiera vuelto loco. Luego les pidió a todos que orinaran y llenaran la garrafa. Al principio su idea pareció un disparate, pero conforme la fueron comprendiendo, estuvieron de acuerdo en que el español sabía lo que estaba haciendo. En una hora recogió la orina de catorce personas, y con un embudo rellenó el radiador del coche. Afortunadamente no se había vaciado del todo. Por eso calculó aproximadamente a qué altura podría estar la fisura. Todos los chicos, como si fuera un juego, comenzaron a observar el motor por abajo hasta descubrir el punto exacto. Fue fácil. En el suelo se fue formando un solo charco, justo en el punto por donde se escapaba el líquido. Santiago sacó una pastilla de jabón casero y se metió debajo del vehículo. Nunca creyó que pondría en práctica aquella locura que había oído contar a los saharauis de Tropas Nómadas. Empezó a frotar el jabón en el radiador hasta que se fue formando una pasta.

Estuvo casi dos horas pasando una y otra vez la pastilla, hasta que los dedos se le escocieron por la sosa cáustica. Luego lo aplastó todo con la palma de la mano. Salió al sol y se tumbó. Estaba exhausto. Los

saharauis lo contemplaban como quien ve un espectáculo que no puede comprender.

—Ahora hay que dejar que se seque durante
varias horas. Y después todo el mundo a mear.

Tardaron dos días en rellenar el radiador hasta
el tope. Si no bebían mucha agua, no podían orinar
mucho. Finalmente Santiago metió la llave en el contacto, la hizo girar y el motor comenzó a sonar. Esperó hasta asegurarse de que no perdía líquido. Andía
no paraba de reír y de gritarle a Santiago frases en hasanía. En menos de una hora el campamento estaba
desmontado y el vehículo cargado de nuevo.

Cinco días después, el paisaje comenzó a cambiar. El número de vehículos y de gente que avanzaba
a pie anunciaba que Tifariti no estaba muy lejos. Llegaron el 24 de diciembre, después de trece días del viaje más duro que Santiago jamás había hecho. Se había
retrasado casi un mes. Muchos kilómetros antes de Tifariti, las tropas del Frente Polisario trataban de poner
orden en aquel caos. Recogían con camiones a los que
llegaban a pie, apartaban de la carretera los vehículos
averiados, daban agua a los que no les quedaba y les in-
dicaban hacia dónde debían dirigirse. Santiago San
Román dejaba que fuese la madre de Andía quien se
entendiera con los soldados. Estaba convencido de que
su pelo casi al cero y la condición de legionario no iban
a levantar simpatías entre los polisarios.

La plaza de Tifariti había sido abandonada por
el Ejército español. Los barracones de los soldados y el
zoco estaban tomados por los saharauis. Alrededor, a
lo largo de muchos kilómetros, se iban asentando los
recién llegados. Los nómadas de la zona habían ofrecido sus *jaimas* para que se instalase la gente. Cada fa-

milia procuraba organizarse de la mejor manera posible. Se improvisaron corrales para los animales. Se montó un hospital muy precario para los niños más pequeños. A cada momento llegaban camiones y vehículos de todo tipo. Los soldados se veían incapaces de ofrecer asilo a tanta gente. A pesar de las noticias tranquilizadoras que se intentaba sembrar entre los recién llegados, los saharauis que ya llevaban dos meses allí iban saliendo poco a poco en dirección al este, buscando al otro lado de la frontera la seguridad de la inhóspita *hammada* argelina.

La tarde en que Santiago llegó a Tifariti se levantó una tormenta de arena como jamás había visto él en un año que llevaba en el Sáhara. Los remolinos que producía el viento arrancaban las *jaimas* y levantaban violentas nubes de polvo hacia el cielo. El improvisado campamento se desarmó en apenas unos minutos. Las mujeres abrían un agujero en la arena, metían a los niños y se ponían encima, tratando de cubrirse con las *melfas*. No se podía ver nada a más de tres metros de distancia. Santiago se quedó dentro del Land-Rover, con Andía. El viento y la arena se colaban por todos los resquicios. La falta de vapor de agua era tan grande que comenzó a sentir que el globo del ojo se le secaba. Era una sensación muy desagradable. Aunque unas veces trataba de parpadear, y otras procuraba mantener los ojos cerrados, le parecía que se había quedado sin lágrimas. Se lo dijo a Andía, muy apurado. La muchacha le lamió los párpados para aliviarlo, pero al momento volvían a secársele. Por un momento Santiago llegó a pensar que se estaba quedando ciego. La sequedad era inaguantable. Andía trató de calmarlo. Cuando finalmente cesó el viento, al amanecer, Santiago no podía abrir los ojos. Se tumbó bajo el toldo que habían montado los muchachos y se quedó quieto, muy asustado, sin dejar de sentir ni un solo momento la mano de Andía apretándole el brazo.

Los hermanos de Lazaar buscaron al primogénito por todas partes, pero no estaba allí. Durante tres días dieron vueltas de un sitio a otro. Era realmente difícil dar con una persona en aquel lugar. Cada día era mayor el número de saharauis que llegaban al campamento. Aunque resultaba imposible hacer un recuento, los refugiados se acercaban a los cincuenta mil. Por el día el calor abrasaba la arena, y en las horas del amanecer un frío seco se metía en los huesos de los que tenían que dormir casi a la intemperie. El Ejército conseguía agua de los pozos que no habían sido envenenados, pero la comida era escasa. En aquellas circunstancias todo lo que había sido transportado en el Land-Rover era considerado ahora como un tesoro. Los escasos huevos que ponían las dos gallinas y la leche de la cabra sirvieron para alimentar a la familia. El té también fue útil, hasta que empezó a escasear, igual que el azúcar.

Cuando Santiago se recuperó de la vista, estaba muy debilitado. Era el único a quien el agua de los pozos le provocaba terribles diarreas. Andía no se apartaba de él. Hasta mediados de enero su cuerpo no se adaptó a la rigurosidad del desierto. Y, cuando ya estaba convencido de que no volvería a ver a Lazaar, el saharaui se presentó una fría mañana, acompañado de sus hermanos, llevando un viejo Kaláshnikov colgado del hombro. Besó a su madre y enseguida le dio un gran abrazo a Santiago.

—Me han contado que has estado enfermo.

—Qué va, qué va. El agua de estos pozos y el viento, que no estoy acostumbrado.

Lazaar miró a su hermana sin parar de sonreír.

—¿Te cuida bien Andía?

Santiago estaba realmente emocionado. Sus ojos se llenaron de lágrimas que le escocían.

—Mejor que nadie... —se quedó con la palabra en la boca—. No pude cumplir mi promesa. Tu país no tiene tan buenas carreteras como tú piensas.

Lazaar lo abrazó de nuevo.

—Mira quién está aquí.

Santiago tuvo que hacer un esfuerzo para reconocer a Sid-Ahmed. Su vista no era tan precisa como antes. El comerciante llevaba una cámara fotográfica colgada del cuello.

—¿Vas a hacerme una foto, Sid-Ahmed?

—Ahora mismo si quieres.

—Sid-Ahmed trabaja ahora para el Polisario. Su misión es contar todo lo que está pasando, para que el mundo se entere.

—Colocaos ahí, delante del coche.

Los dos amigos se pusieron donde les indicó Sid-Ahmed, delante del Land-Rover. El viento removía a sus espaldas las pieles de las tiendas de los beduinos. Santiago se arregló la *derraha* azul celeste y se deshizo el turbante, dejándolo suelto sobre los hombros. Se alisó el bigote que se había dejado crecer en el último mes. Luego le quitó el Kaláshnikov a Lazaar y lo levantó con la mano izquierda. El saharaui levantó a su vez la mano haciendo el símbolo de la victoria. Cada uno echó un brazo por encima del hombro del amigo y pegaron sus cabezas, sin parar de sonreír, como si temieran salirse del encuadre.

Aquella noche, refugiados bajo el toldo que hacía las veces de *jaima*, le contaron a Lazaar y a Sid-Ahmed con todo detalle el angustioso éxodo que habían sufrido. Lazaar puso a la familia al corriente de la situación en que se encontraban ahora. La población saharaui huía en desbandada hacia el desierto de Argelia. Mucha gente lo hacía a pie. Se tenían muy pocas noticias de los que se quedaron en las ciudades, pero nadie los envidiaba, a pesar del sufrimiento del éxodo.

Cuando el viento dejó de soplar, un silencio estremecedor se apoderó de todo el campamento. No se oían ni las cabras ni los perros. Alguien dijo, mucho tiempo después, que aquel silencio parecía un presagio de lo que iba a suceder. Pero lo cierto fue que aquella noche nadie podía imaginar lo que el nuevo día iba a depararles.

A las nueve de la mañana del lunes 19 de enero, nada hacía pensar en Tifariti que el día fuese muy diferente para los que habían tenido que abandonarlo todo. Excepto por la ausencia de viento, aquella mañana era igual que tantas otras de los últimos meses. La noche había sido muy fría y desapacible hasta que cesó el viento. Los hermanos de Lazaar ya estaban buscando agua y ordenando la improvisada *jaima*. Santiago dormía aún abrazado a Andía, tratando de darle calor. La muchacha estaba despierta, pero le gustaba quedarse así, quieta, hasta que el legionario se despertara. Pero de repente escuchó algo que la hizo sacudirse bajo la manta. Santiago se despertó.

—¿Qué te pasa, Andía? ¿Quieres levantarte ya?

—No, no. Escucha, Santi.

San Román no sabía bien a lo que se refería. Sólo se escuchaba el ruido de la tetera y de los vasos.

De vez en cuando, alguna cabra rompía también el silencio. Pero Andía estaba segura de lo que había oído. Conocía bien el sonido de los aviones.

—Estoy oyendo un avión muy lejos.

Santiago prestó atención sin éxito. Sólo se dio cuenta de la gravedad del asunto cuando uno de los hermanos de la saharaui llegó gritando a la *jaima*.

El ataque se produjo por el norte. Los aviones llegaron por detrás de las rocas, donde nadie podía verlos hasta que estuvieron encima. Ni siquiera realizaron un vuelo de reconocimiento. Al parecer sabían bien adónde tenían que dirigirse. San Román salió corriendo e hizo visera con las manos para verlos. Eran tres Mirage F1 franceses. Los conocía bien: los mejores aparatos del Ejército marroquí. Se acercaron como una punta de flecha, descargando su carga mortal con precisión. En cuanto cayeron las primeras bombas, el pánico se apoderó del campamento. El napalm y el fósforo blanco empezaron a barrer las *jaimas* y los pabellones como si fueran de papel. Al ruido de las explosiones siguió el fogonazo de las llamaradas y una corriente de aire muy caliente que iba arrasando todo lo que encontraba por delante. En una sola pasada abrieron una brecha en el campamento como una terrible cicatriz de fuego y destrucción. Pero todos sabían que aquellos aviones iban a volver. Cada uno corrió hacia donde pudo. Los agujeros de las bombas en el suelo eran tan grandes que podía meterse dentro una persona de pie. El fuego cortaba a veces la huida. Santiago buscó a Andía a su alrededor, pero no estaba allí. A cien metros vio varias lonas ardiendo. De repente comenzó a hacer mucho calor. El olor a quemado era nauseabundo. Corrió en dirección contraria y entonces fue cuando se dio cuenta de lo que estaba sucediendo. Los aviones volvían a descargar el napalm sobre Tifariti. Quienes estaban cerca de las explosiones morían en el instante, pero muchos metros más allá las *melfas* de las mujeres se prendían por la temperatura del aire. Algunos, quemados de arriba abajo, conseguían correr unos metros antes de caer sin vida, carbonizados por el fósforo. No se sabía bien hacia dónde había que correr. Tropezaban unos con otros. En mitad de la confusión Santiago se detuvo y se quedó mirando al cielo. Apenas sintió que el suelo se movía a sus pies. Luego la onda expansiva de una explosión lo lanzó por los aires. Cayó boca arriba, pero no pudo incorporarse. Le pesaba mucho el cuerpo. Sabía que tenía abrasada la cara. Las voces se fueron apagando en su cabeza hasta quedarse sordo del todo. Notó que el brazo izquierdo le quemaba mucho. Se volvió para mirar y vio una masa de carne y sangre. Le faltaba la mano y la mitad del antebrazo, pero no le dolía apenas. Comprendió lo inútil que sería ponerse en pie y tratar de correr. El cielo se volvió rojo por el fuego. Enseguida sintió que alguien lo sujetaba por el cuello intentando incorporarlo. Era Andía. Su rostro era la expresión del horror. Estaba llorando y no paraba de gritar, aunque él no podía oírla. Le dijo que la quería, que no se preocupara, y sus propias palabras resonaron en el pecho como en una caja hueca. Andía pegó la cara contra su pecho y se abrazó a él como si tratara de sujetarlo en el borde de un precipicio. Después Santiago San Román ya no sintió nada.

Sin duda Alberto era la última persona con la que le hubiera gustado encontrarse en los pasillos de administración del hospital. Montse salió del despacho del director convencida de que había tomado una decisión muy importante. Ahora sabía que su conciencia iba a tratar de volverse contra ella, pero estaba acostumbrada a aquellas disputas. Se sentía bien, como si acabara de soltar lastre y empezara a sentir la ingravidez de sus pensamientos. Por primera vez en muchos meses se sintió optimista frente al futuro. Tal vez ésa fuera la boca del pozo de la que tantas veces había oído hablar. Hizo planes: entrar en una churrería, desayunar como una reina, llamar a su hermana, mirar sin prisas los horarios de trenes, hacer una lista de cosas imprescindibles para viajar y, por último, buscar un destino. Le parecía estar entrando en un edificio del que sólo conocía la fachada, pero que la atraía como un canto de sirena. Entonces un oscuro pensamiento cruzó su mente. Los fantasmas iban y venían con frecuencia, y ya estaba acostumbrada. Pero aquel fantasma era real.

Alberto, su marido, salía del ascensor con un maletín en una mano y un teléfono móvil pegado a la oreja. Cuando vio a Montse le sonrió, sin parar de hablar por el teléfono. Ella sintió que todo su optimismo se le caía a los pies. El corazón se le aceleró. Siempre había sido lenta en sus reacciones. Tuvo el impulso de darse la vuelta y volver por donde había venido, pero sólo de pensarlo se avergonzaba. Era demasiado tarde. Tenía que haber previsto que aquello podía suceder. Alberto caminaba ahora hacia ella, despidiéndose de alguien por teléfono. Traía una sonrisa descorazonadora. Vestía impecable, como siempre. Besó a Montse en la mejilla con absoluta naturalidad. Ella se dejó besar, tratando de que él no percibiera su alteración. Sólo quería que aquel encuentro terminara rápido para volver a su estado anterior: sentir la ingravidez, imaginar la boca del pozo. Pero Alberto no se daba cuenta, o no quería darse cuenta, del mal trago que estaba pasando Montse. Cruzaron frases de cortesía. Ella trataba de sostenerle la mirada, pero le costaba trabajo. Tenía que reconocer que era un gran seductor, aunque ella conociera ya todos sus trucos. Cuando Alberto le preguntó qué hacía en la administración, Montse trató de sondear la fortaleza de quien todavía era su marido.

—Acabo de comunicar en Personal que he solicitado una excedencia.

Alberto no se inmutó. Ensayó su mejor sonrisa.

—Vaya, Montse, eso sí es una novedad. ¿Estás cansada del trabajo?

—Al contrario: estoy demasiado descansada. Necesito experiencias más... enriquecedoras.

—Ya, ya. Quizá sea una buena idea. No creas que no lo he pensado más de una vez. A lo mejor sigo tu ejemplo. ¿Vas a viajar?

—Sí, eso es lo que había pensado.

—Viajar fuera de temporada es fantástico.

A Montse aquella frase le sentó como un golpe en la nuca. Le molestaba pensar lo mismo que Alberto, tener las mismas ideas, que le robara los pensamientos, incluso las frases. Era algo que él había hecho desde que se conocieron. Durante mucho tiempo ella llegó a pensar que era Alberto quien la influía hasta el punto de no ser dueña ni de sus propias palabras. Se despidió de él precipitadamente, sabiendo que estaba a punto de perder el control, de derrumbarse. Alberto era como una pantalla que no le dejaba ver la realidad.

El trayecto en ascensor se le hizo interminable. Empezaba a faltarle el aire. Salió casi corriendo para respirar en la calle. Llevaba las pastillas en el bolso, aunque se resistía a tomarlas por culpa de aquel encuentro. Tenía ganas de vomitar. Se apoyó en un coche. A pesar del frío, estaba sudando. No amaba a aquel hombre; estaba segura. Muchas veces dudaba haberlo amado alguna vez. Pero ella misma había creado una relación de dependencia con su marido que iba mucho más allá de los límites del amor. Alberto tenía una influencia inexplicable sobre las personas de su entorno. La tuvo sobre los padres de Montse, sobre su hermana Teresa. La tuvo sobre su hija. La tuvo, sin duda, sobre las amantes que pasaron por su cama mientras ella buscaba explicaciones imposibles cuando descubría indicios de los engaños. Nadie había influido tanto en la vida de Montse como su marido. Nadie la había manipulado tanto, ni le había hecho tanto daño como él.

Alberto siempre pareció mayor de lo que era en realidad. Montse lo conoció en el primer año de carrera, cuando Alberto era un becario del último curso en el departamento del que era catedrático el doctor Cambra. Su padre jamás había llevado alumnos a casa. Pero Alberto era diferente. Con veinticuatro años hablaba como un profesor experimentado y seguro de lo que decía. Era guapo, elegante, educado y culto. Se ganó el corazón del doctor Cambra y de su esposa. Incluso a Teresa le brillaban los ojos cuando el becario aparecía por casa. Alberto tenía atenciones con todos, pero especialmente con Montse. Era tan diferente de Santiago San Román, que todo lo que veía en él le servía para enterrar para siempre el recuerdo del muchacho muerto.

La noticia de la muerte de Santiago había sido más dolorosa que el encierro en Cadaqués y el silencio de sus padres después del aborto. Montse reinició los estudios en la universidad sin poder centrarse en lo que hacía. Se había propuesto no confesarles el embarazo a sus padres hasta que fuera imposible ocultarlo más. No le costó trabajo negarle a Santiago el perdón que trataba de obtener de ella. Estaba tan rabiosa que no sabía bien qué estaba haciendo. En diciembre, cuando cesaron las llamadas, se quedó tranquila. Imaginó que durante el año que durase la mili iba a olvidar al muchacho. Pero su situación empeoró cuando no pudo disimular el crecimiento de sus caderas, del vientre y de los pechos. Cuando sus padres se cercioraron de que Montse estaba embarazada, la casa se cubrió de un luto que ni siquiera permitía tener las cortinas abiertas. Montse lloró menos de lo que había imaginado. Ya no le quedaban apenas lágrimas. Presionada por su padre, confesó que había conocido a un chico en el verano y que se había enamorado. El doctor Cambra quiso saber más, pero ella no soltó prenda. Se imaginaba a su padre hablando con Santiago San Román y se ponía enferma. No quería una boda de compromiso: sabía que sus padres jamás aceptarían al muchacho. Antes de la Navidad, Montse se trasladó a Cadaqués para pasar el invierno y la primavera lejos de Barcelona. La acompañó Mari Cruz, la sirvienta. Fue la Navidad más amarga de su vida. Todos la hacían sentirse culpable, incluso la sirvienta. Los estudios quedaron aparcados. El doctor se inventó para Montse un viaje a Alemania que justificara la ausencia, y las mentiras en la familia fueron tomando dimensiones incalculables.

Entretanto, el invierno junto al mar transcurría lento, monótono, gobernado por el hastío. La familia venía a Cadaqués cada fin de semana, pero Montse estaba deseando que llegara el lunes para estar sola. Pensaba en Santiago, en su silencio. Ahora se sentía culpable de no haberle dado otra oportunidad para explicarse. A veces se ilusionaba pensando que hubiera llamado a casa, pero nadie le traía noticias ni cartas. Cuando trataba de averiguar si la habían llamado a Barcelona, Teresa no quería saber nada del asunto. Parecía que su hermana se hubiera puesto también en contra de ella.

En febrero comenzó a tener contracciones y a manchar. Su padre vino desde Barcelona con un médico de su confianza. A los dos días Montse tuvo que ser intervenida y el niño no sobrevivió. Todo fue muy doloroso, pero ella se sintió aliviada. La familia guardó un rencoroso silencio. Montse se quedó en Cadaqués hasta Semana Santa. Cuando regresó, repuesta aunque muy decaída, la mayoría de la gente pensó que venía de Alemania, de asistir a las clases en la universidad. Trató de retomar los estudios, pero apenas salvó alguna asignatura en junio. Aquel verano la familia no viajó a Cadaqués. Mientras Montse trataba de prepararse los exámenes de septiembre, los demás se movían por la casa como si hicieran guardia para que la niña trabajara sin que la molestasen. Cada llamada de teléfono era un sobresalto. Montse estudiaba por miedo, sin ganas, sin ninguna ilusión. Los libros y las láminas eran losas que amenazaban con aplastarla. Pero tenía tanto miedo a sus padres que hubiera hecho cualquier cosa por agradarlos. Poco a poco la imagen de Santiago se fue deformando. Pasaba de la añoranza al odio, del odio a la melancolía, de la melancolía a la desesperación. Ya estaba convencida de que el chico se había olvidado de ella. Soñaba a veces con él y se despertaba sudando, nerviosa, asustada. Constantemente trataba de imaginar qué estaría haciendo él en ese preciso instante. Aquel ejercicio la angustiaba aún más. Hasta que llegó octubre.

Alberto apareció con el otoño. Su presencia fue un revulsivo a la tristeza de la casa. Incluso el carácter del doctor Cambra cambiaba cuando los visitaba el joven. Tenía un don especial para ganarse a la gente. También Mari Cruz, la sirvienta, fue una víctima más de su seducción. Cuando Alberto venía a comer, se esmeraba en la cocina, sacaba sus mejores recetas y ponía el servicio más lujoso en la mesa. A Montse no conseguía ganársela tan fácilmente. Tal vez fuera aquello lo que hizo que Alberto pusiera más interés en la muchacha. Ella era esquiva ante sus atenciones, no mostraba interés en las cosas que contaba el becario, se mantenía distraída cuando él estaba presente. Siempre que podía buscaba excusas para marcharse a su cuarto. Tanta indiferencia dañó el amor propio de Alberto. Por eso tal vez se fue obsesionando con Montse. El doctor Cambra lo vio con muy buenos ojos, pero su mayor preocupación era que Montse comenzara el nuevo curso sin que nada la distrajera.

A finales de año, Santiago San Román seguía dando vueltas aún en la cabecita y en el corazón de Montse. Ella sabía que antes o después tenía que volver licenciado a Barcelona. En más de una ocasión estuvo tentada de ir al estanco de su madre, en la Barceloneta, pero sólo de imaginar que Santiago se enterase le provocaba una terrible vergüenza. Durante los dos primeros meses del año 76, Santiago seguía sin dar señales de vida. Aquello enfrió mucho a Montse. Con frecuencia lo comparaba con Alberto y se daba cuenta de que había estado ciega durante más de un año.

Tardó tiempo, pero no pudo resistirse a visitar el estanco de la madre de Santiago. Fue una decisión costosa de tomar. No estaba segura de lo que iba a decir. En el último momento se inventó una excusa: devolver el anillo de plata que el chico le había regalado. Si realmente era de su abuela, sin duda tendría un valor sentimental.

Desde el primer momento supo que algo había cambiado. La puerta del estanco era nueva. Entró, indecisa. Aunque observó algunos cambios, lo que la trajo a la realidad fue que la madre de Santiago no estaba detrás del mostrador. En su lugar había una pareja que frisaba los cincuenta: bonachones, entrados en carnes. Montse se quedó parada, sin saber qué decir.

—Estoy buscando a la dueña del estanco.

La mujer se puso alerta, pensando que trataban de venderle algo.

—Yo soy la dueña. ¿Qué quieres?

—Verá, yo buscaba a una señora que tenía el estanco hace... Bueno, antes.

—Sí, sí. La hija del Culiverde. Estaba enferma. Murió.

Montse trató de no mostrar sorpresa. No contaba con aquello.

—¿Y su hijo? Tenía un hijo que se llamaba Santiago. Seguramente habrá vuelto de la mili hace uno o dos meses. Estaba en Zaragoza. Verá, es que tengo que devolverle algo que es de su familia.

Montse le enseñó el anillo en la palma de la mano. El hombre salió al otro lado del mostrador para ver mejor a la muchacha. Se había puesto serio. Entró un cliente en el estanco.

—¿Santiago se llamaba? —dijo el estanquero—. Sí, me parece que se llamaba así.

—Una desgracia —intervino la mujer—. Se mató en un accidente en el Sáhara.

—¿En el Sáhara?

—Sí, cuando la Marcha Verde. ¿Verdad, Agustín?

Agustín era el cliente que acababa de entrar.

—¿De quién habláis? ¿Del hijo de la Culiverde?

—Sí. Es que esta joven pregunta por él.

—Pobre chaval. Le pilló todo el fregao de Hasan el año pasado. Le estalló una granada, dicen.

—No fue una granada —le corrigió el estanquero—. Fue un tanque de ésos; le pasó por encima.

—Fue una granada. Pero si dicen que salió en los periódicos y todo.

—Bueno: una granada, un tanque, ¿qué más da? —zanjó la cuestión la mujer—. El caso es que esta chica preguntaba por él.

Montse lo había escuchado todo como si hablaran desde muy lejos. No sintió nada. No dijo nada.

Se quedó con la mano extendida, con el anillo sobre la palma.

—A ver, hija, déjame ver.

La estanquera cogió el anillo de plata y se lo puso a la altura de los ojos. Lo examinó cuidadosamente. Cuando vio que tenía tan poco valor, se sintió decepcionada. Se lo devolvió a Montse. Mientras la chica salía, los tres se quedaron enzarzados en una discusión sobre las causas de la muerte de Santiago San Román.

Fue entonces cuando Montse comenzó a mostrarse más receptiva hacia las atenciones de Alberto. Sin embargo, tardó dos años en dejarse convencer para salir a cenar con él. La carrera del joven fue fulminante. Sacó una plaza en el hospital a una edad en que la mayoría de los médicos seguían estudiando espesos manuales para presentarse a la plaza. El doctor Cambra no vio con buenos ojos que abandonara la universidad, donde podía forjarse un futuro brillante. Pero trató de no demostrar públicamente su enfado. Aquel muchacho sería sin duda brillante en cualquier campo.

Ayach Bachir tocó en el telefonillo del edificio y, enseguida, Montserrat Cambra lo hizo subir. El saharaui llegó sonriente. Le dio la mano como siempre, dejándola floja y ligeramente inclinada. Como si fuera ya un rito que le agradaba, Montse le preguntó por el trabajo, por la familia, por Fatma, por el bebé, por el automóvil, por la avería del frigorífico. Ayach le hizo también preguntas, sonriendo en cada respuesta. En realidad hacía sólo dos días que se habían visto. Montse le ofreció un té de bolsita, pero Ayach prefirió un café.

—Estuve buscándote en el hospital —dijo el saharaui—. Creía que estarías de guardia, pero me dijeron que no irías a trabajar en los próximos días.

—En los próximos meses, Ayach. He pedido una excedencia.

La doctora Cambra siguió preparando el café mientras Ayach hablaba de cosas intrascendentes. Estaba segura de que el hombre había venido para decirle algo importante. Pero sabía bien que no tenía prisa: primero debía recibir las atenciones de su anfitriona, tomar un café, fumar un pitillo. Después diría lo que tuviera que decir. Era una forma de actuar que la divertía y la irritaba al mismo tiempo; pero se adaptaba bien a aquella costumbre.

—Tengo que decirte algo con urgencia —explicó finalmente Ayach.

Montse no pudo hacer otra cosa que reír. Viendo aquella escena comprendió por qué había leído en alguna parte que entre los saharauis el índice de infartos y anginas de pecho era anormalmente bajo.

—Te escucho. ¿Qué es eso tan urgente?

—Verás: dentro de cinco días sale un vuelo de Barcelona a Tindouf. Si quieres te puedo guardar una plaza. Aún quedan tres.

Montse se sacudió en el sillón. Una vez más el destino la ponía a prueba.

—¿A Tindouf? ¿Yo?

—Sí. Tindouf es una ciudad segura. Está muy lejos de Argel. Allí no llega el terrorismo. En una hora puedes estar en los campamentos saharauis.

Montse se había quedado paralizada. Por primera vez en mucho tiempo se le pusieron los ojos vidriosos. No estaba segura de nada. Ayach Bachir respetó su silencio. La miró fijamente a los ojos. Por fin Montse sonrió.

—¿Eso que acabas de decir es en serio?

—Claro; no voy a venir hasta tu casa para gastarte una broma así. ¿Qué me dices?

—No sé qué decirte.

—¿Tienes el pasaporte en regla?

—Sí.

—Entonces tú decides. Yo sólo necesito tus datos para el visado. Nada más.

Montse sintió que el suelo se movía bajo el asiento. Se levantó y salió del cuarto. Volvió con el pasaporte en la mano. Ahora estaba alterada. Efectivamente, no había caducado. Lo dejó sobre la mesa, después se lo guardó en el bolsillo. Ayach Bachir sonreía, tratando de no parecer irrespetuoso.

—Si te decides, mañana hablaré con mi padre. Él tiene que salir para Libia en tres días. Cosas de política. Pero mandará a alguien para que te recoja. Mi hermana puede ofrecerte su *jaima*. Es modesta, aunque estará muy orgullosa de tener una invitada como tú.

—No estoy segura, Ayach. No sé qué decir.

—A Yusuf le gustará verte. Seguro que no ha podido olvidar a una mujer como tú. ¿O debo decir Santiago?

—Eres un cielo, Ayach. Pero sólo pensarlo me da pánico.

—¿Tienes miedo de que no te recuerde?

—No, claro que no. Él no me recuerda, estoy segura. ¿O sí? No lo sé... Déjame pensarlo.

El saharaui se sirvió un poco más de café. Trató de no forzarla a tomar una decisión; pero cuando Montse le preguntó, fue sincero.

—¿Tú qué harías en mi lugar, Ayach?

—Yo iría. Si Dios quiere que lo encuentres, lo encontrarás aunque te quedes aquí y te escondas en el último rincón de la Tierra. Y si Él no quiere...

Montse sacó el pasaporte y buscó papel y bolígrafo en un cajón.

—¿Qué datos necesitas para el visado?

Al mediodía se ha levantado un viento fuerte que sacude las *jaimas* y pone a prueba su solidez. La arena se cuela por todos los resquicios. A Montse le resulta sorprendente la transformación del paisaje. Los perros ladran furiosos, como enloquecidos por el viento. Ha pasado toda la mañana en la cocina, ayudando a la tía de Layla. Cuando sale, tiene que cubrirse la cara con un pañuelo y cerrar los ojos. La arena traspasa a veces la ropa, se cuela por las narices, en las orejas. A pesar de tener la boca cerrada, siente la arena en el paladar y entre los dientes.

Después de comer, la *jaima* se llena de vecinas que vienen a ver la telenovela. Montse no quiere perderse el espectáculo. Se coloca detrás de todas y no pierde detalle de la reacción de las saharauis. Layla duerme en mitad del bullicio, echada en posición fetal y con la cara tapada por su *melfa*. A Montse aquella imagen le parece de una gran belleza. De repente cesa el viento y le llama poderosamente la atención el silencio que hay en el exterior. De nuevo se escucha en la calle el balido de los animales. Poco a poco el sopor se va apoderando de ella. Nota que las piernas se le aflojan y que le pesan mucho los párpados. Le parece estar oyendo la voz de su hija Teresa. La escucha a lo lejos, como si estuviera en otra habitación. Sabe que no es más que el fruto de su imaginación. Su recuerdo, ahora, no le duele como otras veces. A Teresa le hubiera gustado conocer aquel lugar. Piensa vagamente en las cosas que le faltaron por conocer a su hija. El sonido del televisor le envuelve los pensamientos. Oye un silbido muy lejano. Es una cancioncilla popular. No la identifica del todo, pero la ha oído muchas veces. Ese soniquete forma parte de su adolescencia. Sin darse cuenta, va despertando de su letargo. Ahora se sobresalta. El silbido no es cosa de su vigilia. Lo está escuchando de verdad. No proviene del televisor tampoco. Alguien silba en la calle. Trata de reconocer esa musiquita. Es un pasodoble: está segura. Cuando reconoce el estribillo, el corazón le da un vuelco. Las mujeres no han reparado en los silbidos. Están abstraídas en la programación argelina. Layla duerme ajena a todo.

Montse se incorpora y sale de la *jaima*. Nadie se percata. No hay gente fuera. No sopla el viento. No se escuchan ya los silbidos. En el aire flotan aún las partículas de arena como si fueran nubes o una niebla seca. El cielo está cubierto. El calor es seco y asfixiante. Montse no puede entender por qué está nerviosa de repente. No consigue estarse quieta. Decide dar un paseo. A lo lejos, sobre una ligera elevación, se adivina la escuela para disminuidos. Se dispone a acercarse hasta allí dando un paseo. La primera vez que vio Bir Lehlu fue desde allí arriba, la vista le pareció muy hermosa.

Camina con los ojos clavados en el suelo, pendiente de sus pies. Por eso no se da cuenta de que a lo lejos hay un hombre agachado, de espaldas. Cuando lo ve se detiene. Duda entre acercarse o pasar de largo. Piensa que tal vez esté rezando. Pero de pronto el hombre se incorpora y Montse se asusta. Lleva la *derraha* recogida con una mano hasta la cintura. El saharaui no la ha visto. La piel blanca de sus glúteos contrasta con el color oscuro de los de su raza. Le avergüenza que aquel hombre pueda descubrirla allí, mirándolo. Cuando decide darse la vuelta ya es tarde: el hombre la ha visto y camina hacia ella. Se detiene a cinco metros.

—*Musso mussano? Musso mussano?*

Enseguida lo reconoce y se tranquiliza. Es El Demonio. Ahora no le parece tan anciano. Está quemado por el sol y tiene los labios llenos de ampollas.

—*Le bes, Le bes* —le responde Montse—. Estoy bien.

Cuando el saharaui la oye, abre mucho los ojos. Lleva la *derraha* retorcida como si fuera un camisón.

—¿Española? —pregunta con gran acento saharaui.

—Sí, española.

—Yo muchos amigos. Españoles muchos.

Viéndolo ahora, a Montse le parece inofensivo. A no ser por la expresión de los ojos, no hubiera dudado de la cordura de aquel hombre. El saharaui le dice algo en hasanía. Parece que esté recitando algún verso. Montse lo interrumpe para preguntarle cómo se llama.

—No recuerdo. Olvido cosas. Españolas muy guapas.

Montse le sonríe. Teme hacerle un feo a aquel hombre si le da la espalda. El saharaui se sube la *derraha* con torpeza. Montse cree que sólo quiere exhibirse desnudo: siente apuro. Sin embargo, se equivoca. El saharaui busca algo en el bolsillo y luego se acerca a la extranjera. Le tiende una piedra en la mano. Montse la coge. Entonces se da cuenta de que le falta un brazo. Ve su muñón asomando por la *derraha* casi a la altura del codo. Trata de no mirarlo con fijeza. Montse sostiene en la mano una piedra muy bella. Es una rosa del desierto.

—Para española —dice el hombre.

—*Shu-crán* —le da las gracias Montse—. Es muy bonita.

—Españolas bonitas.

El saharaui deja la mirada perdida. Montse se da cuenta de que no la está mirando a ella. La mente del hombre está en otro sitio. Por un instante se siente insegura. Sujeta la rosa del desierto con las dos manos.

—Es muy hermosa —dice algo forzada.

El saharaui se da la vuelta y se va sin decir nada. Ahora puede verlo mejor. Le resulta imposible adivinar su edad. Trata de hacerse una idea de lo difícil que debe de ser para un enfermo mental sobrevivir en un medio tan hostil. Aún tiene grabada en su mente la imagen del muñón asomando bajo la ropa. Montse mira el regalo que le ha dejado aquel desconocido. Continúa su camino en dirección a la escuela.

Entonces, como si estuviera sumida aún en un sueño, vuelve a escuchar los silbidos que oyó poco antes en la *jaima*. Pero ahora los escucha con claridad. Mira a su alrededor y no ve a nadie. A pesar del calor, siente un escalofrío que le recorre todo el cuerpo. Aquella musiquilla tan antigua, silbada torpemente, la traslada a una noche de agosto, muchos años atrás: una plaza llena de gente, un grupo tocando sobre una tarima de hierros y unos ojos oscuros y hermosos que no paran de mirarla. La mirada más bella de todas las miradas posibles.

Este libro terminó de imprimirse en abril de 2008 Corporativo Monteros S. A. de C. V., Villa Consistores núm. 2 Col. Desarrollo Urbano Quetzalcóatl, Del. Iztapalapa, C. P. 09700.

X Premio Alfaguara de Novela 2007

El 8 de marzo de 2007, en Madrid, un jurado presidido por Mario Vargas Llosa, e integrado por José Luis Cuerda, Santiago Gamboa, Juan González, Mercedes Monmany, Francisco Martín Moreno y Claudia Piñeiro otorgó el **X Premio Alfaguara de Novela** a *Mira si yo te querré,* de **Luis Leante.**

Acta del Jurado

El Jurado del **X Premio Alfaguara de Novela 2007,** después de una deliberación en la que tuvo que pronunciarse sobre cinco novelas seleccionadas entre las quinientas setenta y cuatro presentadas, decidió otorgar por mayoría el **X Premio Alfaguara de Novela 2007,** dotado con ciento setenta y cinco mil dólares, a la novela titulada *Sin nunca más olvido,* presentada bajo el seudónimo **Ramón Chacón,** cuyo título y autor, una vez abierta la plica, resultó ser *Mira si yo te querré* de **Luis Leante.**

El Jurado ha valorado la fuerza expresiva con que se describen los paisajes y la vida de la última colonia española en África, convertidos en escenario de una historia de amor que marca la vida de los protagonistas.

Premio Alfaguara de Novela

El Premio Alfaguara de Novela tiene la vocación de contribuir a que desaparezcan las fronteras nacionales y geográficas del idioma, para que toda la familia de los escritores y lectores de habla española sea una sola, a uno y otro lado del Atlántico. Como señaló Carlos Fuentes durante la proclamación del **I Premio Alfaguara de Novela,** todos los escritores de la lengua española tienen un mismo origen: el territorio de La Mancha en el que nace nuestra novela.

El Premio Alfaguara de Novela está dotado con 175.000 dólares y una escultura del artista español Martín Chirino. El libro se publica simultáneamente en todo el ámbito de la lengua española.

Premios Alfaguara

Caracol Beach, Eliseo Alberto (1998)
Margarita, está linda la mar, Sergio Ramírez (1998)
Son de Mar, Manuel Vicent (1999)
Últimas noticias del paraíso, Clara Sánchez (2000)
La piel del cielo, Elena Poniatowska (2001)
El vuelo de la reina, Tomás Eloy Martínez (2002)
Diablo Guardián, Xavier Velasco (2003)
Delirio, Laura Restrepo (2004)
El turno del escriba, Graciela Montes y Ema Wolf (2005)
Abril rojo, Santiago Roncagliolo (2006)
Mira si yo te querré, Luis Leante (2007)

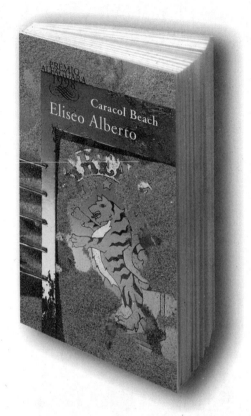

Premio
ALFAGUARA
de novela
1998

ELISEO ALBERTO
Caracol Beach

SERGIO RAMÍREZ
Margarita, está linda la mar

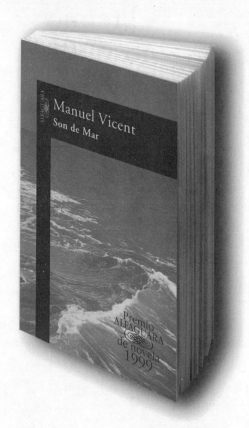

Premio
ALFAGUARA
de novela
1999

MANUEL VICENT
Son de Mar

CLARA SÁNCHEZ
Últimas noticias del paraíso

Premio
ALFAGUARA
de novela
2000

Premio
ALFAGUARA
de novela
2001

ELENA PONIATOWSKA
La piel del cielo

TOMÁS ELOY MARTÍNEZ
El vuelo de la reina

Premio
ALFAGUARA
de novela
2002

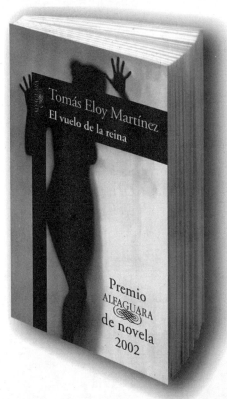

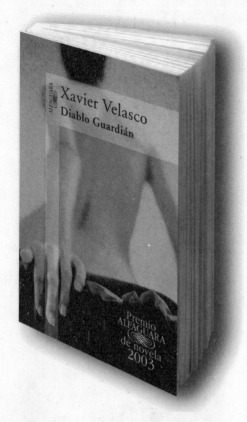

Premio
ALFAGUARA
de novela
2003

XAVIER VELASCO
Diablo Guardián

LAURA RESTREPO
Delirio

Premio
ALFAGUARA
de novela
2004

Premio
ALFAGUARA
de novela
2005

GRACIELA MONTES
EMA WOLF
El turno del escriba

SANTIAGO RONCAGLIOLO
Abril rojo

Premio
ALFAGUARA
de novela
2006

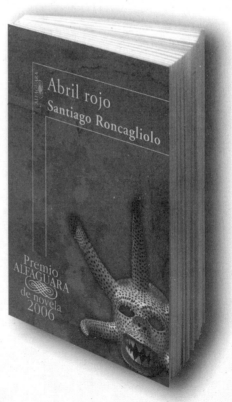

Alfaguara es un sello editorial del Grupo Santillana

www.alfaguara.com

Argentina
Avda. Leandro N. Alem, 720
C 1001 AAP Buenos Aires
Tel. (54 114) 119 50 00
Fax (54 114) 912 74 40

Bolivia
Avda. Arce, 2333
La Paz
Tel. (591 2) 44 11 22
Fax (591 2) 44 22 08

Chile
Dr. Aníbal Ariztía, 1444
Providencia
Santiago de Chile
Tel. (56 2) 384 30 00
Fax (56 2) 384 30 60

Colombia
Calle 80, 10-23
Bogotá
Tel. (57 1) 635 12 00
Fax (57 1) 236 93 82

Costa Rica
La Uruca
Del Edificio de Aviación Civil 200 m al Oeste
San José de Costa Rica
Tel. (506) 220 42 42 y 220 47 70
Fax (506) 220 13 20

Ecuador
Avda. Eloy Alfaro, 33-3470 y Avda. 6 de
Diciembre
Quito
Tel. (593 2) 244 66 56 y 244 21 54
Fax (593 2) 244 87 91

El Salvador
Siemens, 51
Zona Industrial Santa Elena
Antiguo Cuscatlan - La Libertad
Tel. (503) 2 505 89 y 2 289 89 20
Fax (503) 2 278 60 66

España
Torrelaguna, 60
28043 Madrid
Tel. (34 91) 744 90 60
Fax (34 91) 744 92 24

Estados Unidos
2105 N.W. 86th Avenue
Doral, F.L. 33122
Tel. (1 305) 591 95 22 y 591 22 32
Fax (1 305) 591 91 45

Guatemala
7ª Avda. 11-11
Zona 9
Guatemala C.A.
Tel. (502) 24 29 43 00
Fax (502) 24 29 43 43

Honduras
Colonia Tepeyac Contigua a Banco Cuscatlan
Boulevard Juan Pablo, frente al Templo
Adventista 7º Día, Casa 1626
Tegucigalpa
Tel. (504) 239 98 84

México
Avda. Universidad, 767
Colonia del Valle
03100 México D.F.
Tel. (52 5) 554 20 75 30
Fax (52 5) 556 01 10 67

Panamá
Avda. Juan Pablo II, nº 15. Apartado Postal
863199, zona 7. Urbanización Industrial
La Locería - Ciudad de Panamá
Tel. (507) 260 09 45

Paraguay
Avda. Venezuela, 276,
entre Mariscal López y España
Asunción
Tel./fax (595 21) 213 294 y 214 983

Perú
Avda. Primavera 2160
Surco
Lima 33
Tel. (51 1) 313 4000
Fax. (51 1) 313 4001

Puerto Rico
Avda. Roosevelt, 1506
Guaynabo 00968
Puerto Rico
Tel. (1 787) 781 98 00
Fax (1 787) 782 61 49

República Dominicana
Juan Sánchez Ramírez, 9
Gazcue
Santo Domingo R.D.
Tel. (1809) 682 13 82 y 221 08 70
Fax (1809) 689 10 22

Uruguay
Constitución, 1889
11800 Montevideo
Tel. (598 2) 402 73 42 y 402 72 71
Fax (598 2) 401 51 86

Venezuela
Avda. Rómulo Gallegos
Edificio Zulia, 1º - Sector Monte Cristo
Boleita Norte
Caracas
Tel. (58 212) 235 30 33
Fax (58 212) 239 10 51